"大榕树"
原创文库

无边光景

海峡出版发行集团
海峡文艺出版社

一丘一壑也风流（代序）

古 耜

在散文世界里，游记是一个源远流长的品种，古人曾经喜欢留墨于此，今人依旧愿意在此留墨。不过同样是写游记，今人较之古人无疑面临着前所未有的难度。这难度固然来自现代声像传媒对自然和人文景观几乎是密不透风的覆盖与裹挟，以及由此造成的观赏效果的解构与脱魅；但它同时更与现代人的心理结构和精神生态密切相关——物质的壅塞、欲望的遮蔽、生存的挤压，以及历史与文化的重重负荷，使得他们当中的不少人在大自然面前，已经无法像古人那样，保持一种物我双会、"天人合一"的浪漫境界，一种"我看青山多妩媚，料青山见我应如是"的审美情怀。在这种情况下，让精彩游记不断涌现便近乎一种奢求；相反，记游篇章大面积的庸常化和一般化，倒成了可以预料也可以理解的事情。

正是因为面对着这样的游记现状，所以，当我有幸读到福建作家黄文山的记游新著时，便感到由衷的欣喜和惬意。在这个荟萃了作家游记近作的集子里，我们既看不到折射着浮躁心态的掠影浮光式的匆促叙事；也找不着潜含着功利取向的居高临下状的空泛抒情，甚至很少遇见当下游记已是司空见惯的那种缺乏感性浸润与审美统摄的材料引证，取而代之的是一位热爱生活、珍惜生命、渴望自由的知识者，冲破狭窄空间和单调时间的双重挤压，置身于山水自然间的从容采撷、睿智品味和性灵抒写，是一个活脱而丰富的生命与无限大千相拥相抱、耳鬓厮磨时迸发出的情感光晕和精神火花，是一种彻底摆脱了负累和羁绊的乘美游心，乐而忘返。作家曾这样描述自己的旅游心境："行走使人快乐，这快乐来自前方未曾谋面的风景的召唤，在那无声的召唤里分明能听到看到许许多多美丽的小精灵，在舞蹈，在歌唱。那一种诱惑，就像有一支支小虫在啃啮骚动不安的心，快乐便在这轻轻地啃啮中漫漶开来。"窃以为，这段生动而又形象的表述，为我们进入作家的山水情感和游记世界提供了基本路径。你看一篇《井冈瀑布》，其全部笔墨紧紧围绕着标题点明的对象，或是宏观的形态写意，或是微观的情境描摹，或是高处的全景俯瞰，或是低处的近景直观，而所有这些既不是一味的穷形尽相，也不是单纯的借物咏怀，而是心像与物象的亦此亦彼，水乳交融，是主体与对象的妙想迁得，随物赋形，惟其如此，它留给读者的是一个阔大而鲜活的生命境界，是一种幽远而深切的内心感动。同样，《与一条小溪结伴同行》驱动紧贴性灵与感觉的文字，抒写"我"坐在竹筏上漂流上清溪的身心体验："端坐竹筏，让流水执导，用心去感受那一种清幽，那一份闲适""时而跌宕，时而婉转，时而飞泻千丈，时而百结回肠，率性由情，无牵无挂"。透过此情此境，我们不仅感受着作家的外无扰攘，内无烦忧，一派生命还乡的愉悦与逍遥，而且又一次领略了文学表达中的不涉理路，不落言筌，以及由此产生的澄澈之气与隽永之美。

对于钟爱和赞美着山水自然的作家来说，山水自然有时也真像个通情达理、善解人意的美人，她情愿为远道而来的"悦己者"亮出自己的百态千姿、风情万种，进而将自己化为作家笔下有个性也有灵性的艺术形象。这一点同样体现在作品中。请看《太姥山》。这篇作品开门见山，起笔就明言："在天地之间，太姥山是寂寞的。"接下来，它先交代了远古时太姥山寂寞的诞生，然后依次写了山上寂寞的石头、寂寞的寺院、寂寞的和尚与尼姑，这时，太姥山的寂寞不仅成就了一方风景特有的基调，而且平生出遗世独立、宠辱不惊的深层意味。如果说一篇《太姥山》尽显由远而近、层层皴染的妙处，那么《直立的水》一文，则颇见由此及彼、画龙点睛的功夫。这篇记述黄果树瀑布游踪的文章，在瀑布现场和现场的徐霞客石雕之间展开笔墨，通过勾勒瀑布状貌和追怀古人情景做足了必要的蓄势和铺垫，而一个直立的水的意象，追魂摄魄，提纲挈领，使全篇进入了形神兼备、形外有神的境界。此外，《彩色的西海固》《从苏堤上走过》《山水的交响》，或构思奇异，或画面新颖，均为不可多得的好文章。《秋意墨尔本》《罗卡角》《圣托尼里来去》等，虽属异域揽胜，但凭着作家敏锐地捕捉和感受景物特征的能力，以及比较充分的文化和语言修养，依然显得流光溢彩、琳琅满目。正所谓"千江有水千江月""一丘一壑也风流"。

目　录

太姥山 …………………………………………………… 1

直立的水 ………………………………………………… 4

海天之间一山幽 ………………………………………… 7

三月关东 ………………………………………………… 11

井冈瀑布 ………………………………………………… 14

背倚虎跳峡 ……………………………………………… 17

壶口一望 ………………………………………………… 21

大美华山 ………………………………………………… 24

彩色的西海固 …………………………………………… 28

从苏堤上走过 …………………………………………… 32

天山作证 ………………………………………………… 35

京口北固山 ……………………………………………… 39

汀州写意 ………………………………………………… 42

密林中的海子 …………………………………………… 46

梦台 ……………………………………………………… 50

从野柳到鹅銮鼻 ………………………………………… 54

丽江漫步 ………………………………………………… 58

青山不老 ………………………………………………… 62

山水的交响 ……………………………………………… 66

雨中鸳鸯头 ……………………………………………… 70

霍童漫笔 ………………………………………………… 73

与一条小溪结伴同行 ……	77
一叶湄洲 ……	80
西坪茶说 ……	83
有一个地方叫感德（外一篇） ……	86
溪流里的时光 ……	90
赤壁素描 ……	94
相看政和 ……	98
和平豆腐最相宜 ……	101
何处是归宗 ……	104
泉港的色彩 ……	108
延平故垒豪气在 ……	112
感受安海 ……	116
鼓浪屿的市声 ……	120
太姥山的三组照片 ……	123
缘起山中雨 ……	128
浩渺海波中的一座小岛 ……	131
名山有室本天成 ……	135
天宝岩纪行 ……	138
灵源山记 ……	142
再上淘金山 ……	147
海上浮城 ……	151
望海的地方 ……	154
相逢一座山 ……	157
在卡罗维发利的长凳上 ……	161
圣托里尼来去 ……	165
秋意墨尔本 ……	169

等待日出	173
蓝天大海之间	177
流放者之城	181
双城记	185
蒙赫斯山顶的古堡	193
莫斯塔尔桥	197
那一片宫古蓝	202
大阪城的石墙	206
罗卡角	211
索尔兹伯里平原上的风	215
小镇兹拉提波尔	219
到老桥去	222
金色布拉格	226
迷失在切斯特	230
瑞士散章	234
蓝色的天使湾	239
塞纳河你对我说	243
水坝上的城市	248
威尼斯小调	252
独步当世	256
文章太守足风流	261
四季诗	266
龙津之思	271
山川万里一身遥	275
山不在高	279
树犹如此	282

一座山的风采 ………………………………………… 285
花香的土地 …………………………………………… 289
记忆中的黄巷 19 号 …………………………………… 293
背阴山坡上的菜园 …………………………………… 296
那个叫山尾的地方 …………………………………… 299
从容下山 ……………………………………………… 302

太 姥 山

在天地之间，太姥山是寂寞的。不用说风雨之日，十里梵宇，庭阶寂寂，即便是月明之夕，山道间也难闻足音跫然，满山的石头寂寞得听得到彼此的心跳。

一亿年前，当这群石头从海底缓缓升起，就注定了它们一生的命运。它们甚至来不及转动一下身躯，变更一下姿势，就这么被永久地留在世间，用它们赤裸的背脊，造型成一座万古不变的山峰。

不变的只是太姥山的石头。对它们来说，每一声悦耳的鸟叫，每一朵多彩的行云，每一颗萌发的草芽，每一个兴奋的游人，都是新鲜的。新鲜便快活，便冲动，便欢笑。只有看过太多的新鲜事，经历过太多的沧桑，才默然无语。如同公园长凳上静静坐着的老人们，寂寞但不孤独。

太姥山的石头是寂寞的。它们望着山谷里的野花，开得那样热烈，那样绚丽，绿烟红雾，揽尽了一山风流。然而，不过几夕秋声，就凋零略尽。其实，热闹也罢，辉煌也罢，都是短暂的，只有寂寞如石头才能这样持久。

太姥山的石头是寂寞的。它们望着远方的海，海也是寂寞的。听不到涛声，看不见帆影。晴天，闪几道透明的蓝光；阴天，升一层迷蒙的海气。山，越来越高，海越来越远。除了寂寞，还有什么能填补这无尽想望的每一寸空间？

偶尔，一颗孤单的种子落到石头的心窝，它们便会用自己的每一滴血液滋养着它，那岩隙间虬曲多姿的小树，则是石头的又一种生命形式，是它们潜藏的热情，诱发的希望。在静静的晓风中，在静静的晚风中，一棵棵摇曳的树影，都是石头悄悄的自诉。当小树终于枯萎，它们便重归宁静，默默地等待另一颗种子的降临。

　　和石头一样寂寞的还有山南山北那一座座或兴或废的寺院。国兴寺，是一座建于晚唐而毁于宋的古刹，即便是废墟，也美得让人怦然心动。尽管早失去翘脊飞檐的宏伟气势，也不复有描龙绘凤的天花藻井，但一行行紧密无间的玄晶础石，依然执着地把亭亭玉柱举向天穹，去拥抱那本属于它的一份蓝天白云。对它来说，灿烂的日子实在太过短暂了，而磨难却漫漫无期。它的每一根石柱都在风雨中站了整整八百年，它的每一道横梁也都在泥土中躺了整整八百年。不知道，后人为什么不愿意再修复这座曾是太姥山三十六座寺院中规模最大的宙宇？为什么留一座美丽的废墟给历史，留一段隽永的寂寞在人间？如同殿前侵阶的野草，带着萋萋的雨意，蔓延到游人的心头。

　　摩霄庵，顾名思义是太姥山地理位置最高的寺院。几杵疏钟，把山下的灯红酒绿，繁歌密弦敲得恍如隔世。它与凡间的唯一联系便只有一道狭长而又漫长的石阶，对游人和香客，这道石阶是虔诚和意志最实在的考验了。这里没有香火庄严、禅房幽深的气氛，没有游人如织、熙熙攘攘的景象，更没有达官贵人光临的显赫场面。寺院宁静得像一口青苔封衍的古潭，每一个布袜青屐的僧人也像草野间淌出的清泉那样朴实而透明。

　　选择这座山，选择这群石头，便注定了他们一生寂寞的归宿。普明寺住持步生和尚自青年起只身入韦陀洞，至今五十二年。五十二年与之相依相伴的只有石头和太姥山的漫漫云海。在他的生命之树上没有翠叶，没有红花，既没有根由，也无所谓结果。他以半个世纪的生命专注地做一件事；在悬崖峭岩间筑路。每天，他用铁锄叩问大山，而大山总是不厌其烦地重复着同一声回答。他们互答的旋律渐渐铺平了大山的皱折，于是太姥山云海里有了一条明晃晃的阶梯。做完了这一切，他甚至没有回头再看一眼这条用了五十年光阴才走通的路，便回到冰冷的石屋，枕着润碧湿翠，默默地享受他的寂天寞地。

世耀尼姑曾有一段令人羡慕的红尘，然而她在将入晚境时却毅然抛弃一切，开始她寂寞的又一番人生。太姥山无语的石头召唤了她，给她启示，也给她瘦小的身躯注入神奇的力量。她回报太姥山的，便是给每一块石头一枝沾云带露的翠绿生命。太姥山有多少石头，说不清，她的劳动便永无休止。八年坚忍的努力，她创下了一片让人惊讶的寺业：数万株果树、茶树织满了一面山坡。由是，春天，寂寞也能开花；秋天，寂寞也能结果。

在天地之间，太姥山是寂寞的。静静的阳光，静静的晓风，静静的一群石头，静静的不起波澜的岁月。与这刻骨入髓的寂寞相比，那传世的一幅幅瑰奇的画面，一个个生动的比拟，一则则美丽的传说，一声声惊喜的赞叹，都是那样肤浅，那样微不足道！太姥山从亘古走来，它还要走向怎样的遥遥未来？寂寞使它的石头生命永恒。

直 立 的 水

　　风将水雾一阵一阵地吹到游人的头上脸上，让人真真切切感受到一份渐来渐浓的热情。迎着仲夏正午灼烫的阳光，黄果树瀑布正向我们一步步走来。

　　当轰隆隆的水声一下逼近，当瀑布将一条大河的全部激情展示在天地之间，整个世界仿佛在瞬间凝固了。无论是雄浑起伏的山峦还是葱郁浓绿的树林，全都屏声息气，战战兢兢地注视着身边这条如万马齐奔般的闹腾之水。那壮阔的气势，是整条河流从74米高、81米宽的山崖上跌落而生成的。无路可走的河水、身处绝地的河水、不能回头的河水，在它们面前只有一个选择，甚至可以说没有任何选择。于是它们毅然决然地坠落了，伴着声声激昂的呐喊，共赴一个未曾预测的前程。一旦平行的水成为直立的水，已经没有什么能够阻止它们前进，坚硬的岩石抑或陡峭的崖岸，此时倒成了它们飞翔的踏板和滑梯。倾泻而下的瀑流旋即腾起漫天水雾，纷纷扬扬的水气穿过山坡丛林，带着再生的欢悦，带着无言的激情，传染给每一个来看瀑布的人。

　　这是一条河流的颠覆，倾云倒雪，吼雷崩玉，让天地为之动容。这也是一条规则的改变，前路顿失，河床悬立，于是天下之至柔，驰骋于天下之至坚。直立，不是水的常态，却因此尽显水的壮美。直立的水，将河水长途跋涉的艰忍和积蓄已久的热情，在一瞬间释放。尽管是一瞬间，展示的却是一条河流的全部生命内容。

　　人们在瀑布周围筑道，又将瀑布后面崖壁上天然生成的溶洞贯通，这样，便可以从不同的位置和角度全方位地观赏瀑布。远远地看瀑布，像是一幅巨大的白缎悠闲地悬挂在碧绿的树海中。近前则见无数水流层层叠叠、交织变幻，有的横行斜趋，有的跳脱纷争，有的借势飞升，更多的则随波逐流。激流中竟演绎出各种人生意态。而走入水帘洞自瀑布后面看瀑布，则又是另一番景象。透过一个个岩洞洞窗，可以看到雪白的急流正从你的头顶奔腾而下，那劈头盖脸的倾泻和望不穿的厚厚水帘，会让人一时感到窒息。不过，伸出双臂似乎便可以拥抱整条瀑布，那一种零距离接触的快意则使人飘然欲仙。而你自己也在那一刻成为瀑布的一分子，让情感、让思绪随瀑流放纵奔泻。

石砌的小道环绕着瀑布，游人鱼贯而行，红男绿女、杂沓人声，此时都被瀑布恢弘的气势和雷鸣般的巨响淹没了。在这天地的舞台间，无论谁都只能是一个匆匆来去的看客。

徐霞客先生的石雕像静静地坐在瀑布侧面一处不显眼的小山坡上。游客们纷纷从雕像旁经过，他们手中的相机只是朝着瀑布，他们热切的眼睛也只是盯着瀑布，却忘记了身旁还有这位布履褐衫、策杖远游的老人，367年前他也来看过瀑布。徐霞客先生自然不在意这些。因为他一生追求的就是避开哓哓人寰，独自到深山大川，餐风饮露，聆听天籁，领略物我两忘的畅快境界。此刻他正盘腿而坐，微微仰着脑袋，似乎正在闭目聆听瀑布动情的倾诉。他究竟听出了什么，他还想听些什么？没有人知道，大概也没有人想知道。因为这不是一个注重静思的时代，生活里充满了浮躁和喧嚣，人们的感情粗糙了，感觉也迟钝了，关切现实以及功利，更模糊了许多人的眼睛。

徐霞客来看瀑布的时候，山野里静无一人。只有瀑布自己在恣情地叫嚣着，欢快地奔泻着。当一位浑身泥土、脚步踉跄的老人突然出现在面前，不知道瀑布是愕然抑或惊喜。于是，便出现了一位老人和一道瀑布对望时的动人情景。

先生时年53岁，这是他一生中最后一次出游，也是最艰难的一次行走，历时四年，经浙江、江西、湖南、广西、贵州入云南。他从贵阳来到安顺关索岭，一路备受艰辛，旅资也在途中被窃，但他毫不气馁，一意西行。

徐霞客是沿着白水河向下游方向前进的。这之前，他对黄果树瀑布并没有太多详尽的了解。他看到瀑布时的感触自然和今人不尽相同。他雇了一名挑夫为他担行李并充当向导。白水河一路奔腾，在他的视野里变化无穷，有时白浪滔滔，汹涌壮阔；有时像调皮的孩子，钻进山腹倏忽不见，一会儿却又穿岩而出；有时则化作一条白练悬挂在山崖，令他目迷神驰。挑夫告诉他，前面河水悬坠处更好看。于是，徐霞客的心情变得十分急切。忽然，他听到水声如雷，透过树隙，惊喜地看到这样一幅景象："一溪悬捣，万练飞空，溪上石如莲叶下覆，中剜三门，水由叶上漫顶而下，如鲛绡万幅，横罩门外，直下者不可以丈数计，捣珠崩玉，飞沫反涌，如烟雾腾空，势甚雄厉；所谓'珠帘钩不卷，匹练挂遥峰'俱不足以拟其壮也。盖余所见瀑布，高峻数倍者有之，而从无此阔大者。"这是从瀑布上方看到的，不免让他惊心动魄。但徐霞客并不满足，他又随挑夫从旁边的崎岖小径下山。涉河来到瀑布对面的一座望瀑亭。于是，我们便看到了面前的这一幕。徐霞客大概是有些倦意，他微微眯起双眼。此时，他不再用眼，而是用耳、用心来享受这一份大自然赐予他的美餐。

一道壮阔的瀑布，一条直立的水，一种特别的生存状态，也许让徐霞客想到了自己的人生之旅：摒弃功名、抛家别子，以性命游山。于是，瀑布看到，这位远游不倦的老人，嘴角露出了一丝不易察觉的微笑。

海天之间一山幽

闽东的山，说不上高，多在千米上下，但峰峦起伏，山势峭拔，且因为近海的缘故，云气缭绕，峰尖直入云霄，所以自有一种雄浑的气概。溪则短而流急。涓涓斯泉，由岩隙草棵间沁出，渐渐聚为一潭，汇成道道细流，沿着峡谷潺潺而流。透明的水色，映着摇曳不定的水草，碧绿莹莹，诗一般的抒情柔美。什么时候，小溪在舒缓行进中，忽然发出一声喊，从高高的崖豁口跌落，而后穿山透地，攀崖过滩，带着剽悍之气，向着海的方向，一路疾奔。让人不禁为之感叹，流水中竟有这样的韧性，这样的劲道。而且，谁也不知道，这些身姿轻盈、貌似柔弱的素练飞湍，还会演化出怎样的世间奇迹。

相对于活泼灵动的水，大山则显得安稳沉静。一列列山峰，穆然耸立于天地之间，任凭疾风骤雨、霜雪冰雹，始终不移。不过，这里的每一座山都有自己的品性。有的孤峰峭立，旁若无人；有的挽手把臂，俨然铁壁；有的袒露胸襟，足显磊落；有的草木繁复，难见真容。

在闽东诸山中，白云山是最不显山露水的一座，尽管它是闽东两大高峰之一，但之前却很少有人瞩目。白云山当是一位山的隐者。悄然藏身于丛峦密菁之中，偕云霞为友，与草木相伴，看每日云起云飞，四时花开花落，自得其乐。白云山林木繁茂，琪花瑶草，触目皆是。春来杜鹃满山，夏至兰花吐艳，秋去枫林尽染，冬临蜡梅绽放。如同一位丹青妙手，一年四季，尽情泼墨，而得山水图卷。白云山主峰名缪仙峰，相传古时一位叫缪从龙的隐士上山砍柴，遇仙人下棋忘归，在此得道成仙，遂名。古老而缥缈的传说，加之常年云雾萦绕，给大山平添了几分神秘的色彩。日出、云海、佛光，是为白云山三绝，但大山从不轻易示人，只有潜心攀登，不畏艰辛、不倦跋涉的游人，或有机会一偿心愿。

  我们是在一个初冬细雨蒙茸的日子造访白云山的。这个时节，山上少有行人，空山寂寥，间或一两声清亮的鸟鸣，从树林里传出，霎时峰鸣谷应，回声悠远。那当是大山的殷殷问候。一条凌空栈道紧贴着悬崖，引领我们走向深深的峡谷。天空中飘着淡蓝色的雨丝，仿佛是一群大山的精灵们在快乐地翔舞。感觉身旁的流水声渐渐地响亮了起来，探身一看，什么时候，周遭赭红的山石围出了一口葫芦状的深潭，潭水呈墨绿色，泛着粼粼波光。清浅处可见卵石、细沙，其深处则如一坛浓酒，只一瞥心已醉。不禁想，这深邃的潭底里该会藏着多少地老天荒的故事？一道瀑布自天而降，飞花散绮般落入潭中，交织成一幅幅美丽变幻的图案。再定睛一看，水帘中现出一个又一个壶状的石穴，沿着陡崖峭壁，高低错落，密密分布。究竟是怎样一只神奇的巨手，生生在坚硬的崖石上雕刻出如此精美又如此生动的壶臼景观，千姿百态，令人目不暇接。

  这条峡谷叫九龙涧，是蟾溪的上游，顾名思义，藏着九个洞穴。但最让人称奇的，还是石臼景观。从游龙洞到九龙洞，十里河床上，布满了大小不同、深浅不一的壶状石臼，如缸似盆类瓮，或套叠、或联通、或聚合，各尽其态。

  蟾溪，原本只是白云山间一条不起眼的小溪，壶臼的发现，纯属偶然。2005年，当地村民在蟾溪上修建水库，筑坝拦水，溪床陡降。水落石出，人们惊讶地看到，跌宕的溪床上居然现出一个又一个大大小小的壶状石臼。谁也不知道，这些石臼群，已经在溪水里静静地等待了几千万年。这一国内外罕见的石臼奇观一下打破了白云山的宁静。大山的隐士生涯因为一个偶发事件就此打上句号。白云山因此名声大噪。白云山以其独特的地质遗迹和优美的地貌景观和相邻的白水洋、太姥山一起成了宁德世界地质公园的一员。

白云山位于福安境内，仿佛是鹫峰山脉东行的脚步，在将近大海之处骤然而止。其实，白云山和闽东的这些大山都是海的杰出作品。一亿多年前的火山喷发，形成了白云山丰富多姿的山岳地貌，有的耸如高塔，有的凝成石壁，有的架为洞壑……山间溪瀑曲折，十步一滩，百步一潭，千步一湾，山和水在这里相遇相知相惜相怜，演绎出怎样动人的场景？有的地方，石根深探于水中，水石相依的一片柔情，缱绻缠绵；有的地方，水线直上山崖的胸间，让人想见溪水奔涌时的热情。当然，最为人称道的是壶穴景观了。大自然用一双神奇的手，假千万年时日，细雕慢刻，终成其功。瓮状壶穴，套叠壶穴，穿壁壶穴，通心壶穴，琳琅满目，一条溪堪称一座壶穴博览苑。

缘溪而下，眼前现出一面面陡立的山崖，石面上竖刻着深深的凹槽，像排列整齐的竹笋，更像是老榕遒劲的道道树根，这是长年流水冲刷而形成的水纹。这让人想起老子的一句话：天下之至柔，驰骋于天下之至坚。水流之功，在崖壁上展露无遗。蟾溪上，最有代表性的壶穴是九龙洞。九龙洞其实就是一处硕大无比的四洞相连的壶穴。四个洞穴分别被形象地命名为"四厅"："观潭厅""窥仙厅""如意厅""问天厅"。从九龙壁侧身而下，由架设的铁梯攀缘进入狭窄的洞隙，洞穴中现出一片平展的空地。这里即为四厅之一的"观潭厅"，有如剧场内的观众席，也是观赏壶穴内部的最佳地。我们小心翼翼地在壶穴的心脏行走，时而跳跃，时而贴壁，直到"问天厅"。这是目前全国发现的最大单体壶穴，高38米，宽23米。仰视洞口，只见高天之上，一道瀑布如同一位位飞天仙女，腰肢袅娜，裙裾飘飘，结伴而下，轻盈入潭，一时飞珠溅玉。这个洞口就叫作飞天井，"问天厅"也因此得名"天下第一漏斗"。

曾有国内地质学家认为，这是距今 200 至 300 万年前第四纪冰川作用所产生的冰臼。其分布广泛且品种丰富，是我国低纬度地区冰川遗迹保存最多、最好的地区。白云山也因为冰臼群的发现而名声大噪。但之后更多的地质专家通过水文地质调查后认为，该地并未发现有冰川时期生物化石的记录，这些石臼群应是现代河床经流水侵蚀而形成的壶穴。壶穴正是由漩涡流或水流携带沙砾不断磨蚀河床而形成的圆形、碗状、圆柱状或不规则状的凹坑。

冰臼也罢，壶穴也罢，都是一场水石相搏的见证。造物主旷日持久以非凡的耐心和毅力精心描摹的这部石头记，自然不同凡响。

这是一条溪流的发轫之作，也是一座大山的惊世绝唱。因为山，因为水，让一场绵历千万年的故事流传至今。

待我们从铁梯攀缘出洞，天色已暮。淡蓝色的雨丝还在空中飘着，大山精灵们的舞蹈似乎余兴未尽。蟾溪依然静静地流，水声轻柔，浅斟低唱。山的剪影，在云气里忽隐忽现。天地之间，一片幽寂，仿佛什么故事都没有发生过。

三月关东

关东三月，一个非常的季节。对于生活在江南的人们来说，总是充满了陌生和神秘。那位一到春天便喜欢到处乱泼颜色的青帝，大约还耽情于江南，无暇北顾。于是，在关外塞北，还是灰苍苍、白茫茫的混沌一片，不要说看不到"花红柳绿""莺飞草长"的景象，那种"扑面不寒杨柳风"的经验，也一概用不上。寒流说来就来，搅起漫天飞雪，让人备尝冬日的余威；风雪过后，则又是一派艳阳，隐隐感觉得到春的身影在悄悄晃动。尽管家家屋子里都有暖气，但憋了一个长长的冬季，谁不想站在明媚的阳光下感受早春的新鲜气息？而三月的关东，寒风和阳光是一对天生的仇家，阳光拂在脸上，暖融融的，像一只只柔暖的小手挠得你到处酥酥痒痒的；寒风则不管不顾地从领口、袖口以及所有的衣缝往里钻，直寒透你的五脏六腑。

尽管冬天即将过去，但春天并未到来。这是季候中的一段耐人寻味的空白。看不到鲜花，也听不到鸟啼，大自然显得冷清而平淡。平淡得有些空荡甚至有些无奈。河面上依然结着冰，凝脂一般冻着一艘艘孑然无助的小船；树丫上光秃秃的，没有一点绿的动静。虽说冰雪的生命很短，但三月还是它们的世界。不仅是背阴的山坡，依然覆盖着厚厚的积雪，就是路两旁的堆雪，也在发出耀眼的白光。阳光照在它们身上，就像照在被褥上，它们只是报以安详地一笑，根本不相信自己会在三月的阳光下融化。

冬睡的山，此时大约醒来了吧。那是一场太过漫长的浓睡，慵懒的阳光从它们身上拂过，反而让它们睁不开眼睛，它们似醒非醒的样子，就像稚童般憨态可掬。不过，脱却了繁盛的绿装，山，反而现出它们真实的面貌。它们裸露的筋骨肌肉，让人想到关东汉子敦实的身躯；它们不假修饰的神态，也像关东汉子般爽朗。

穿过辽河平原一路向南，便有一列列大山迎面驰来，这是千山山脉南行的步伐，雄壮、威严。看这一重又一重的山脊在天边勾勒出一幅天然的关山行路图，总不禁让人想到宋琬的一首《关山道中》："拔地千盘深黑，插天一线青冥。行旅远从鱼贯入，樵牧深穿虎穴行，高高秋月明。半紫半红山树，如歌如哭泉声。六月阴崖残雪在，千骑宵征画角清。丹青似李成。"在少数写北地风情的诗人中，宋琬最见功力。这首词，写出了雄浑、峭拔、冷峻的北地山景。"拔地千盘，插天一线，阴崖残雪"，恰是眼前关东山脉的写照。

从车窗望去，山连绵起伏，层层叠叠。尽管时届冬残，山坡上却看不到树叶凋零的景象。映入眼帘的则是满山遍野纷披的柞树，织成了一面独特的风景。它们一例都顶着满头黄叶，经受着寒冬的考验，无论厉风冻雨乃至严霜重雪，在新芽吐翠之前，决不肯轻易落下。那树叶的颜色，不是华丽的金黄，也不是灿烂的红艳，而是土地那样厚重的赭黄，透着坚忍和从容。于是它们在关东漫漫的长冬里，坚持着，等待着。等待也是一种美丽。

孤零零地看一棵棵柞树，实在不起眼。它既没有挺拔伟岸的树干，也没有婆娑秀逸的枝叶，普通得就像一个个质朴的庄稼汉。但千万棵柞树相呼应、相映衬、相扶持，随山形起伏，如巨毡延展，却形成了一片让人徜徉不尽的风景。

在冬将阑而雪犹然之际登凤凰山则另有一番风味。少了春花秋叶的点缀，山色则更显古朴苍然；听不到鸣禽流水的声响，山势倒更觉空旷清幽。一座座深藏在山间的寺庙还都披着厚厚的雪装，瓦楞上是雪，台阶旁是雪，树梢上挂着的还是雪。只有红漆的廊柱在这一片白色中闪耀着鲜艳的光泽，很有些年头的庙宇经白雪这么一衬，竟格外精神起来。

铺在凤凰山的这片雪足有半尺多厚。长长的一个冬季，说不清降了多少场雪。雪的品格真让人崇敬。雪不独个占着一方地盘，旧雪每每敞开胸怀，迎接天上降临的新伙伴。于是，新雪压着旧雪，后来者总是居上，最下面的雪早凝成了冰，面上的则是粉嫩的新雪，也许来到世上不过几天。这雪白得洁净，白得让人心疼。车停下了，人却迟迟下不了车，因为实在不忍心踩在这样洁白的雪身上。终于，杂沓的脚印踏在雪地上，那洁白便有了伤痕，有了疼痛，但因此也就有了活生生的气息。

凤凰山在辽东诸山中以险峭闻名。远远地看凤凰山，那锐如剑戟的山峰，在天际划出一道急剧起伏的影线，好像众多的山峰在负气争高。而当你走到一座座山峰面前，才感到凤凰山的可贵和不易。诸多山峰攒插在十分有限的土地上，那山峰能不陡吗？由于山势陡峭，表面的浅土早被雨水冲刷殆尽，裸露出累累岩石。无论是板块说也罢，火山说也罢，大凡山都是挤压的结果。可以说，没有挤压便没有山峰，挤压愈甚，山形愈险峭。那布满全山的悬崖峭壁，以及镶嵌在岩缝间的庙宇和悬挂于绝壁上的链梯，似乎都写着"坚忍"二字。这便是凤凰山给每一个登临者的最好的赠予。

关东三月，一个没有鲜花的季节，却是最耐人寻味的时候。万物尚未复苏，一切都处于混沌之中，大自然制造了一个空白。那空白里却蛰伏着一个美丽的等待，如同那飘飘忽忽的春的影子，让人为之着迷，为之感动。

井冈瀑布

六月，井冈的杜鹃已然谢了，再看不到山野间那一丛丛火焰般燃烧的热烈景象。但经过整整一个春天雨水的滋润，满山的草木却如墨染似的浓绿。一竿竿翠竹被风轻轻地摇动，在无边的林海中漾起一道又一道波浪。每天，太阳出来以前是云雾的世界，尤其是在黄洋界。这里中午以前难得看到阳光，眼前迷迷蒙蒙，像是有一群群灰色的巨人在不断地穿梭来往，他们都裹着湿漉漉的大衣，无意间碰上便会沾上一脸一手的水气，凉飕飕的带着点雨腥味，令人想起那一场又一场无声却温柔的夜雨。小溪在不知不觉中丰腴起来，远远近近，似乎到处都是活泼泼的水声。

此时最让人动心的当然还是瀑布。井冈山的瀑布这样多，多到久住的山民也说不清数量，因此，再详细的地图也无法——标出每一条瀑布的确切位置。何况，还有许多季节性的流水游瀑，或守候在你散步的小径旁，或闪现在疾驰的车窗边，常常是在不经意间，使你感受到一种意外的惊喜。

井冈瀑布是那样多姿多彩，变幻不定。有时，它像一阵风，在岩壑间轻轻地流转呼唤；有时它如漫天大雨，尽情地润湿山峦草木；有时，它是三两个隐者，躲在密密的丛林里轻歌曼舞；而更多的时候，它们成群结队从高高的山崖上呼啸而下，天地为之动容，草木因之失色，于是，你便明白了，大山的呐喊，原来是这样震人心魄。

井冈山瀑布最集中的地方是龙潭。龙潭在小井附近。一道长仅两公里的峡谷里，竟汇集了五潭十瀑。大小瀑布在悬崖峭壁之间，奔腾呼啸，引得峰鸣谷应，将大山的生命演绎得如此豪壮。

到龙潭看瀑布，既可以乘缆车，也可以步行，当然各有好处。缆车是从高空俯瞰，有一段几乎是贴着瀑布的水面缓缓下降，离开了缆车，无论是谁，也无法在这样近的距离、在这样的高度看着万斛泉流最初跌落的景象。五神河自远山迤逦而来，水流在临近悬崖的豁口之前，或许还有几分踌躇乃至几分慌乱，但跌落时却显得异常的平静。听不到喧哗和嘈杂，看不到拥挤和推搡，那一种凌空跃下的安详和沉着，让人惊讶得说不出话来。

当然，要观赏瀑布最后的跌落，则须下了缆车，徒步走到瀑布近前。这最后的一刻，似乎不像起始那样有序，但却变化万千，极其壮观。瀑布的下方，是一面空潭。瀑布落到潭中，发出喧雷般的响声，溅起的水花，化作漫天大雨。风忽忽闪闪，挟着水花和雾气，在峡谷间游荡。其实，在瀑布的中段，瀑流的下落就起了变化。有急急匆匆，一泻到底的；有从容优雅，款款而降的；也有寻找岩石作落脚点，悄然离队，但最终又不得不从岩石上漫流而下的；还有的，只是一味往同伴的身后躲闪，希望借此拖延坠落的时间。于是，一帘瀑布里，景象万千，每一股大瀑布里都藏着无数小瀑布，水流纵横交错，穿梭来往，溅珠喷玉，展开了一幅幅纷纭变幻的生命景象。

井冈山落差最大的瀑布——飞龙瀑布则在五指峰下的水口。150米高的瀑布如同一幅巨大的壁挂高悬于天地之间。沿着石砌小道往下走，老远就能听到喧腾的水声，在山谷轰鸣。待走到瀑布近前，更觉得气势不凡。瀑布不是一泻直下，而是折成两叠，上一叠，似乎是斜刺里冲出的一支奇兵，急骤驰骋，势不可当；下一叠，则如千军万马，漫山遍野而下，但见戟戈耀日，烟尘滚滚，盈耳则是风萧马鸣，吼声如雷。

在瀑布的上方，所看到的情景却完全不同。透过稀疏的树丛，面前只是一条不起眼的小溪。水流十分平静，从叶隙筛下的点点阳光，在溪面上轻轻地跳跃着，溪水缓缓流过树丛，流过石滩，像一支德沃夏克极具抒情意味的交响曲，节奏欢欣而舒缓。可是它们哪里知道，仅仅是几步之外，它们的命运将要发生根本性的变化！它们没有任何选择，甚至不容许有一丝犹豫，它们平静的生涯已经走到尽头，于是就这样相互簇拥着向一道深渊一跃而下。也许它们谁也没有想到，这身不由己的一跃，竟使得生命的瞬间如此壮观又如此辉煌！

倘若面前没有峭岩悬崖，倘若没有忘我的奋身一跃，自然，也便没有这样一道绚丽的生命华彩。那么，溪水将依然唱着平静而舒缓的歌，在丛林中穿行，与鹅卵石和水草嬉戏，像每一条平平常常的小溪，日子过得单调而轻松。其实，只要给它们机会，任何一条看似不起眼的小溪，都能将生命化作万丈飞瀑。只不过不是所有的溪流都能拥有这样的瞬间，但也并非所有的溪流都向往这样的辉煌。于是，小溪也罢，瀑布也罢，都以自己的方式生活着，并且丰富着世界。而对于大自然来说，只要存在，便是一种美丽。

当然，更多的瀑布只是一些季节性的流水。雨来了，那落在竹林树海的大珠小珠，循着熟悉的路径，一路寻亲访友，汇集一处，而后亲亲密密、热热闹闹地从一道道山崖豁口蜂拥而下。对它们来说，这些下雨的日子，就是它们快乐的节日。不像那些大瀑布，要时时面对诸多慕名而来的游人，它们因此显得更自在，更逍遥，也更能体现山野的情趣和意味。

六月，在井冈山旅行，当朝雾消散的时候，不妨在山林中找一个静静的角落，听听瀑布的喧响。那似风似雨的轻吟抑或如雷如鼓的轰鸣，都能引发你内心的回应，毕竟，那是大自然的呼唤，是大地律动的脉搏。没有什么比这样的声音更让人沉醉了。

背倚虎跳峡

在这里奔流的金沙江，是青春期的长江，血气方刚，活力正盛，自青藏高原南下，一路汇集雪山融水，穿峡过滩，一泻千里，势不可遏。于是，出川藏、进云南，却偏偏有山挡道，一座是玉龙雪山，一座是哈巴雪山。金沙江先是随兴打了一个300多度的大转弯，由向南改为向东北。江水转弯的地方叫石鼓，这里遂被称为长江第一湾。可是，面前依然是壁立千仞的叠嶂连峰。由是江流发一声喊，生生在两座高可摩天的大雪山间撕开一道口子。这道狭窄的口子就叫虎跳峡，峡长16公里，峡高3000米，最窄处却还不到60米。据说，当地有人曾看见老虎从这里跳峡而过，于是以此命名。

一道虎跳峡，让狂野的金沙江多了几分豪气。

第一次认识虎跳峡，是1986年洛阳长江漂流队的壮举。江河漂流，是人类挑战大自然的一项新兴活动。自20世纪60年代以来，地球上的大河——尼罗河、亚马孙河、密西西比河相继被漂流运动者征服，而中国长江却还是漂流的处女河。长江，是世界第三大河，全长6300公里，落差5400米，也是世界落差最大的长河。它的上游尤以急流险滩著称于世，同时也让一个个漂流探险家心旌摇曳。

1977年，当美国探险家肯·沃伦成功地漂流了印度恒河后，站在他的"下次是哪条江"号漂流船上，指着远处的喜马拉雅山雄心勃勃地说："现在，只有山那一边的伟大长江还没有被征服过，这就是我的下一个目标。"他还表示，愿意交纳80万元首漂长江。

中国的河流，为什么不能由中国人自己来完成漂流？一个年轻人挺身而出，他就是西南交通大学教师尧茂书。于是，尧茂书孤身开始了他壮烈的长江漂流之旅，但不幸在金沙江的通珈峡遇难。尧茂书的献身，唤起更多热血青年的爱国激情，来自古城洛阳的8位年轻人自发成立了"中国洛阳长江漂流探险队"，决心继续完成尧茂书未竟的事业。洛漂队成功冲过通珈峡，却在叶巴的江心遭遇狂浪，漂流船被锋利的礁石一劈两半，两位队员不幸遇难。

长江上游之艰险，使得美国人知难而退。此前踌躇满志的美国探险家肯·沃伦在叶巴察看了江水流势后宣布：我们要和长江说"再见"了。他还说："过去，我们对长江的认识是远远不够的。在这条江上，不管什么人，光靠勇气、毅力和技术都是不够的。"

但叶巴初战的失利和美国人的退缩丝毫没有动摇这群洛阳青年的意志，他们誓言要一直漂到长江入海口。

于是，天险虎跳峡成了漂流队面临的最大挑战。一时，全中国的眼睛都盯在了云南西北，地图上的一道细细弧线，系住了亿万人的心弦。

这一天，是1986年9月10日，洛漂队的两位勇士从容地穿上救生衣，向岸上的人群挥挥手，上了密封船。船下水仅仅一秒钟就被激流挟持着飞速冲上横卧江心的黑礁石，接着翻腾跌下7米多的波谷，险被激流利石击穿。密封船在狂涛和旋涡中翻滚着前进，很快又被巨浪吞没。但幸运之神终于降临在他们身上，密封船沉入江底，几番挣扎后终于浮出水面……

我多少次在地图上寻找虎跳峡，寻找这道让国人为之热血喷张的壮峡。今天，我终于如愿来到金沙江畔。车子从丽江出发，6月的阳光，暖暖地照在原野上，远山、近树、村舍显得格外静谧。从车窗远远地眺望长江第一湾，只是一道优美的弧线。车子沿着公路迤逦前行，不经意间，已与浑黄的江水一路同行。

谁也没有想到，就在前方，会有一场水石的恶战。

公路旁的山势陡然升高，我们乘坐的车子在一座涵洞前的敞地停下。虎跳峡就在公路下方，隐隐听得到江水的呼啸。由公路下到江边，建有百米栈梯。踏上去，立刻传来"咚咚"的响声，仿佛听见长江的心跳。临江水处围起了一米高的铁栏杆。凭栏处，便是虎跳峡的狂澜激流。

不像我见过的许多江流，岸边的崖、江心的石，都被激流磨得顺溜圆滑，如同一只只驯服的绵羊，在鞭子下低眉顺眼，了无刚性。江水在石面上纵情漫流，意气风发，写尽一个征服者的傲慢和自得。

虎跳峡却不是这样。16公里长的狭窄河道，每一处都是严阵以待的敌垒：峡两岸的岩石，全都突显一列列尖锐的棱角，露出斧斫刀削一般的痕迹；江心处那块黑色大礁石，更是利脊高耸，铁面狰狞，对着汹涌而来的江水，以锋利的刀口相向。滔滔黄水，登时被一劈两半。江水却没有丝毫退缩，咆哮着蜂拥向前，浪涛层层叠叠，铺天盖地而来，高高腾起的水柱和深深卷出的旋涡，如同天地间一口口巨镬，不断倾倒出满锅嘶叫着的沸水。旋涡套着旋涡，浪头抵着浪头，看得人眼花缭乱。江水流速之疾、力量之大，更让人触目惊心：圆桌大的木头进入水中，出峡时已被劈得粉碎。面对此景，宋代诗人苏轼曾吟道："有如兔走鹰隼落，骏马下注千丈坡。继弦离柱箭脱手，飞电过隙珠翻波。"这将老子"天下之至柔驰骋于天下之至坚"的箴言，演绎得淋漓尽致。

这是长江的一次发威，3000里奔腾的劲道，3000米落差的蓄势，在一瞬间爆发。江水逼使大山让出一条通道，但也仅仅窄堪容身。而两岸山岩的反抗来得一样强烈。那锐石尖岩的形成，当是江水的强力之功。奔腾的激流和坚定的山岩，彼此相向，再无退让。水石间的剧烈搏斗，就这样相持了千万年。

那么，背倚虎跳峡，拍一帧照片吧。背景是急浪翻腾的金沙江，是壁立千仞的大雪山，是一块块在激流冲击下的尖岩锐石，或许，还有漂不去的关于漂流勇士的记忆。

此时，背倚虎跳峡，任身后的江水激荡澎湃，如同听一曲宏阔的天籁之音，不知为什么，心倒变得格外宁静。

壶 口 一 望

壶口一望，让人惊心。

老远，就听到轰隆隆的响声；接着，便看到水雾腾空。一行人不由得加快了步伐。此时太阳已经落山，天色渐次向晚，留给我们的时间，也就只能是匆匆一望了。而为了这一望，我们自西安出发，途经黄陵，再折向西北，整整驰行了6个多小时，终于进入陕西宜川境内。远远地望见黄河了，6月的河水，不肥不瘦，不疾不徐。两岸连山，夹着一道奔流，汤汤而行。那浑黄的河水随着山势打出了一个弧度十分优美的大弯，峡谷的风推送着细细的波浪。黄河显得沉着而安静。

我曾在许多地方看到过黄河。甘肃兰州的黄河，是一位急匆匆赶路但脸上始终挂着甜美微笑的年轻母亲；宁夏中卫的黄河，则是一位健壮豪迈的西北汉子，河面上翻卷的浪头恰是他胸脯上隆起的一块块肌肉。

黄河便这样自信而欢快地流着，出青海、穿甘肃、奔宁夏、进内蒙古。它带来了丰沛的河水，滋润了河两岸大片的土地。银川平原、河套平原也因为河水的灌溉，成为"塞上江南"。但黄河的北进遭阴山阻挡，之后，来了个大拐弯，带着一股剽悍之气直下晋陕。于是，黄土高原被河水深深地切开一条通道。但河水前行的道路并不总是那样顺坦，宽平的河床上忽然出现一块犁状的巨石，是为孟门山，传说中大禹治水之处。孟门山挡住了黄河的去路。《淮南子》载："河出孟门之上，大溢逆流。"河水咆哮四下夺路，淹没周围的村舍农田，成为洪患。这是黄河第一次寻找生命的出路，是氏族首领大禹帮助了它。4000多年前，正是大禹率领他的部众用最原始的工具，凿开了孟门山，为黄河疏通了一条道路。而今，大禹的石雕像高高地矗立在孟门山上，正深情地俯视着这条关乎华夏生命的河流。

黄河安然通过了孟门山，却又一下陷入险境。就在500米开外，河床忽然坍陷，失去河床的黄河变得惊恐万状，万斛水流止不住脚步，顿时纷纷跌落，跌入一个陌生的逼仄而狭长的空间。那一刻，河水能不叫嚣吗？随着一声声怒吼，不甘随河流一道坠落的水花纷纷腾起，形成漫天雨雾。水花的抗争激烈却无力，它们一生都只是大河的一分子，只能追随大河的命运，与大河共浮沉。

仅仅30米的落差，仅仅数十秒的过程，黄河不再叫黄河，被叫作壶口瀑布。坚岩锐石的壶口改变了黄河的命运，也改变了黄河的性格。

如同一只只不甘驯服的猛兽，挣扎过了，抗争过了，甚至以最激烈的方式从悬崖上跳下，悲愤地仰天而啸，但最终还是被收服，无奈地流入一个窄窄的水道。于是，纵横天下的黄河，波宽浪壮的黄河，就这样萎缩成了一条小水沟。

沟道虽很狭小，崖岸却很坚实。一层又一层巨大的岩石，如同铜墙铁壁般紧紧地扼守着这条水道。命中注定，黄河要过这一劫。

不过，让我吃惊的是，刚才还汹涌不屈、叫嚣不止的河水，进入这道小水沟后，竟一下就平静了下来。再没有拍崖的惊涛，也不见裂云的水雾，只是低着头顺着沟道急急地趱行，它们似乎明白命运是不能被改变的，于是只能俯首帖耳，顺应时势，如同一群群驯顺的绵羊，在一道无形的鞭子下走着。此时，河水叠着河水，波浪压着波浪，我看出它们走得很痛苦，走得也很憋屈，但它们居然连一声叹息也没有。天下黄河啊！

就在同一个圆点上，只是一个转身，景象竟然大异。人们都蜂拥在瀑布前拍照。不是拍那条已经奔流了1000公里，接着还要继续东流入海的大河，而是拍那道只有30多米高、流程数十秒的瀑布。几乎没有人回过头去看一看瀑布之后的河流，更没有人愿意为这条已经委屈成小河沟的黄河留下照片。天下黄河啊！

暮色四合，我最后望一眼瀑布，离开时脚步竟有些沉重。

大 美 华 山

  终于站在了华山的脚下，透过西岳庙的金色琉璃瓦顶，可以看见那如菡萏般绽放的美丽山峰。西峰、东峰和南峰组成一顶巨大的花冠，让人心旌摇荡。这一天，足足等了我20年。20年前，先到西安，而后去洛阳。当我乘坐的列车"哐啷啷"地从华山身旁驰过，心里一个蛰伏的念头猛然被敲醒，此一行，为什么不去华山？为什么？这个说不清原委的念头一直缠绕着我。20年了，我的目光常常在地图上逡巡，一座以奇险著称的大山似乎正带着神秘的微笑注视着我。也许是缘分未到吧，于是，我还需等待。20年匆匆而过，不知不觉间已步入花甲之年，我又有机会来到西安。会议的间隙，有一天自由活动，我毫不犹豫地选择了上华山。花甲之年始登华山，心中涌起的自然是别样滋味。

  华山让人游兴萌动的是一条古道，华山让人心生敬畏的也是这一条古道。南北朝时文学家任昉在他的笔记小说《述异记》中记录过这样一个故事：晋时华山脚下一个叫王柯的农民进山打柴，走到青柯坪，见崖间石洞前有两位老人在下棋。于是王柯放下打柴工具，站在旁边观看。不觉看了多时，老人对他说，时候不早了，你赶快回家吧。王柯忙起身去取柴担，不想，柴担朽了，斧柄也烂了。待走出山谷，原先熟悉的景象都变了，连自家的草舍也找不着了。这个观棋烂柯的故事流传了1500多年，已经脍炙人口，无非说的是，山中虽一日，世上已千年。但撇去仙道的神秘成分，依然传递着这样的信息：华山之路艰辛难行，山间景象恍如隔世。

这一条道，自山脚下的玉泉院始，经莎萝坪、青柯坪、千尺幢、百尺峡、老君犁沟到云台峰（即北峰）。这段路通常需要3个小时。而这履艰涉险的3个小时，早已磨掉游山者的三分锐气。但对于华山五峰来说，登上北峰似乎才是开始。很少有人能一口气游遍五峰，那不仅需要超群的脚力，还需要超凡的毅力。什么时候，有了上山索道，似乎将登山的起点定格在1600米的云台峰。这样，上西峰、南峰和东峰几乎缩减了一半的路程。脚健者，半天工夫，可至三峰并打个来回。于是，大多数游人选择了索道，但同时，也让他们失去游览玉泉院以及体验攀登千尺幢、百尺峡的乐趣。因此，当我游过西岳庙，随游客乘坐电瓶车由黄甫峪入山来到索道站前，心中竟有几分怅怅然。似我辈，不知不觉间已沦为登山的弱势群体，依赖索道不说，自我度量，西南东三峰充其量也只能取其一峰。

都说华山只是天地间的一块大石头，而这一块大石头，竟起伏成百十峰峦，万千姿态：或石骨崚嶒，尽显雄山壮色；或翠色满襟，刚劲中透出几分妩媚；或似大匠拿捏的盆山，峭峭然鬼斧神工；或如大写意的水墨画，满纸云气氤氲。总之，雄也罢，秀也罢，奇也罢，险也罢，都集合在一座华山上了。

一道石径像一条长长的诱惑，蜿蜒在山脊，隐没于云间。那便是华山的召唤。那么，开步走吧。

自古华山一条道，但这条道走起来一点也不轻松。许多地段，说是路，其实并不是路。有的只是在断崖上凿几个坎窝，辅以铁索攀缘，谓之天梯；有的游龙般以四五十度的坡度直上山脊，危危乎两旁皆是峭壁，而石级既陡且窄，是为擦耳崖、苍龙岭。难怪，当年的韩愈，从苍龙岭下山时，望一眼脚下的万丈深渊，倒吸一口冷气，便再也迈不动脚步了。韩愈患有高血压、心脏病，还有近视眼。这只要读过他的《祭十二郎文》就可知道。文中他自述："吾年未四十，而视茫茫，而发苍苍，而齿牙动摇。"韩愈最终自己下不了苍龙岭，是被人抬下山来的。不过，自擦耳崖、苍龙岭至金锁关一段，实为全山精华。苍龙岭正当华山山腰，是连贯北中东西南诸峰的唯一通道，古称搦岭或夹岭。从北峰望这座山岭，通体青乌，如苍龙蜿蜒，直上长空，故称苍龙岭。

韩愈当年上华山时，路况显然要差得多，也难行得多。实际上，明清之前，华山上除了道士、香客、药农和樵夫，基本上没有游人。苍龙岭现存石阶为清陕西巡抚毕沅所凿。毕沅是文学家，应当知道韩愈投书的故事。他亲至苍龙岭，见石径隐约，随山势明灭，险巇万状，于是下决心拨银两修凿石阶。石阶宽仅两尺余，若多人同时上下则极为困难。大约因为身在山脊的缘故，虽路狭人拥，但视野却格外开阔。在这里，观诸峰，尽取其胜。一座西峰，如一把半开的扇面，徐徐展露；一座东峰，无端揸出巨掌，捆得云飞云落；一座南峰，如仙人峨冠，高踞云端，静观天地万象。

过了金锁关，似乎才有了真正意义上的道路。路面较前宽也略显平坦。从这里，分出3条岔道，可以直通西峰、中峰、南峰和东峰。不假踌躇，我们选择了西峰。

西峰的最后一段行程，依然是一道山脊。此前在北峰看苍龙岭时，就看到那条长且陡峭的山脊上蠕动着如蚁般不断线的游人。只是不久，我们自己也成了攀爬在苍龙岭的蚁人。现在，我们又站在西峰的山脊上了，又当成为别个登山者眼中的一道风景。我们在看别人的时候，别人也在看我们。这就是生活。山脊上照例拉着一道道铁链。铁链似乎成了华山的标志。不过，扯着铁链攀登，倒是一种全新的体验。

西峰是华山的主峰，华山东面即是潼关，古称函谷关，是进出700里关中平原的要隘。几千年来，人们进关出关，仰头即能看到那高耸云表如花瓣般绽开的美丽山峰，但只可望却又不可及。或因为此，华山之美在人们的眼里，才更觉可贵。

下山了，我们的脚步不由地加快了节奏。不觉山中已一日，毕竟，我们还得回到俗世中来，为油盐酱醋茶操心劬劳。途中，不经意间，看到巨大的石崖上镌刻着的"万象在旁"4个楷书大字，似有所悟。

彩色的西海固

西海固，都说你是苦甲天下之地。但你不缺厚土，拿一把铁锹轻轻松松便能挖下十几米的土层；你不缺历史，丝绸之路从你身上穿过，弯弯腰就会拾到几枚古文明遗落的碎片，更遑论蒙古和西夏铁骑的厮杀声至今依然在空旷的原野上回响；你不缺勤劳，那高高的山峁上一道道黄绿相间的庄稼和焦黄的土地上一间间明亮的瓦房便是例证。你唯一缺少的只是水，宽阔的河床上没有水，深邃的老井里没有水，屋里的瓦缸中没有水。

没有水的西海固在苦苦地企盼着水，于是峁梁上的村庄取了"喊叫水"的名字，于是饱受苦旱的同心县城搬迁到了河湾里。然而，即便让一条大河穿过城区，依旧和水无缘。这条河柱叫"清水河"，宽阔的河床里却不见一线涓涓细流，干裂的河底朝向高远的天空，死去一般沉寂。

都说西海固的夏天看一眼便让人心焦，而我们偏偏在 7 月盛夏，在热辣辣的烈日下来到这里。天上没有一朵云彩，阳光无遮无拦，晒在身上有一种烧灼感。天空蓝得有些发灰，这可能是眼睛的错觉。因为极目所至，就是混沌一片的土黄，这是生命的本色，却让人感到生命原生的苦难。几乎每一座房屋的屋顶上都覆盖着厚厚的一层黄土，连规制宏伟的清真大寺也不例外。太长时间没下雨了，长到人们要费劲地去回忆曾经有雨的日子，那日子竟是那样的遥远。

清真大寺便矗立在河湾上，寺门朝北，门前有一座仿木结构的砖砌照壁，照壁中央，是一块精美的砖雕，一轮明月隐隐约约，藏于松枝柏叶之间。与照壁相对的寺门上方则刻着一句"忍心忍耐"的匾额。一块匾额用了两个"忍"字，颇让人回味。正在这时，从高敞的礼拜殿里走出几十位老者，他们神色安详、步态从容，似乎刚刚做过礼拜。尽管各人服饰不同，但都戴着白帽子，好几位还蓄着山羊胡子。对已经燃烧了半年多的天空，没有一个人表现出焦虑的神情。一时我竟觉得，这一群飘逸的白帽子便是西海固焦灼的天空中一朵朵安详的云彩。

同心清真大寺在西北回民心目中有着特殊的位置。这不仅仅是因为寺院规模宏大，造型精美，还因为寺院的东南边有座回民公墓，那里埋葬着明末清初回族著名经师胡登洲。正是他创立了中国伊斯兰经堂教育，让回民每星期进一次清真寺听阿訇咏诵《古兰经》，这个习惯沿袭到今天。清同治年间，回民爆发了以马化龙为首的金积堡起义，各地回民义军也都汇集到金积堡。陕西回民还特地将胡登洲的尸骨作为圣物带到宁夏助战。清廷调左宗棠率大军镇压了这场起义。失败后，逃散的回民来到同心，将尸骨埋在清真大寺旁。这座清真大寺也因此成为回民礼拜的中心地。每当伊斯兰教的古尔邦节和开斋节，黄土漠漠的同心便成了一片白浪起伏的海洋。

我们还去城郊看了移民新村。这是宁夏实施扶贫工程的重要项目，将严重缺水的山村居民集体迁下山峁。这时，3个回民孩子走入我的照相机镜头，他们的背后是一小块绿油油的玉米地。在一派天地浑黄中，这片刚刚抽穗的玉米显得格外鲜绿。稍远，是回民们新盖的一幢幢明亮的大瓦房。夏天的太阳，把3位孩子的脸烤得红扑扑的。他们还处在不知道生活艰辛的日子，但那一种掩藏不住的稚气的笑，将长久地和这片带着对新生活憧憬的鲜绿叠印在一起，如火的阳光仿佛也因此减弱了许多。

越往南行，山头上的色彩就越丰富。从金黄、嫩绿、淡紫到黛青，一层一层，如同精工绣在山坡上一样。真不知道这些庄稼是怎么种上去的。要知道，在这片年降水量只有200毫米而蒸发量却达2000多毫米的土地上，农作物不要说生长，连生存都十分困难。况且，这里不仅仅缺水，气候还特别恶劣，常常是收获在望时，忽然平地起惊雷，一场突如其来的冰雹便将一季的辛劳化为乌有。可是，即便如此，打井也罢，开渠也罢，挑水也罢，人们硬是把油菜、胡麻、玉米、荞麦、马铃薯从平川一直种到了峁梁上。

当我们驱车从泾源赶往西吉时，还赶上了麦收的动人场面。一台台收割机在广袤的田野上来回奔突，麦浪如退潮般翻卷，好像有谁对着麦子轻轻耳语，于是它们一排排驯顺地躺下。它们曾顽强地经受住干旱的考验，并侥幸地躲过冰雹的袭击。对它们来说，这是生命中最辉煌的一刻，于是，它们将自己饱满的身躯躺倒，化作丰收的景象。

纵目所至，十里平川，金黄的麦草成堆成垛，把一个收获的季节渲染得如此热烈。在车上，不论是谁，看到这样的场面都会受到强烈的感染。这时，一首高亢、奔放且带着点秦腔韵味的"花儿"从车厢后座响起，这是陪同我们的一位西海固作家情不自禁地为家乡的收获而歌。我第一次听到"花儿"，原来不是唱出来而是这样从心坎间吼将出来的："哎哟哟，尕妹妹你不要开口，走过了三十六道梁我还会回头……"激越奔放的旋律在车厢里回荡冲撞，撩动着每个人的心田。这是男女互诉的情歌，强烈直率，五彩斑斓，让人感受到生活的欢乐、苦涩和苍凉。

西海固，在你的山头梁峁上，我没有看到娇嫩欲滴的鲜花，没有看到宛转潺湲的流水，甚至，连青翠的树木也难得看到几棵。但你却拥有自己鲜丽而丰富的色彩，而那正是生命与自然抗争的颜色。况且，你还拥有那一首首响遏行云让人一唱三叹的"花儿"。我终于明白了，为什么在苦瘠天下的陇中，人们要把这样激越苍凉的歌叫作"花儿"了。

从苏堤上走过

从苏堤上走过，从白堤上走过，从西泠桥头走过，从苏小小的墓前走过。夹岸的杨柳蘸着湖水，写着一天悠悠白云，也写着千年匆匆往事。多少忧愤悲伤，多少爱恨情仇，竟都在这平湖上发生，而后，随拍岸的湖波远去。

如果说西湖像一坛美酒，那么苏堤和白堤就是酒坛上的两只提手，是它们提起了西湖的春花秋月，提起了西湖的世事沧桑。千年湖堤上，留下太多太多的脚印。我们总是踏着前人的足迹，沿着他们的故事行走。杨柳依依，牵扯着游人的脚步，一驻足、一回首，便有一股暖暖的情绪涌上心头。

是谁说过这样的话："杭之有西湖，如人之有眉目。"

北宋诗人、杭州太守苏东坡。

东坡是他因乌台诗案被贬谪湖北黄州时，因仰慕昔年白居易在忠州东坡种菜，特意取的号。现在，他又追随白居易的足迹来到杭州。

在他的人生轨迹上，白居易似乎是他的前导。公元822年，诗人白居易出任杭州刺史，他疏浚六井，拦洪植柳，在西湖上留下一条白堤，更留下千古传唱的诗声和政声。白居易任满离开杭州时，百姓倾城相送。诗人非常感动："处处回头尽堪恋，就中难别是湖边。"西湖给了他难以忘怀的美好记忆。

这份记忆同样留给了苏东坡。267年之后，苏东坡以龙图阁学士出知杭州。这已是他第二次来杭州。第一次是在熙宁四年（1071），他出任杭州通判。"水光潋滟晴方好，山色空蒙雨亦奇。欲把西湖比西子，淡妆浓抹总相宜。"描述的便是他初识西湖时的惊羡之情。杭州最初的岁月，诗酒相连，令年轻倜傥的诗人深深地陶醉。满腔抱负，更化作一派浪漫情怀："墨云翻墨未遮山，白雨跳珠乱入船。卷地风来忽吹散，望湖楼下水如天。"

其时苏东坡是因为反对变法，而被外放到杭州的。他一方面沉醉于西湖风景，一方面依然关注着国事，复杂、矛盾的心情，与眼前曼妙的景色融合在一起，铸成挥之不去的诗行。

苏东坡第二次到杭州上任时，已经54岁，不见西湖也已经15年了。而这15年间苏东坡经历了人生中的大起大落，尝尽人间疾苦，也因此看透世态炎凉。担任密州太守期间，正值蝗旱相连，百姓困苦不堪。他奖励农民捕蝗，还亲自去常山祈雨，弄得身心俱疲，但仍未能解除灾情。离任前，他自责之心盘桓诗句："秋禾不满眼，宿麦种亦稀。永愧此邦人，芒刺在肌肤。平生五千卷，一字不救饥！"而到徐州赴任时，又逢黄河决口而暴雨加之，水患如虎，咆哮吞人。他坐镇城头指挥抗洪，一身泥水，满头乱发，度过70多个惊心动魄的日日夜夜。"河涨西来失旧洪，孤城浑在水光中。忽然归壑无寻处，千里禾麻一半空"，"入城相对如梦寐，我亦仅免为鱼鼋。"洪水终于退去，当他拖着踉跄的脚步走下城头，看到百姓投来赞许的目光，心头才稍觉宽慰。三年后他改任湖州。临行，徐州百姓从四面八方赶来相送，为他洗盏敬酒，这令他十分感动。此后，便是乌台诗案猝发，锒铛入狱，他成了一场政治斗争的牺牲品。在狱中度过百日后，被押解赴黄州。然而，正是罪谪黄州的日子，让彻底卸却官衣之累的苏东坡走向真正的文学大师的境界。直至朝政发生大逆转，苏东坡才结束漂泊，被召还京都，任翰林学士兼侍读。但此时的他已一肚子不合时宜，对官场权力的争逐尤感深恶痛绝，一心只想脱离政治和人际的旋涡。不久，便获准出知杭州。

重新披上官衣，又重新来到魂牵梦萦的江南胜地，他心中有过一阵轻松。然而，此时的西湖已非复昔日景象，湖面淤塞过半，乱草蓬生，不忍卒睹。苏东坡心忧如焚，立即上书朝廷，这就是有名的《乞开西湖状》。他指出，如不紧急措置，全湖将为水草湮塞，"更二十年，无西湖矣"，而杭民也将因此失去淡水来源，"使杭无西湖，如人去其眉目，岂复为人乎？"

在他的主持下，1090 年，大规模疏浚西湖的工程开始了。没有资金，苏东坡把朝廷给他的 100 道僧人的度牒，卖了 17000 贯钱，并采用以工代赈的办法，趁雨后葑草浮动之际，发动民夫 20 万工下湖淘浚。疏浚之时，苏东坡卷着裤腿，踩着泥浆，每天都到湖上巡视，亲自督促工程进度。历时数月，西湖复见唐时烟水浩渺之旧观。他又命将挖上来的淤泥和葑草堆筑成一条纵贯西湖的长堤，成为一条穿湖的捷径。堤上种植杨柳，并建映波、锁澜、望山、压堤、东浦、跨虹 6 座石拱桥。为了防止西湖再次淤塞，他又在湖中立三座石塔，规定石塔以内的水面不准种植菱藕，更不准占湖为田。这三座石塔，到后来便成了西湖十景之一的"三潭印月"。

这座因疏浚西湖而诞生的长堤，本无名字，满腹珠玑的文章太守似乎也无意为它取名，但人们都习惯地称它苏堤，一直称呼了 900 多年。苏堤和白堤遥遥相对，像是一位诗人向着另一位诗人颔首问候。

由是，苏东坡和杭州西湖的名字便紧紧地联系在一起，不是放浪形骸的酒榭歌楼，也不是灯光桨影的湖波柳荫，而是湖中的一条泥路。它是历经千年而传诵不衰的美丽诗行。

从苏堤上走过，从白堤上走过，从一页中国文学史上走过，从一位诗人的足迹，还有前面另一位诗人的足迹上走过，那脚步踏出的思绪自然是沉甸甸的。

天 山 作 证

那天，我们自乌鲁木齐穿越天山到南疆的库尔勒。道路在盘旋中渐渐升高，山坡上刚才还约略可见的稀疏草木忽然就了无踪影，漫漫黄沙，从一条条山坳流出，似乎正要往哪里聚集。天山作证，它们原本就是大山的子民，只是因为命运的安排，被一点点地从大山的母体剥落，顺着山坳滑下，风推送着它们一步步地向着远方移动。天山默默地目送着它们，一道道黄沙，流成一行行黄色的泪。

到处是流沙，像一匹匹金黄色的瀑布，悬挂在山梁上，铺展在山峦中，而后顺着长长的陡坡不断地滑落，直到堆成一座座沙丘，绵亘出一道道沙梁。什么时候，大山已不再苍翠，就连坚硬的磐石，也露出枯黄的面容？石面皴裂、焦渴，似乎，只要一只大手轻轻一捻，便可以将它们捻成黄沙。果然它们就成黄沙了。是风，那貌似温柔的手，还是干旱，一种看不见但感觉得到的力量，将它们变成这样？沙是什么？沙是失去水分的石头，是失去形态的山峦，是一群群被繁华岁月遗忘的弃儿。共同的命运让它们相聚在一起，在这远离尘寰的荒凉之地，打发着单调而枯燥的日子。无风无雨的日子，它们死去一般沉寂。它们已经学会了忍耐。在灼灼烈日的暴晒下，日复一日，它们甚至懒得挪动一下身子。

因为它们已经是沙。沙是什么？沙是被逼向绝境的石头，也是石头的最后一道底线。它们已经一无所有，没有了山的雄伟之姿，没有了石的峭立之态，但却有淹不死、碾不碎、锤不烂的顽劣脾性。况且，沙们还有聚在一块的习性。一粒细沙，固然微不足道，但无数细小的沙粒，汇拢、堆积、延展，会是什么？是山，是海，是美丽的海市蜃楼，还是让生命为之震颤的死亡之地？

翻过天山，就是传统意义上的南疆。南疆向来被涂抹上一层神秘的色彩。而这神秘，一半由于遥远，一半则缘于这片浩瀚无垠而又变化莫测的沙漠——塔克拉玛干大沙漠，一个相当于3个江苏省面积的沙的王国。而塔里木盆地，就是从天山、从昆仑山流出的黄沙们的集合地。

过去，北疆和南疆之间，有一道天险铁门关。1877年，在南疆叛乱的阿古柏正是听说铁门关被左宗棠大军攻陷，感到绝望而服毒自杀，可见此一关隘的重要。不过，森森铁门关，锁住南北疆的咽喉，却锁不住龟兹歌舞、和田玉石，还有喀什台城，更遑论浩瀚沙海中的罗布泊，那吞没了楼兰古城，也吞没了无数商旅驼队和探险家身躯的漫漫黄沙。那是旅行者们脚下的畏途，却也是他们心中的天堂。

大漠黄沙，让七尺男儿血脉喷张，让南疆更具挑战色彩。

烈日、寒风、干旱、荒凉……一望无际的沙丘，横亘于天地之间。沙漠有沙漠的规则，进入沙漠，没有什么能打破沙漠的铁律。要不是亲身所历，人们可能想象不出，这些已经干裂分化的石的颗粒，这些看似驯顺沉默的沙的个体，一旦集合在一起，会爆发出怎样的能量。风煽动它们的野性，于是沙丘发出沉闷的呼喊，一层又一层沙的波浪铺天盖地而来，一时淹没了天地万物。

这个王国拒绝脆弱的生命，甚至可以说，这里是地球上的绝境。但总有一些勇敢者进入沙漠。瑞典探险家斯文·赫定，就是其中最为执着的一位。他的足迹长时间地留在中国的西北大漠。漫长而冗忙的探险生活，甚至使他无暇娶妻。他说：我已和中国的沙漠结婚了。由于一个偶然的机缘，探险队丢失了一把铁锹，在寻找铁锹的途中意外地发现了楼兰古城。

不论后世对这位瑞典探险家的臧否如何，但斯文·赫定的名字注定要与楼兰古城一起，写在塔克拉玛干大沙漠上。

藏身于沙海之中的楼兰古国，谜一样的生存，谜一样的消失。残留的废墟，让世人感叹沙漠的神奇和无常。

沙漠吸引着更多探险者走进它的怀抱。他们中的一些人，因此长眠于此。没有谁强加给他们什么，但冥冥中有一个指令，让他们义无反顾地进入沙漠。彭加木、余纯顺……他们一次又一次地走进罗布泊，终至不归。沙漠情愫浸透了他们的血液。是一种不可抗拒的诱惑，还是他们想以自己的行为证明什么？他们似乎都明白自己生命的最后归宿在沙漠。细数他们的足迹，留给世人的除了敬佩，或许还有几分诧异。

沙漠如此无情又如此美丽，如此威严又如此诡秘。

沙漠中最让旅人动容的莫过于看到一片绿洲，看到一道流水，那是塔克拉玛干露出的笑靥，也是沙漠深藏的生命乐园。曾经辉煌的楼兰古国、尼雅古国，便是例证。它们的消亡，自是地球生命的一场又一场悲剧。

水是沙漠中的精灵，水更是沙漠生命的依靠。找水，让彭加木失去踪影；缺水，让余纯顺长眠沙海。但沙漠中有水，有水的沙漠就不是死亡之海。有水的沙漠分明是别样的自然景观和生命景象。绿洲、胡杨林、沙丘、废墟、海市蜃楼，将沙漠渲染得绚丽且迷离。这就是为什么一个个血性男儿要远行天涯，在茫茫沙海里留下一行脚印、一道身影，他们只为一览大漠孤烟、长河落日。

沙漠之水，来自雪山冰川。天山作证，亿万年来，天山不仅向大漠输送了大量黄沙，同时还以冰川之水，不断滋润着这片沙海。源源不断的高山雪水汇流成丰沛的阿克苏河，提供给塔里木河70%

的水源，让这条新疆最大最长的河流，带给无垠沙漠一片片绿洲。

  天山作证，是塔里木河的清澈流水，给沙漠带来生命，让沙漠充满生机。或许，只要塔里木河不改道，孔雀河不断流，罗布泊不干涸，塔克拉玛干大沙漠就绝非死亡之海，沙漠深处的文明便当继续。

京口北固山

到镇江，访北固山，自然是因了《三国演义》的故事。刘备为了联吴抗曹的政治需要，亲自前来东吴，在这里的甘露寺与孙权的妹妹成亲，于刀光剑影中演绎了一场英雄本事，传为千古佳话。小时候读到《三国演义》的这一段时，脑子里便会出现一座想象中的雄峙长江边的北固山，以及重檐叠瓦、楼阁繁丽的甘露寺。其实，《三国演义》中关于北固山的描写并不多，甘露寺也罢，多景楼也罢，狠石也罢，在书中都只是影影绰绰，读者难见其详。或许，身为山西太原人的罗贯中并未亲临镇江，当然不可能作具体的描绘。然而，这座长江边的小山，却随着三国动人的故事走入我的心中。

后来，读辛弃疾的《南乡子·登京口北固亭有怀》，对这座"天下第一江山"更是憧憬不已；向往着有一天，也能登临北固山，如千百年来的文人墨客那样，拍遍栏杆，览胜抒怀，临风一唱。

这个机会来临的时候，已是2001年的初夏，我到江苏吴江的同里参加一个全国性的散文笔会，散会时，我独自前往镇江，就为了想圆一个少年时的梦。

刚下汽车，我就向街上的行人打听到北固山的路。道路沿江岸伸展，此时的北固山隐隐约约地突起在一处江边，浩浩东去的江水，正伸出壮健的臂膀，动情地拥抱着它。

拾级登山，站到山顶上，才真正感到这座远看并不起眼的小山，端得气势不凡。北固山位于镇江东侧的长江边，高53米，为镇江三山的金山、焦山和北固山之首，向有京口第一山之称。其以山壁陡峭、形势险固得名。相传梁武帝曾登山顶，北览长江，故又名"北顾山"。北固山与雄踞江东的孙权关系最为密切。孙权在巡阅长江时注意到了这一带的江山形势，于是在北固山前峰修筑了一座城堡，依古意"丘绝高曰京"名"京城"。镇江便又被称作京口。自建安十六年（211）孙权将都城迁往秣陵（后改建业即今南京）后，京口的地理位置便显得特别重要。杜佑在《通典》中这样评述："京口因山为垒，缘江为境，建业之有京口，犹洛阳之有孟津。自孙吴以来，东南有事，必以京口为襟要。京口之防或疏，建业之危立致。"

孙权在北固山多有经营，最重要的当是"铁瓮城"，顾名思义是一座坚固如铁的军事堡垒。然而千百年来没有人对历经殊死拼战的铁瓮城感兴趣。人们念念不忘的还是那座东吴大将周瑜设温柔计和暗埋甲兵的甘露寺，是寺庙后吴国太相婿的多景楼和寺前洪波滚雪、白浪掀天的壮阔江景，以及由此引发刘备的"天下第一江山"的慨叹。不过，今天游人所见的甘露寺和多景楼已是数百年后的建筑，且经过多次维修，早已失去原貌。至于狠石亦是后人仿造之物，让人空生一段怀古之幽情。

甘露寺是一处紧贴着悬崖的建筑物，由于地形的限制，屋舍都十分狭窄，且偏处江边一隅。我真怀疑当年的原址不在这里。然而牌匾上"古甘露禅寺"的字样似乎不容辩驳。不过，其作为吴蜀联姻的重要场所——刘备的大婚之地则绝对不可信。查陈寿的《三国志》以及《华阳春秋》等史籍，均未见有刘备曾娶孙权妹妹孙尚香的记载。以此看来，刘备东吴招亲的故事纯属民间编造，而被罗贯中先生演绎成了一段色彩纷呈的英雄情事。

匆匆在甘露寺转了一圈，难免有一种被伪故事捉弄的感觉。

然而埋怨不得《三国演义》，它毕竟是部小说；也埋怨不得罗贯中，他不过是个说书人。只是千百年来谁也估量不到小说竟有这样大的魅力，将历史改造得面目全非。

下山时意外地发现了鲁肃墓。这是一座用青石砌就的圆形墓冢，朴素的墓园里静静地歇着一颗恬淡而智慧的灵魂。到北固山的游客很少有人顺道来这里凭吊。一个原因，固然是今人知道鲁肃其人的不多，即便知道，也因为《三国演义》，对他的形象大打折扣。在《三国演义》中，鲁肃被描写成一个忠厚而又颟顸的人物，成为诸葛亮大智大勇的反衬，这实在是对历史的曲解。事实上，鲁肃是三国时期一位非凡的人物，没有他，三国的历史就要改写。三国局面的形成，取决于孙权和刘备联手打败曹操的赤壁之战。而在这场大战前后，积极穿梭于孙、刘之间，分析形势，指陈利弊，同时有效协调两家关系，最后导致战争胜利的就是这位鲁肃。

在鲁肃取代周瑜执掌东吴军政大权期间，由于鲁肃的大义和忍让，吴蜀维持着友好关系。而鲁肃一去世，吴蜀友好关系就被粗暴地破坏。先是吴国大将吕蒙白衣渡江，袭取荆州，导致关羽兵败走麦城；接下来，则是刘备兴起大兵伐吴，却在彝陵被吴国小将陆逊火烧连营700里，大败而归。在吴蜀关系中，鲁肃起着不可替代的作用。

可是，古往今来，多少诗人词客登临北固山，他们吟咏那场惊天泣地的战争，吟咏叱咤一时的战争英雄，有横槊赋诗的曹操，有雄姿英发的周瑜、诸葛亮，却唯独没有鲁肃。滔滔江水，竟忍心淹没这样一位旷代英雄。

将鲁肃埋葬在北固山下，不知是他本人的遗嘱还是后人的意愿。但对东吴百姓来说，鲁肃曾经就是他们的北固山。

不去想什么甘露寺了，也不去想有关三国的是是非非。毕竟，我来到镇江，见到了一座实实在在的北固山。

汀州写意

汀州城，你竟是浮在汀江上的么？

为什么，一清早，我就能听到如许亲切、如许清亮而又如许悠长的捣衣声？这似乎是从远古传来的声音，透过江面上迷蒙的水气，让我的每一个梦乡都变得那样美丽、那样实在、那样安详。漫步江堤之上，眼前则是一道道让人低回不尽的风景。凉爽的江风吹拂起一只只柔美的手臂，每一只握着棒槌的手臂都合着一种韵律向着江面击打，于是，远远近近，次第传来了清清亮亮、不绝于耳的捣衣声。这百里汀江上的捣衣声，连缀着岁月，诉说着艰辛，同时也接续着一座边城明丽的传统。

走下江堤，穿过一道深深的古巷，抬眼间，龙潭正踏着汀江上动人的晨曲飘然而至。汀江在这里流出一处幽深的风景。不知道为什么把它叫作龙潭？数十块铁青色的巨石怎么就来到了江边？而且或蹲或立或干脆躺下，组成一道起伏而坚固的江岸。江水却似乎偏爱这一群颇有些霸莽的入侵者，水流温柔地从它们的膝前乃至胸间流过，轻溅的水声如慕如诉。一棵棵虬曲多姿的古樟树正俯临江水，如同一位位悠然垂钓的老者，且偷眼看那水石相嬉之乐。谁也说不清这些樟树的确切年龄，岁月仿佛在它们身上凝固了。

从龙潭抬首上望，透过老樟树扶疏的枝叶，只见一座凌空古阁，翘檐欲飞。阁建于何时，方志无考。《临汀志》仅载：此阁先名"清阴"，又改"延清阁""集景楼"。宋绍兴间提刑刘乔，以阁傍龙潭而立，仰望如骏马腾云，遂改称云骧阁。这里历来是长汀读书人聚会的地方，他们凭阁远眺，俯瞰江水，思绪若飞，云骧阁寄托着一代代读书人腾飞的希望。尽管楼阁曾几经焚毁，但很快就被修复，长汀学人士子的吟啸声便始终伴随着龙潭流水。这种景象一直延续到了1929年，毛泽东率红四军攻克长汀。书生本质的毛泽东竟一眼便相中了云骧阁，将中央苏区第一个县级红色政权——长汀县革命委员会设在这里。其实云骧阁只是一座两层楼房，面积并不大，除了地理位置独特外，毛泽东看上的或许还有这气势不凡的阁名。

在汀江边的这座小城里，往昔岁月的痕迹随处可见。长汀南门外至今还完整地保存着一道古老的外城墙，青苔漫漶的城门洞里破残的砖石上依稀可见道道箭痕。就在这里曾进行过惨烈的战事。明末在福州登基的唐王被清军追赶从南平一直逃往汀州，清兵随即包围汀州，一场激战便在南门外爆发。可是当我登上城墙却看不见敌楼、箭垛，眼前倒有一座规制虽小但香火颇盛的寺院，庵堂里的一切都透出几分沧桑，据说它已有三百多年的历史。不仅仅是寺院，还有不少民房就直接修建在宽阔的城墙上。这当然不是因为战争，尽管这座边城曾几经战火。那么或许还是因为滔滔汀江。我想象得到，当洪水肆虐时，宽阔而坚固的汀州城墙就成了一艘庇护百姓的大船。汀州城，便是这样地浮在汀江上了。

汀江源出宁化县的乱萝山，经长汀、上杭曲折南流，在粤东汇入韩江，最后注入东海。在我国地理上，这是一条特殊的河流。大凡江河都是自西向东流，而汀江却是由北向南。这也是汀江得名的由来。因为古代以南方属丁，乃在丁字旁加水，作为江名。

不过，以水得名的长汀，却是一座地道的山城。宋朝汀州太守曾这样描述它："一川远汇三溪水，千嶂深围四面城。"长汀四面环山，莲花山、展旗山、宝珠山，崇冈复岭，可谓"城在山之中"；而城中则有卧龙山和乌石山，是为"山在城之中"。

城中之山的卧龙北山最让长汀人引以为豪。史籍载："（郡城）就中突起一山，不与群山相属，如龙盘屈而卧，故名。"北山不高，满山遍植松树，望之蔚然生秀，是汀州城一座天然画屏。不论你在城中哪个位置，抬起头便能看到它。每当薄暮时分，山风渐起，松涛阵阵，响人耳鼓。你若在这时候沿山径漫步，心里头便会沉甸甸的。不为别的，就为近现代史上那一位位杰出的人物。这阵阵松涛一样掠过他们的耳畔，一样和着他们的脚步，一样在他们心中回荡。

走在这条翠意撩人的山径便仿佛走在他们身边，听他们或慷慨陈词或轻吟低回或畅怀大笑。不知为什么，在他们中我特别感念那位书生型的革命家瞿秋白。卧龙山西麓的罗汉岭是瞿秋白先生的就义处。据说，当他被押往刑场途中，曾在此驻足。他抬头看了看苍翠欲滴的北山，说：此地甚好。遂平静坐地，从容就义。由此往东，不远处有"秋白亭"，秋白赴难时就在这亭子前留影。他身着黑色圆领衫、白色西装短裤，背手而立，安闲的神态像是在公余散步。这让人想起他说过的一句话：人生公余是小休息，夜晚是大休息，死去是真休息。这相片只要是看过便怎么也忘不了。有了这一段让人拂之不去的往事，松竹苍翠的卧龙北山也就格外耐人寻味了。

卧龙北山下有著名的"福音医院"。这所由英国教会创办的医院依山势而建，分前后两部分，前为门诊部后为住院病房和手术室。青瓦白墙，透出异国情调。1929 年红军入闽时成为中央苏区第一所红军医院。毛泽东和其他中央领导人都在这里疗养过。山顶有一座金沙古寺，寺内建有"北极楼"。登楼俯览，汀州形胜，历历在目。傍晚从"福音医院"上山，登北极楼，成了毛泽东每日的功课。而今，站在北极楼上，已经难以将整个长汀城区尽收眼底，但不论城市怎样生长，都改变不了卧龙山在长汀人心中的重要位置。

说是地方僻远也罢，说是民风淳朴也罢，总之，在长汀城里漫步，让你流连并为之感动的不是那些所谓现代化的建筑，而是寻常巷陌中随处可见的带着沧桑且斑驳的古意。一处庭院深深的人家，一座烈焰熊熊的打铁炉，一块古色古香的招牌都能让你感到那曾经逝去的岁月似乎又回到身边。

每天清晨，当那一阵阵此起彼伏的捣衣声响起，我就知道，因了这样悠扬动人的晨曲，这座汀江上的小城便永远也不会被现代生活的浪潮吞没。

密林中的海子

　　由川北重镇平武 翻过海拔 4300 米的杜鹃山，就到了南坪。虽说已是四月，但没有一点春天的感觉。杜鹃山的大小山头上还披着厚厚的白雪。不要说看不到杜鹃花满山绽放的热闹场面，就连一棵嫩绿的草芽也难寻觅。不过，此刻揪住人们心弦的已不是绿色，而是那片近得似乎伸手就能触摸到的青灰色天空。之字形的公路却还在向上延伸，渐渐隐没在云雾之中。而一辆辆汽车就在这九弯十八盘的公路上，小心翼翼地蠕动着。车轮与险滑搏斗的辙印全写在湿漉漉的路面上，让人看一眼，无端生出几分惊心。

　　好不容易下了山，但心情依然欢快不起来，因为映入眼帘的景象，太过荒凉。周遭的山峦全都灰头土脸，几乎寸草不生，裸露的岩石，一群群、一列列在寒风中默默地挺立着、坚持着。见不到一丝绿色，听不到一声鸟啼，风凄厉地刮过，沉沉的长沟暮霭中，透出一派肃杀和悲凉。我们上午从成都出发，一天中驰驱四百多公里，穿过成都平原后车头便直指西北方向，地势越来越高，人烟越来越少，而这里似乎已是生命之路的尽头。不说破，也许谁都不会相信，就在这颓山秃岭里竟藏着一片丰茂的森林和一串串凝脂般碧蓝的湖泊。

　　进入沟口，脚下依然是乱石纷陈，但耳畔却响起哗哗的水声，恍惚中似乎一场暴雨正自远山奔袭而来。仔细看，只见一股股激流从满沟堆叠的石块中夺路而出，急湍处如喷雪泻玉，沉凝处则碧绿盈盈，像是谁往长沟里匆匆泼洒了一大盘颜料。越往里走，水色越清滢，沟两旁的草木也渐渐丰茂了。溪流拐了一个弯，一座彩幡飘扬的藏族村寨兀然出现在眼前，让人心情为之一振。

九寨沟的发现，还仅仅是十多年前的事。据说，五百年前一支从西藏阿里地区辗转而来的藏民躲进岷山深处的密林中，在这里繁衍生息，先后建起了九座村寨。这九座藏族村寨和美丽的高原湖泊一块曾被密密的树林遮盖，尘封于世。究竟是什么，让九寨沟的美丽真容出现在世人面前？有人说是因为伐木工人砍光了密林，现出了彩色的湖泊，还有人说，是几名来川西北写生的美术学院的大学生，放胆闯进了深沟长壑……但或许，就是这长沟里急急奔涌的流水，无意间泄露了大山深藏的秘密。

急泻的碧流终于唤醒了世界，九座藏族村寨连同它们拥有的宁静淡泊的生活和这一串超凡脱俗的高原湖泊从此出落在世人面前。

整个九寨沟呈树枝状，由多条沟道汇合而成，每一道长沟都是一处独立的风景，形态各异大大小小的彩色湖泊错落其间，如同一串串翡翠，闪烁着日月精华。日则沟的沟底是一片原始森林，这也是九寨沟最后一片未遭砍伐的森林。高耸的剑峰，披着皑皑白雪，像一位戴着银盔的巨人，日夜守护着这片森林。为了让游客能够与森林零距离接触，旅游部门专门修建了一条通往林中的木栈道。这里已是三千米的海拔，走在栈道的台阶上，竟有些气喘。触目皆是参天大树，浓密的枝叶遮蔽了天空。它们是沿着长沟在人类的无穷追杀中一路退到沟底的。它们的背后就是一座座连绵高耸的雪山，这是它们最后的底线，因为它们已经无路可退。我因此相信，确实是伐木的油锯和利斧逼退了森林，露出了它们千万年来严严密密地遮蔽着的座座美丽海子。回想沟口那一派苍凉的景象，不禁让人感慨万分。即便在这川西北的高海拔地带，原先覆盖大地的原始森林也只剩下茕茕孑立的身影了。

九寨沟最让人流连地方的自然还不是森林，而是一个又一个纯净的高原湖泊，当地人称之为"海子"。正是这些晶莹剔透、风情万种的海子，让人感受到大自然的纯净和娇美。然而，海子和森林的关系却是这样相依相存。倘若没有这片茂密的森林，许多美丽的"海子"也便不复存在，或者只能成为季节湖。

　　离开沟底的原始森林下行，天鹅湖、箭竹海、熊猫海、五花海、镜海……这五彩斑斓的高原海子迭次走进视野。五花海，写尽了海子的妩媚和丰采，湖水并非一味深蓝，而是黄绿蓝各种色彩相间互映，杂染生波。大自然的生花妙笔，绝非漆工画匠所能替代。那颜色里揉进了云彩，揉进了森林，揉进了日月星辰，也揉进了生命的原色。而用"镜湖"二字来概括海子的明净则是再贴切不过了。雪山、蓝天、白云、碧树都争相将自己的倒影印入湖面，湖波一线，上下生辉。至于横衍的水草和水中的沉木更是交织出一幅幅奇诡莫测的图案。它们使得静默的湖水忽然有了生气，有了倾诉的欲望。蓝宝石一般的湖水轻轻地漾动着，于是，水草也罢，沉木也罢，都微微地欠动身子，似乎在倾听湖波的絮语，那是关于生和死的对话，是关于现实和梦幻的交流，是关于昨天和今天的问答。湖畔蜿蜒的道路从珍珠滩上的灌木丛中穿过，满滩漫溢的流水，簇拥着环绕在行人身前身后，快乐地轻轻地相互呼唤着，叫得人心里一阵阵温暖。水波映着日光，闪闪烁烁，如倾珠泻玉。漫步其间，一时竟觉得自己也成了一道流水，正静静地，平淡地、舒缓地走着自己的人生。

　　则查洼沟的尽处是雪山环簇的一座高原湖——长海。和原始森林一样，它也是岷山雪峰的宠儿。碧蓝的湖水，无声无息地环绕在雪峰膝下，深沉而宁谧。这是一种出世的平静，是一种远离尘嚣的安详，是一种忘我的陶醉。静静地注视着雪峰和湖水，自然地便忘记了烦忧，忘记了纷争，忘记了荣辱，心田里也便湖波般安宁。

往下走，可以看到路边的上下季节海都干枯了。皱裂的湖盆露出大片大片干渴的赭黄，像一条条张大嘴巴喘息着的黄鱼，无声地挣扎着，仰天而叹。不仅仅是季节海，一路上的溪流、瀑布似乎都变得十分瘦弱，这大约便是森林被砍伐太盛的结果。那由雪山和森林滋养的道道壮阔的瀑布和在树丛间奔涌的激流，一时竟都变得羞涩而平静。诺日朗瀑布位于日则沟和则查洼沟的分岔处，这是九寨沟最大的瀑布，宽 300 米。雨季时，可以想见那银瀑悬空的壮美景致。现在由于干旱，瀑布如乱发游丝，慵慵地散挂在石梁间，只是瀑床上巨大的棱棱石骨依然在向游人诉说着往常的姿采。

站在寒风驰骤的寂凉沟口，回望来路，但见暮霭重重，天地万物都被笼入灰蒙蒙的雾气中。刚刚经历过的九寨沟似乎又变得遥远而缥缈。只有眼前急急奔泻的沟水，明确无误地告诉我那藏在密林中的一口口美丽海子，在我的脑海里不断演绎着昨天的、今天的和明天的九寨沟。

梦 台

我们到梦台去。

梦台，又称摩尼宫，位于太姥山山巅的新月峰，始建于唐代，自来就是一个隐秘的去处。摩尼教，一个在世界上已经消失了的古老宗教，在这里投下背影，而这背影，时或清晰，时或模糊；同时，也引发人们许许多多奇异的猜想。

到梦台，便是想要亲睹这一神秘宗教的遗迹。"太姥上升日，乃在摩尼宫。神光夜式来，草木尽摇红……"想到前人的这首诗，对山巅胜景的向往之情，油然而生。

为我带路的是管委会的老刘。一见面，他就记起了我。27年前，我和文学界几位同仁第一次到太姥山，在山上的建筑工棚里住了三天，就是老刘带着我们走遍了全山。那次，我们也到了山顶，不过，错过了梦台。当然，那时他还是朝气蓬勃的小伙子，现在也已经不年轻了。

攀登梦台，对于年近七十的我显然有相当难度。这里毗邻摩霄庵，海拔900米，与最高峰覆顶峰相差不过十几米。从我住的玉湖宾馆出发，有400米的高程。而我因为膝盖不好，已有五六年不曾登山了。老刘为我设计了一条较为平缓的登顶路线，还特意为我挑选了一支藤杖，并一路鼓励我，"时间足够，我们慢慢走，不急。"

我们由璇玑岭进入观海栈道。据说朱熹当年避祸到太姥山讲学，就住在附近的璇玑洞。朱熹患脚疾，不宜走陡峭的山道。他的学生们为他找的自然是较为平缓且视野绝佳之地。从这里望出去，山脚下的秦屿镇，以及浩淼海波上的崳山岛，皆历历在目。

天公作美，阳光朗照。一路行去，太姥山的块块石头，像睡足了一晚上，现在被太阳唤醒的生灵，个个精气十足。有的似灵蛇出洞，有的如狸猫扑鼠，有的像玉猴照镜，还有沙弥拜月、仙翁对弈等等，皆形神毕现。"太姥无俗石，个个似神工"，让我得以饱览了一道道生动的太姥山石头画廊。

过了七星洞，登上紫烟岭，回头一望，只见九块巨石，如同九条腾跃向上的鲤鱼，相互簇拥成一座山峰。这就是太姥山最负盛名的景观：九鲤朝天。我久久地凝视着这一山石奇观，似乎知道我此行的目的，我观石头，石头观我，彼此会心一笑。

老刘告诉我，就快到摩霄庵了，梦台已经不远了。

这最后的几百米山路，走得特别艰难，此时我已汗流浃背，腿上如坠重铅。也多亏了那支藤杖，为我助力不少。终于，老刘手指前方草木掩映着的一座小石屋，说："这就是梦台。"

一个三世纪中叶创建于伊朗，之后又风靡世界的神秘宗教就藏身在这里？

摩尼教因其创始人摩尼而得名。摩尼教传入中土后也被称为明教，在底层百姓中有相当影响。唐会昌年间，武宗灭佛，殃及摩尼教。摩尼教遂转为秘密宗教。一些中原摩尼教僧侣为避祸南下入闽，之后摩尼教又由福州向闽东和闽南发展。地处山陬海隅的太姥山遂成为摩尼教活动的重要区域。摩尼教供奉礼拜正大光明佛，否定现存制度，且以秘密结社的方式传播，被历代统治者视为魔教。自北宋末年开始，朝廷屡颁禁令，严厉打击摩尼教。摩尼教为了生存只得披上佛教或道教的外衣，不断变换自身的内容和形式。到清末摩尼教已不复存在。

关于摩尼教的遗址，国内保存下来的已经很少。此前，我去过晋江罗山的草庵，正殿壁龛上就供奉有一尊正大光明佛石像。草庵建于元代，是摩尼教向闽南乡间发展的见证。太姥山的摩尼宫，年代则要早许多。为了一睹摩尼教在闽东的遗存，许多学者专程来到太姥山，面对静静兀立于新月峰上的梦台，陷入沉思。

　　这座梦台是不是当年信众云集的太姥山摩尼宫？公元879年，唐末诗人林嵩在他一篇记叙太姥山的短记中最早提到了"摩尼宫"："潭之西曰曝龙石，峰上有白云寺，又上曰摩尼宫。"

　　但眼前的梦台，只是一座很小的石砌建筑，面积大约只有2.5平方米。仅够数人容身。庙里供有一尊太姥娘娘像，安放在玻璃神龛里。神像前设有祭坛，摆放着香炉、签筒以及两个烛台。神龛旁的石柱上刻有铭文："大清光绪三十年（1904）住持亦果立梦台。"据说来进香者在此引香到枕边，可得到太姥娘娘的梦示，十分灵验。可见，至清代，摩尼教的公开身份，已经相当模糊。

　　因为太姥山的这座摩尼宫，是国内已知的唯一一座以"摩尼"命名的寺庙。名声如此之大的摩尼宫居然就是这么一座蕞尔小寺？这自然令前来探访的学者关注，并引发诸多猜想。

　　明代学者何乔远在《闽书》中这样写道："宫之属，曰摩尼。堂之属，曰乞梦。"宫和堂或许是在两处地方？于是有些学者将目光投向摩霄庵。摩霄庵和摩尼宫之间究竟会有什么关系呢？明代侯官学人陈仲溱于万历戊申（1608年）秋天游览太姥山，曾宿摩霄庵。根据听到的传闻，他认为摩霄当是"魔消"的谐音。摩霄庵原名白云庵。寺庙的更名中也许存在蹊跷？摩尼教曾被官府定为魔教，"魔消"之说或与摩尼教的覆亡有关？当地宗教志书记载：白云庵建于唐乾符二年（875年），唐朝后期遭兵焚，楼台无存。白云庵很有可能因为摩尼教徒的活动，才遭到官方的严厉打击。有学者甚至这样推断，摩霄庵就是早期声名赫赫的摩尼宫。因为，以当年太姥山道的险峻难行，大批摩尼信众需要在山上住宿，而且举行祭祀活动也需要相对宽敞的场地。只有摩霄庵才符合这样的条件。至于仍保留在民众心中的摩尼宫，在遭受一次次劫难之后，从此移位于500米外的那座叫作"梦台"的小庙。

众说纷纭，莫衷一是。只有梦台不语，在寂风寞雨中，独自守住千年时光。

返回时，我们又看到了摩霄庵，这座矗立在太姥山巅的千年古寺，造型古朴，却隐隐含有一股雄拔的气势。老刘告诉我，关于这座寺庙，民间还流传有这样一则故事，说的是当年官军一路上山放火烧毁寺庙，来到山顶的白云庵时，被寺院内肃穆宁静的气氛所震慑，官军头领摆摆手："莫烧此庵。"此后，白云庵遂被乡人以谐音改唤"摩霄庵"。这虽然只是民间传说，思之却耐人寻味。

下山了，藤杖敲击路石的声音，像是一声声叩问，于是，从大山深处传来了阵阵回音，我不知道太姥山说的是什么，我只知道，太姥山用她博大的胸怀，接纳了世间万物，而从不摒弃。

太姥山又名才山，原本就是一座智慧之山。

从野柳到鹅銮鼻

　　从野柳到鹅銮鼻，这几乎是从台湾的最北端到最南端。野柳原为荒僻的海滩，现已辟为公园。这里是典型的海蚀岩景观，说得更通俗一些，是海浪的艺术展台。海尽情率性地施展它们的才华，将一块块坚硬的礁岩拿捏雕刻成各种各样的形状，随心所欲，惟妙惟肖。有的像卷毛狮狗，忠诚地蹲守在海边；有的如巨大的鳄鱼，静静地趴在岩面上；有的似燃尽的烛台，排列有致；有的简直就是天造地设的丛丛蘑菇。当然还要有风的助兴，风不时怂恿着推送着波浪沿着一道道深深的岩槽呼啸而来，溅起的浪花，足足有两米多高。这些以千万年之功切割出的道道岩槽，现在成了风浪逞威的有力帮手。一时，让人不禁感叹：东海的波浪，竟有如此丰富的想象力。

　　鹅銮鼻，位于台湾的最南端。一座白色的灯塔，孤独地守望着无垠的大洋。附近还有一个地名叫猫鼻头。总之，是海边几块像鹅鼻子或猫鼻子的岩礁。这是台湾最南端的风景。这里的海浪显然缺少艺术家的素养，它们远远地游过来，只瞄一眼，就迅速地离开。它们来自更加浩渺的南海，也许，它们习惯了辽天阔海的自由驰骋，不愿意再花费时日做那些辛苦的雕刻。再说，原汁原味原生态也符合大洋的理念。

　　北边的海，南边的海，还有东边的更为广袤的大洋，海水尽情地裹着这座略显狭长的芭蕉形岛屿。当然，还有西边一道窄窄的海峡，让它和大陆始终若即若离。

有证据表明，在第四纪冰川期海平面下降时，台湾和大陆之间有陆桥相连。这道海底陆桥，说到底，只是潮水退去时露出的块块礁石，但却是大陆动物迁徙台湾的通道。后来海平面上升了，陆桥也淹没于海水，成了海底的暗礁。退潮时，那隐约可见的海礁，似乎还在证明着什么。不过，一道浅浅的海湾，从来就不是大陆和台湾的天堑鸿沟。

从野柳到鹅銮鼻，中间却要穿过整个台湾西岸。这里也是台湾最富庶的地方。台湾中东部绵亘着巨大的中央山脉，最高峰玉山海拔3997米。山的西面则分布着宽狭不一的冲积平原。从北部的宜兰平原到南部的高雄平原，绵延200多公里。

人们习惯地将从太平洋深处生出的热带气旋称作台风，因为它们大多要经过台湾岛。许多人不知道，正是台湾高高矗立的中央山脉，减弱了台风袭击大陆的威力。福建，尤其是福州，得益于高耸云天的台湾山脉，而成为少受台风侵扰的福地。

这座形状像一片芭蕉叶般的海岛，这座耸立在大陆东南犹如天然屏障般的海岛，这座居民中大多是大陆移民以及他们的后代、闽南话和国语通行的海岛，在近400年间，与大陆几度分离又几度复合，像一叶在大洋中漂移的扁舟。大陆的海岸呼唤着它，大陆的血缘牵系着它。

可是，这也是一块让殖民者垂涎之地。

最早入侵台湾的是荷兰人。不过荷兰人人数不多，仅仅占据着台南的几处城堡，而且他们着迷的仍然还是海上贸易和海洋霸权。尽管，他们也是从农耕社会走来，但他们一旦驶入大海，海水涌进他们的血管，他们的眼里和耳畔便只有撩人心扉的阵阵风涛。荷兰人全副武装的船队绕过非洲好望角，从印度洋通过马六甲海峡，进入浩瀚无垠的太平洋。他们首先占领了印度尼西亚的巴达维亚，然后派遣武装船只趁着东南贸易风来到台湾。

然而，台湾自古与大陆血水相连。当郑成功的战船蜂拥驶入鹿耳门水道，荷兰人只能挂起白旗投降。郑成功军队从大陆带来了耕牛和农具，显然，这是做出在台湾长期驻屯的决心和准备。大批的闽南人迁居台湾。这里有和他们家乡相近的气候土壤，还有相通的语言。家乡和台湾，只是隔着一道窄窄的海峡，他们的根在大陆。

觊觎台湾的不仅仅是远涉重洋的荷兰人。蜷居狭长海岛的日本人，也早瞄上了这块富庶之地。1894年甲午战败后，清廷与日本签订了屈辱的《马关条约》，将台湾割让给日本。消息传出，举国同愤，台湾全省"哭声震天"，鸣锣罢市。刘永福率军坚持了5个多月的抗战，终遭失败。从此，台湾沦为日本殖民地达50年之久。地处台湾南部的高雄，原名"打鼓"，1920年日本占领者取谐音改名高雄。但当地人依然把旗杆山上那一座英式建筑叫作"打狗英国领事馆"，打狗之称，至今仍未被这片土地忘却；没有被忘却的还有赤崁楼、安平堡、亿载金城……

由高雄往南，就是台湾最南端的鹅銮鼻。这里矗立着一座被称为"东亚之光"的白色灯塔，也是台湾在世界航海图中最醒目的标记。

关于这座灯塔，有许多让人动容的传说。1867年一艘美国商船在暴风雨中触礁沉没，船员登岸被山民误杀；接着，又发生了琉球渔民在南岬遇难的惨剧。由是，清政府在这里设立灯塔。灯塔于1881年动工，两年后建成。灯塔在建造时曾遭受当地民众的反对，但灯塔还是如期完成并很快投入使用。它巨大的光炬，从此照亮了茫茫夜海。

每年，当太平洋深处的热带气旋生成，大陆上便会有多少双目光注视着台湾。在天气形势图上，台风的路径有如一根根丝线，将海峡两岸的心密密地缝缀在一起。

从野柳到鹅銮鼻，从东海岸到西海岸，多情的海浪勾勒出一座芭蕉叶形状的美丽海岛，也勾勒出一篇篇感人肺腑的故事。

丽江漫步

我们抵达丽江的那天傍晚，登上黄山俯瞰古城。太阳已然下山，但天还亮着。蔚蓝的天幕下，是千瓦接堞的丽江古城。我第一次为这一片屋顶的壮丽而激动不已。没有高低错落，也没有别出心裁，近千座形制规整划一的建筑，团团簇簇，以一片黛青的屋瓦，起伏在原野上，展示着它独具的姿采。

古城的背景就是玉龙雪山。有时，它倒映在玉泉公园静静的湖面上；有时，它在文笔峰密密的丛林后探出洁白的头颅；有时，清晨打开窗户，第一个和你照面的就是她——露出安详微笑的雪山。

的确，在丽江，几乎从每一个角度都能看到玉龙雪山，但并非每一天，人们都能看到它那冰清玉洁的身影。尤其是对于远道而来的游人，缥缈不定的云雾，常常给他们带来无尽的惆怅。

人们都说，玉龙雪山是世界上最美丽的雪山。那蜿蜒的山脊，宛如一条矫健的游龙，亘列天际。全山13峰，峰峰峭拔，峰巅披挂着皑皑白雪，像一排玉笋插地摩天。在它温暖的怀抱里，有着仙境般的高山牧场，有着奔流不息的潺潺清泉，还有纳西人一座座让人陶醉的花园般的庭院……

1922年4月，美籍奥地利学者洛克博士来到丽江。这位美国农业部的特派专员第一眼就被玉龙雪山的美丽姿采所倾倒。他来到雪山怀抱里一处叫作欧鲁肯的村寨，在一座纳西人的庭院里住下。而洛克这一住就是27年。这期间他撰写了大量的文章，向西方世界介绍深藏在滇西北峡谷之中的丽江以及这里独特的雪山文化。这是纯朴的人类童年文化。在这里，人与人和谐相处，各派宗教、多元文化共存兼容，如同世外桃源般和平和恬静。离开中国后，洛克还时时怀念着那坐落在雪山怀抱里古朴的纳西山寨。1962年，他在夏威夷即将离开人世之际，写信给一位挚友时还说："与其躺在夏威夷的病床上，我更愿意到丽江玉龙雪山，在那儿的鲜花丛中死去。"

雪山怀抱中的丽江古城，以她独具的魅力，吸引着人们远游的脚步。人们从天南地北，来到美丽的滇西北高原，一睹雄奇的雪山风光。

然而，当我在古城漫步，穿过一条条弯曲幽深的小巷，走进一户户鲜花拱绕的庭院时，最初竟有些疑心是来到江南水乡。到处是小桥流水，到处是依依垂柳。还有，水巷两旁一间间欧美风味十足的酒吧和咖啡座，就像麦当劳、肯德基以及卡拉OK一样，这些外来者在中国的城镇，总是那么张扬无忌，似乎没有什么能够阻挡它们占领的脚步。不过，在丽江，外来者始终只是外来者。

让人惊喜的是这里独特的东巴艺术，很快就把人带入纳西民族浓郁的文化氛围里。最能代表东巴文化的当然是纳西古乐。演奏古乐的音乐厅位于丽江古城中心四方街附近的一处小巷里。一条由雪山引入的渠水，伴着巷道潺潺而流，两岸柳枝低垂，随清风起伏。小巷本身，似乎就是一支悠扬的东巴乐曲。

一面筝，一支横笛，一把曲项琵琶，一把来自古波斯的速古笃，还有胡琴、吹管以及十面云锣，十几位身着长袍马褂、白须拂胸的老人正襟危坐。古色古香的音乐厅内，笼罩着庄严肃穆的气氛。演奏台前的木柱上，则悬着一副醒目的堂联："礼乃理焉，可治世也可乱世；乐犹药耶，能活人亦能杀人。"将音乐比作医病之药，比作治世之理，那么进来欣赏这样的音乐，哪里还容得一点轻慢？音乐会的入场券也与众不同，是一本128开168码，只相当于一个大型火柴盒大小的题为"丽江中国大研纳西音乐会"的宣传小册子。

音乐厅的建筑构造仿如明清的古戏台，演奏台前是一个四方的大天井，天井后是看台。但每天音乐会开始前，天井里已摆满了凳子，挤挤挨挨地坐满了观众。最为热心的观众当属金发碧眼的欧洲人，他们总是早早地就进场，然后瞪着好奇的眼睛，打量着这陌生而又神秘的一切。

横笛吹起来了，悠扬，纯净，如同那一道从雪山脚下奔溅而来的清泉，流经漠漠草原，穿过夹岸柳林，沿着弯弯的水巷，流入古城的参差万户人家。旋即，琵琶、胡琴、三弦都次第卷入了合奏。这是《白沙细乐》的首章，如同天籁般的乐曲，表达了对土地的赞美和对生命的歌咏，荡涤着人们的心灵。整个音乐厅里安静极了。

拨动琴弦，掀起一阵阵音乐波澜的是一只只苍老而又灵巧的手指。他们演奏的乐曲有唐明皇李隆基创作的《紫微八卦舞曲》，有南唐后主李煜作词的《浪淘沙》，有《山坡羊》《步步娇》等唐宋古曲。1000多年前的中华古乐，在这里，在滇西北的玉龙雪山脚下，在一群纳西老人的手中和心中静静地流淌。

纳西民族真是一个奇异的民族，这个只有20多万人口的民族，却有着自己独特的文化乃至文字，他们所创造的东巴文化，成为中华古文化不可或缺的部分。纳西民族长期生活在汉藏民族的边缘，他们特别善于学习和保留中华古代文化，东巴文化体现了对中华古文化的继承性和兼容性。其中最受世界瞩目的则要数被称为"纳西古乐"的"丽江洞经音乐"。其所以珍贵，是因为它保存了多首唐宋以来词曲音乐的原型。因此，联合国教科文组织把丽江古城列为世界文化遗产，这绝非偶然。

　　深沉的鼓声有节奏地响起，接着云锣铿锵一声，这支中华古典交响乐达到了高潮。乐曲的声浪一波又一波地翻卷而来，连屋宇似乎都在微微地震颤。聆听这样的音乐，每个人的心里都会感到从没有过的纯净和安宁。

青山不老

青山不老。

24 年过去了，鸳鸯溪，别来无恙？

世事如棋。人生是一枚棋子，冥冥之中或有一只看不见的手，在左右着你的行止进退。希腊哲人赫拉克利特说过，人不可能走进同一条河流。更何况，这一条远离尘寰的鹫峰山中的小溪，在百万分之一的地图上也只是一根不起眼的细线。然而，就这么一条细线，却牵出一段 24 年前的绵长记忆。今天，我又一次来到鸳鸯溪畔，只是人生的坐标已经移位，岁月早磨白了我的双鬓，脚步里也添了几分踉跄。而我即将面对的还是当年那条清澈见底又碧绿如染的溪流吗？

记忆深处的调色板似乎正渐渐清晰起来。

当年一行中，年纪最大的属郭风先生，已经 68 岁。我知道他对这条尚未被污染的清纯山溪的向往，这是一位深具童心的作家的深切渴望。可是当我们到达双溪镇时，望着面前蜿蜒直落谷底的小路，他沉吟片刻，最终在众人的劝说下放弃了亲近鸳鸯溪的念想。就在那一霎间，我分明看出郭风先生平静的微笑里闪烁着几分无奈。那是岁月无情的名片。我的心湖隐隐起了些波澜。萦绕在心头的是宋人苏东坡的一首小词："闻道人生无再少，门前流水尚能西，休将白发唱黄鸡。"放达中透出人事的苍凉。其实，时不时"聊发少年狂"的东坡先生写这首词时也不过 45 岁。

想到这里，自然对这次重访鸳鸯溪的机会产生珍惜之情。因为我也正渐渐走向郭风先生当年的年纪。当然，此行的信心还来自已经大变样的交通。

记得当年从双溪镇下行20里到宜洋村，走的全是羊肠小道。这个群山环抱中的村落，犹如绿色汪洋中的一座小岛，带给上、下行路人的，永远是诱人的炊烟和清幽的记忆。而从宜洋下行到鸳鸯溪边，则不复有完整的道路。

今天的宜洋显然已经不是那个质朴而闭塞的小山村了，这里成了景区的主入口，不仅通了公路，还建起了现代化的宾馆和停车场。游客乘坐汽车可以直接到达宜洋。

通往鸳鸯溪的步道很好，中间接入一条嵌于山体中的栈桥，循着幽深的溪谷迤逦下行。这道蜿蜒3公里的水泥栈桥整个架设于悬崖间，裸露的山崖，几乎呈90度壁立，灰苍苍的岩体，斑驳龟裂，写着险巇，还写着沧桑。从藤状的护栏探身一望，便是万丈深渊，让人不禁心旌摇摇。但走着走着，很快就忘却恐惧，四围草木的清香让人醺然欲醉，恍惚间已经将自己和脚下的栈道一起融入莽莽山野。周遭是层层叠叠的绿，连绵起伏的绿，一望无际的绿，除了脚下的栈道，似乎看不到有人类斫伐的迹象。

终于发现了当年手足并用攀爬过的古道，它几乎悬垂于山崖间，看一眼便会让人生出几分感慨。20多年前，我曾在一篇游记中这样描写过它："说是路，不如说是泉水在大山的胸脯上撕开的一道口子。人们在这道长长的裂口上随意凿道坎窝，便成了攀登的路，滑溜、险峻。"这路现在还留着，主要是供登山健身者使用，只是多了两根充当扶手的钢筋。

当年令我感慨良多的还不是刚刚经历过的从石缝中攀缘而下的惊险，而是看着身旁三两个负重者正从容地淌过溪流向着对面周宁的大山继续攀行。他们步伐轻快，脚跟似带着弹性，肩膀一晃一悠，含着一种节奏，不，是艰辛生活赋予他们特有的韵律。从一座高山峻岭中走下，眉头不皱，再攀上另一座高山峻岭，这就是他们的人生轨迹，也是他们的生活方式。他们没有选择，也不可能选择。这些山的子民，眼见得人越来越小，也越走越高。我就这么痴痴地望着这一个个小小的背影，直到对面山上的村庄，冒起了袅袅的炊烟。

而今，再也看不到这样的负重行者，也不需要这样的负重行者。他们成了留在生活记忆中的影画，正渐渐淡去。

先听到泠泠的水声，接着便看到一条碧绿的小溪正袅袅娜娜地从群山的怀抱中挣出身子，轻盈跳脱，踩着一块块河石，舞蹈着、欢叫着向我们跑来。有时，它撑开白色的裙裾，从巨岩的肩膀上轻快地滑落；有时，它悄悄聚成一潭，将大山的层层颜色铺染得如此绚烂浓郁。

这条溪在地图上的学名叫叉溪，鸳鸯溪是当地山民的习惯叫法。未开辟成景区前，溪里确实有鸳鸯嬉游。鸳鸯是候鸟，每年秋凉时节，便从北方飞来，它们选择鹫峰山，也许是因为这里山林幽静、溪水清碧、人迹罕至，而且溪中多深潭。鸳鸯不喜喧哗，且十分机敏，稍有响动，便会迅速避入深潭，悠然而逝。当年，溪畔建有一处望鸳台，供观鸟者窥望、拍照。那些观鸟者往往就在溪畔隐蔽处露宿，黎明即起，潜至望鸳台守候。据说，最多时，溪潭中嬉游着数百对鸳鸯鸟，与翡翠色的潭水交相辉映，美不胜收。

而今，野生鸳鸯在溪中已经绝迹。因为，人类侵入了它们的生活，打破了它们的安宁。它们将新家园迁徙到哪里不得而知，但鸳鸯溪却这么被叫下来了，而且还将一直被叫下去。

没有了野生鸳鸯的鸳鸯溪静静地流淌，带着风的轻盈姿采，带着草木的清香。它让人想起看不见的时间和感觉得到的生命。24年匆匆逝去，而溪床依然，溪两旁的崖石依然，甚至溪畔那几棵乌桕树依然。它们勾起了我的往昔记忆。这情景，让我想起在别处看见过的一幅崖刻：倔强犹昔。因了这一份倔强，天地万物才有了自己固有的形态和秉性。岁月能改变许多，让青丝变成白发，让健足变得蹒跚，但很难改变的就有这一份倔强。

　　打开尘封的相册，看到当年一行人在鸳鸯溪的合影，那里面自然没有郭风先生。但溪水里又依稀有郭风充满童心的诗句："晚风吹起来，溪岸上的乌桕树，树枝上的红叶子和黄叶子，飞到溪水上，好像一艘艘红的小船和黄的小船，随着流水向前航行了。"

　　青山不老。与青山一样清新而又倔强的也许还有那些浸满童心的诗行。

山水的交响

周宁在云上。

这里到处是千米以上的山峰，重峦叠嶂，绵延不绝。鹫峰山一声呼啸，竟集合起百千座冈峦，如同一个个山的巨汉，比肩而立，威风八面。那一派雄浑苍茫直逼天穹的气势，让人仰视不迭。山是周宁人引以骄傲的风景，你随便往哪里一站，背后就是一座大山，雄阔苍翠，气象万千。

那么水呢？周宁的水，昂立之姿，丝毫不逊于山。在周宁的大山里行走，往往不经意间，就能邂逅一道流水。有的从岩隙间涌出，睁着明亮的眼睛，探头探脑地看世界，像一个个天真的稚童；有的在草棵里静静地漫步，悠闲自得，如三两个山林的隐士。更让人赏心悦目的当然是悬挂在山崖前的大小瀑布，它们是大自然的歌者和舞者，在天地间尽情展示它们的姿采：或神情放达，或步态优雅，或歌喉嘹亮。一道道瀑布，就是周宁一张张会发声的名片。

其中，最雄奇壮观也最动人心魄的当属九龙漈瀑布。

九龙漈位于鲤鱼溪下游，在地面上充其量只是一条不起眼的小溪。看它在浦源村徘徊时，显得那样从容不迫，优哉游哉，泛起粼粼波光，映着蓝天白云，让人流连不去。溪中的鲤鱼，更是乐得其所，嬉戏在天堂一般的梦境里。这当是这条小溪最闲适、最快意的时光。然而，既是溪流，就不会停止它的脚步。当它离开世外桃源般的浦源继续前行，一路穿岩过峡，备尝艰辛，而不曾回头；及至从高高的圣银楼山麓跌落，跌成九折，跌到一处深谷，就成了一条虎啸龙吟的壮美瀑布。

一道断崖，是水的绝域，也是水的新生。断崖改变了溪流的模样，但断崖也一样改变不了溪流前行的意志。"穿山透地不辞劳，到底方知出处高。溪涧焉能留得住，终须大海作波涛。"前人的这首《咏瀑布》诗应该是九龙漈最好的注脚。由是，一条柔曲溪水化作九叠瀑布，它将自己的生命高高悬起，而后义无反顾地向下，再向前，直至最后冲出崇山峻谷。

这是一条流水的颠覆，也是一种规则的改变。平行的水一旦变成直立的水，失去溪岸的规范，同时也失去前方的目标，顿时变得狂放不羁，犹如溃决般汹涌迸溅。瀑布就此诞生。瀑布将溪水长途跋涉的坚忍和积蓄已久的热情，在一瞬间释放。尽管是一瞬间，展示的却是一条溪流的全部生命内容。

断崖是九龙漈瀑布的诞生地，而断崖下的峡谷，则是它轰轰烈烈的表演舞台。

雨季来临的丰水时节，九龙漈展现它最壮美的一面姿采。在听涛阁上，盈耳都是哗哗的水响，如同大海的涛声，呼啸回旋于天地山林之间。步下石阶，但听耳畔风声雨声一阵紧似一阵。来到观瀑台前，一股股狂风骤雨已不由分说地扑面而来，那铺天盖地的强大气势，让人不禁向后趔趄几步。此时，倘要和瀑布合影一帧，需要勇气，更需要灵巧。否则，兼天而至的大雨，不仅会打湿你的照相机镜头，还会将你浑身上下浇得透湿。

干旱时节，宽阔的瀑面顿时收窄，原先隐于水帘后面的崖石，也露出各自的真容。它们乐于在这些日子里晒晒太阳，看看蓝天白云，呼吸呼吸新鲜空气。毕竟，藏在瀑流后面的日子，太过阴冷，也太过压抑。而此时的瀑布呢，倒更像一条卸去厚装的游龙，身姿矫健，一跃而入深潭。

这是九龙漈的第一道瀑布。它是国内最大的瀑布之一，高46.7米，宽75米，盛水期可达83米，如同一把水做的巨梳悬挂于山前。同时它也是国内最长的阶梯瀑布，在长仅1公里的流程中，落差却达到300多米。而不同身姿、不同个性的瀑布正藏身于这道300米深的大峡谷中。

只有走下峡谷，走在一个个瀑布的近旁，才能领略九龙漈的全部姿采。

顺着峡谷上下，现在有了一条环形栈道。沿栈道绕行一圈，足健者，不要一个钟头，即可走完全程。更何况，栈道上，还建有许多休息亭子，既可让游人歇脚，更可坐览飞瀑奇观。

与一条瀑布同行，看瀑布，听瀑音，自是一件人生乐事。

九级瀑布，如同九位不同性格的山间女子。有的体态丰腴，豪爽侠气；有的苗条娟秀，温柔多情；有的性情刚烈，落地有声；有的细致灵巧，曲折多姿。其实，刚也罢，柔也罢，既是流水的姿采，也是人生的形态。你看着她们，仿佛看着一群朝气勃勃、天真无邪的少女，或调皮地与潭水嬉戏，发出朗朗的笑声，或艰难地穿越坚岩锐石的围困，步履踉跄，或慵懒地躺在大石块上晒太阳，尽情享受激烈搏斗后的安静时光。

这是一道瀑布的历程，也是一座峡谷的生意。崖壁上的红花绿树，映衬着白练般的瀑流，动与静，刚与柔，竟是这样和谐自然，一时你会觉得，这才是天地间最美丽也是最感人的图画。

这是一条流水的活路，也是一面大山的呼喊。雄浑的大山，从此不再沉默。每一道水声，欢快的，痛苦的，憋屈的，惬意的……

都会得到大山的共鸣和呼应。你这才明白,山和水原来是这样须臾不可分。

你在不同的季节,来看九龙漈,都能领略一番不同的景象,还会收获一份不同的心情。

周宁在云上。九龙漈恰像一条云中的游龙,自九天而下,带来风声雨声,还有这许许多多让人回味不尽的遐想。

雨中鸳鸯头

鸳鸯头，在山巅，在云端，在时浓时淡的雾气中，在山民神奇而动情的诉说里……

其实，鸳鸯头是太姥山脉中的一座村庄。在1∶350000的地图里，就能找到鸳鸯头的名字。这名字带着浓郁的诗意和一连串让人着迷的遐想，忽然就扑进了我的眼帘。尽管，这之前，我对鸳鸯头还一无所知。

我想知道鸳鸯头名字的由来，我想领略一处藏于深山、远离尘嚣的村庄模样，当然，我更想一睹鸳鸯头万亩高山草场的宏阔气象。

去鸳鸯头的那一天，恰逢寒流来袭。天上下着不大不小的雨，"唰啦唰啦"地打在车窗上，带来阵阵寒意。

时浓时淡的雾气，在山峦间缓缓流动，周围的一切：草木、岩石、房屋……都变得模糊而缥缈，我们乘坐的越野车如同腾云驾雾般，盘旋着、摇晃着向前同时向上爬升。

山越来越深，寒意也越来越重。最明显的莫过于草木的颜色，从起初的单一翠绿到后来的五彩斑斓，仿佛昨天还在流连不去的秋天一路拍打着翅膀，蓦然间，已进入冬季。

此时，车窗外的山景恰像一幅酣畅淋漓的水墨画。画本天成，任是丹青好手，也难调成如此丰富而活泼的墨色：忽浓忽淡、忽明忽暗、忽聚忽散。雾重时，只露出险峰一角，乱云相互簇拥着，霸道地占据了大半个画面；犹嫌不足，于是踏着乱石、攀着树枝拂面而来。旋而云飞雾走，一层层鹅黄淡紫浅红喷薄而出，尽情地涂抹在道道山峦崖壑。那野韵十足的渲染，完全是一幅山水画大师的泼墨作品。

眼前忽然一亮，不远处，是一口湛蓝的湖水，毅然推开云雾，露出娇美的笑容。这口高山湖泊有个美丽的名字：青岚湖。两道山崖，像两只巨人的手臂，伸进湖中，形成一道天然之门，让人直想透过石门，去窥视湖心的秘密。湖波如镜，倒映着四面青山，淡淡的水汽，从湖面上冉冉升起。周遭静极，仿如仙境。

峰回路转，车子驶过这个叫鸳鸯头的村落。这是一个普普通通的山间小村，青瓦土墙，看不出它与临近的其他村子有什么不同。时令已届初冬，加之千米以上的海拔，让鸳鸯头裹在一袭寒风中。村庄空荡荡的，更显出几分冷清。车子在路口戛然停住，司机揿响一声喇叭，年轻的村主任不知从哪里闪了出来，上了车子后座。他要领着我们去看草场，还有缥缈在云中的鸳鸯头。

车子在风雨中继续前行，路旁，我们不时能见到一座座茅草房。村主任告诉我们，这是旱季蘑菇房，这里生产的旱季蘑菇，肉质鲜嫩，口感极好，现在是鸳鸯头村民的重要收入之一。

当然，还有放牧在草场上的 2 万多只山羊。它们也是鸳鸯头的居民，鸳鸯头因为它们的存在而引动四方眼球。

说话间，已经来到牧场边。我们下了车。我曾经到过川西，那年，从丹巴到康定，途中经过海拔 3000 多米的塔公草原。这片高山草原，缓缓地铺展在雄伟的折多山的山峦之间，它像一大片黄绿色的巨毡，从天际垂下，十分壮观。而现在延展在我们面前的这一座接连一座缓缓起伏的山峦，更确切地说是大草坡，竟让我仿佛又来到了塔公草原。

目力所及，几乎见不到一棵高耸的大树，扑面而来的只是满山遍野泛黄的枯草。但让人惊讶的是，草们虽枯却不败。它们正在风雨声中有节律地起舞，如同一片片黄色的波浪，随着山势，变幻出各种舞姿。我第一次感到草的生命力竟是这样顽强。在寒风冻雨中，它们的身体紧紧地相挨着，沉默而坚定。它们虽然形体枯萎，但并没有真正死亡。而且，它们毫不畏惧地迎着风雨，不肯轻易地躺倒自己的身躯。它们究竟还在等待着什么？

披着一身黄装的山峦缓缓起伏，山的刚劲轮廓、山的层层褶皱，似乎正被一支巨笔动情地勾勒出来，雄浑有力。它们是摄影家们偏爱的高山风景。村主任告诉我们，一年四季，都有摄影爱好者到鸳鸯头来拍摄草场，这里已经成为一处富有高原特色的摄影地。

我没有在春天来到这里，但我想象得出满山杜鹃花盛开的情景，那红色的、白色的、紫色的花朵如同瀑布般汹涌澎湃，不可遏止。那当是鸳鸯头旺盛生命的象征。

我没有在夏天来到这里，但我想象得出静穆的群山在夕阳下的情景，一只只归鸟盘旋着，轻轻掠过草场，渐渐消失在灿烂的晚霞中。那当是鸳鸯头最幽静的时光。

我也没有在秋天来到这里。但我想象得出白色的、黑色的、杂色的山羊散落满坡，在彩云中奔跑，在绿草间嬉戏。它们一只只膘肥肉壮，神气十足。那当是鸳鸯头最吸引人的景观。

可是我来时已是冬季，鸳鸯头在一片寒雨中。雨中的鸳鸯头，没有鲜花，没有羊群，有的只是枯草，有的只是期待。

对于鸳鸯头得名的由来，村主任带我们来到一处林木葱郁的山前。

鸳鸯头其实就是一对石头，高高地矗立在山坡上。它们含情脉脉，无语相对。这时，云雾渐浓，很快就模糊了它们的身影。我们却还在那里，久久地站着。一行人，包括年轻的村主任在内，一时都忘却尘虑，而沉浸在一个童话般的纯净世界里。

鸳鸯头，雨中的鸳鸯头，云上的鸳鸯头……

霍童漫笔

未到霍童之前，有关霍童的传说便如雷贯耳，且被渲染得迷离奇谲，让人心向往之。俗谚云："未登霍童空寻仙，不到支提枉为僧。"可知霍童在道佛两家心目中的位置。道教典籍《白云经》载："天下三十六洞天，霍童第一。"把这里说成是道家三十六洞天之首。霍童得名或是为纪念周人霍桐，也就是武夷君。有关霍桐真人的故事或许仅仅是传说，不足为凭，但道藏书籍中对霍童山则确有记载。比如三国时的葛玄，道教尊之为葛仙公，世人谓之"南极仙翁"。《道藏精华》载，葛玄云游至霍童时，登山而望曰："此真仙之住宅，吾金丹之地得矣！"于是在霍童山住下，潜心修真炼丹。这便是葛仙岩的由来。

历代道家名士的造访，给霍童山平添如许色彩。传说因唐代司马承贞在这里修炼，跨鹤飞升，故霍童亦名鹤林。又传邓伯元、王玄甫、褚伯玉等著名道人游此，山居者尝闻空中有仙乐之声，唐天宝间乃改名仙游。至于白玉蟾破衲跣足醉游霍童，更是传为千古佳话。

霍童的支提山则是一座佛教名山。说起支提山的来历还颇为有趣。《华严经》中有"东南方有处，名支提山"的记载，并指出支提是天冠菩萨的道场。但支提山究竟在何处，世人却不得而知。因此自唐以来，有不少高僧进入福建寻访支提山。宋开宝年间，福建僧人元白向吴越王钱俶献上《华严经》，引发吴越王的兴趣。他派杭州灵隐寺高僧了悟禅师持经前往探求菩萨道场。了悟寻至霍童，在山中一处小庙住下。夜里隐隐听到山头有钟鼓和诵经的声音，于是攀缘而上，只见眼前兀现一座巍峨寺院，匾额上写着"化成之寺"。了悟正待向前询问，忽然一阵凉风吹来，一切化为乌有。了悟心里暗暗称奇，认定是菩萨指示。天明之后，他立下标志，匆匆下山回禀吴越王。公元971年，吴越王派了悟到霍童化成林兴建大华严寺，同时赐铁铸天冠菩萨1000尊，派使者由海运发往支提山。船行途中，因遇风浪，耽搁了数日，将误期限。船家为加快船速，只好将半数铁佛抛至海里。谁知经船运而后肩挑上山的铁佛好不容易抵达寺院时，此前被推落入水的铁佛却早已一尊尊端坐于大殿之上了。

这1000尊铁佛，今天依然趺坐在支提寺的佛堂上，带着不同的笑容看世间的熙熙攘攘。

这一道一佛，让深藏于群山之中的霍童，时时发出神秘而诱人的光彩。

霍童是一座千年古镇。霍童的开发，则始于隋末黄氏的迁入。这里流传着朱福让地和黄鞠治水的动人故事。朱福是黄鞠的舅舅，两人都是河南人，都曾为隋朝大臣。朱福先黄鞠入闽，定居石桥。10年后，黄鞠父亲被隋炀帝杀害，兄弟21人分散逃难。黄鞠率宗族一干人也辗转入闽，并寻亲来到石桥村。

石桥山川秀美，是一处十分理想的世外桃源，但这里可供耕种的水田并不多。黄鞠仔细观察了石桥四周地势，发现狮子峰下有一大片荒地，因缺水而无法耕种，倘能引来溪水灌溉，则可造成良田数千亩。他把这一想法告诉朱福。朱福很赞赏他的勇气，为了让黄鞠能实现自己的抱负，他表示愿将石桥让与黄鞠，自己率家人迁往霍童溪上游的咸村居住。

于是，黄鞠开始了一项规模浩大的水利工程，在坚硬的花岗岩上开凿引水隧道。将霍童溪水导入水渠，灌溉左右岸的大片荒滩地。

当时的生产条件还十分落后，不用说没有炸药，就连钢铁用具都很缺乏。开凿隧道的办法是先将木柴堆放在岩石上烧，待烧到一定温度时，突然灭火，再以冷水浇石，一热一冷，使岩石爆裂，然后用简单的工具一点一点地撬，慢慢地将隧道打通。水利工程之艰巨，耗日之长久，都是常人难以想象的。黄鞠有两个女儿，其中一个女儿为此耽误了婚期。但坚忍不拔的黄鞠终于获得成功。数千亩良田终于出现在人们眼前，石桥成了霍童溪畔最富庶也是最美丽的村庄。

我们循着溪流走，似乎正一步步走到1000年前的昨天。埋藏在荒草丛中的古引水隧道上，还可以看到发黑的石头被炭火烧过的痕迹。潺潺流淌的溪水，依然在诉说着曾经的艰难。

一个美丽的创造，源于大胆的想象和执着的精神。一座千年古镇便在这坚忍的传承中得以延续和发展。

在霍童古街上漫步，让人感受到一股浓郁的文化气息。村庄的选址、规划、布局、用材和建筑无不浸润着"天人合一"和"归隐林泉"的文化理念。村中心的湖、路、坊甚至被设计成笔、墨、砚的布局。霍童地分四境，四境共尊黄鞠为"开山黄公"。街尾则排列着祠宇宫观，儒释道比邻共处，而尤以红墙碧瓦的文昌阁最为显眼。文昌阁是霍童人精神力量的象征，阁楼高举，直指蓝天，墙边地角遍栽桃柳、芭蕉和修竹，阁后则为十里桃洲，小桥流水，幽深恬静。

霍童的山光水色，表现为一种平和的沉静。水静静地流淌，不见浪花追逐的场面；山默默地相望，绝无负气争高的景象。但这无边的静默之中，却蕴藏着沉深的魅力。

也许，只有看过霍童线狮的表演，对这座千年古镇才会有一层更深切的认识。线狮顾名思义是以绳线牵拽布狮，表演出狮子的各种动作，这也是霍童先人从中原带来的舞蹈。当十几个裸露着臂膀的精壮汉子操纵着大小线狮在舞台上布阵出列，而后伴随着锣鼓腾挪跳跃，场上场下的气氛一下就被渲染得热烈激昂。台上群狮竞舞，或蹲卧，或搔首，或互斗，或翻滚，极尽神态。台后金鼓齐鸣，冷不丁，一只又一只猛狮从人们头顶上跃过，直扑左右窗户，张牙舞爪一番又倏然回撤。这哪里是舞狮，分明是一支支剽悍的队伍在冲锋陷阵。

　　夜里看霍童则比白天增添了几分神秘的色彩。难怪主人迟迟不肯带我们去用餐，原来要等待一个最好的时刻到来。这时夜幕已经完全降临，而月亮尚未升起，地平线上有一道银白色的微芒。白天的大小峰峦忽然都不见了，银光托起一个美丽女人丰满的剪影，女人两只乳房高耸圆润，秀丽的脸庞向一旁微侧，似在天地间沉沉酣睡。所有的人都屏住了气息，我从没见过这样美丽、这样逼真的山影，天地之间，了无人迹，也听不到鸟啼虫鸣，仿佛一切都还处于混沌之中，包括此时静静观赏的我们自己。我不禁在心里赞叹造化的神奇和大自然的奥秘，同时也因此而充满感激之情。

与一条小溪结伴同行

小溪远在闽西北的泰宁，它有一个好听的名字：上清溪。在地图上找到这细细的一抹绿痕时，不知为什么，只是一眼，心里已然与它订下了约期。

抵达泰宁的那天晚上，下着雨，旅枕上落满了动听的声音，分不清是溪声还是雨声。我们下榻的金湖宾馆面临杉溪，上清溪就是它的一条支流。想到翌日的漂流，恍惚间似乎听见了上清溪轻轻的呼唤。

漂流，便是隔着一面薄薄的竹筏和溪水结伴同行。竹筏是用数根碗口粗的毛竹绑就的。造筏用的毛竹，是一例削去青皮的裸竹，据说这样做既可以减轻竹筏自身的重量，还可以防裂。毛竹两端则用炭火烤弯，形成高昂的船头和微翘的船尾。一面竹筏可乘坐三位游人，由一名艄公以竹篙掌控方向和速度。竹筏刚放下水，浪花便簇拥而来，看来它们已是老朋友了。一路上，不论穿岩还是过滩，溪水都只是轻轻地咬啮着竹筏，好像有说不完的亲热话。

不像武夷的九曲溪，更不似桂林的漓江，上清溪两岸没有太多的风景。其实，对于漂流而言，过多的风景，也许是一种精神负担，免不了让人牵肠挂肚，而漂流追求的则是一种无羁绊的自由自在。作为城市的一员，我们每个人都在极其狭窄的时间和空间里讨生活，心灵之累，如坠重铅。而在上清溪漂流，感受最强烈的也许就是这一点。一坐上竹筏，就没有了时间和空间的概念，自然，也就没有了狭窄和窘迫的感觉。那当是一种心灵的放生。

上清溪的好处，就在于它十足的野性。由于人类无止境的垦伐，已经很难找到这样仍然保存着原始风貌的土地。15里的水程，没有村庄、没有寺庙会引诱你作短暂的驻足。自然，也没有一切人文的痕迹，诸如崖画、岩葬，更遑论历代文人的题刻，就连艄公扬起水淋淋的竹篙向游客讲述的种种神话传说也是"新编"的。这让人有点啼笑皆非。其实，上清溪完全用不着这些。那碧莹莹的一湍激流，那危如累卵的巨大岩石，那林林总总的花草树木，分明是有别于人寰的另一个世界。你闯进了别人的世界，还要用俗不可耐的种种比拟去附会，去演绎人间世相，岂不可笑！你只要端坐竹筏，让流水执导，用心去感受那一种清幽，那一份闲适。用不着解说，也无须想象。人生太累了。什么时候能够这样，既不用费力，也不用劳神，只是默默地漂流，在漂流中悠然忘我，品尝自由奔放的快感，那才是人生最丰美的享受。

周遭是草木的世界，也是岩石的世界。人只是其间的一个匆匆过客，就像身边这条轻轻叫唤着的欢快流水。或许它们自己也不知道将流向何方，只是随形就势，时而跌宕，时而宛转，时而飞泻千丈，时而率性由情，无牵无挂。与这样一条小溪结伴同行，心情自然格外轻松自在。

不过，这仅仅是相对于人世而言。其实尘寰之外，万物一样有高下之分、强弱之别。在上清溪，占统治地位的是岩石。两岸巨壁亘天，我们只能和身下的溪水一起，小心翼翼而委曲地在强大的岩石让出的一道缝隙间屏声息气，悄然前行。有时，霸石横道，溪水不得不三回五折，才觅得一条出路，从夹岸森然的峭崖间通过。乾隆年间重修的《泰宁县志》上，关于上清溪有这样一段文字，读后不禁让人掩卷动容："奇岩跋扈，天为山欺，水求石放。"只有身历其境，才能体会到这12个字的绝妙。一"求"一"放"，写尽了天地万物生存的况味。而无生命的山水世界，也由于一份人生世情的关注，忽然就生动起来。

　　岸边的草木何尝不是这样。在这片原始的次森林里，肥沃之土自然全是大树的地盘，于是小树们只能挤占在贫瘠的溪滩，与涨落的溪水作生存的殊死搏斗。你会看到，在刚刚消退的洪水留下的一道赫然在目的水线上下，是一个怎样惊心动魄的场面！水线下，一片破败狼藉，到处是枯枝败叶残根；水线上，一棵棵小树东倒西歪，惊恐万状，崩坍的溪岸，露出它们紧紧缠绕着的根须。生死只在瞬间，躲过了这场劫难，只能说是一次侥幸。严酷的环境，使得生存的意义变得那样实在，而生命本身则显得格外美丽。在几乎不见一星土的峭崖上，还魂草觅到了自己的归宿之地。那焦黄焦黄等待着一场雨水让它返青的一片，似乎在诉说着与命运抗争的艰难。至于在树梢上悬挂的青藤呢，别看它们优哉游哉的样子，那可是一些费尽心机的经营者。当一棵棵幼树刚刚破土而出，它们便要窥测方向，把握机会，然后以自己的生命作一次冒险的投入。这以后的等待也许漫漫无期，也许，经营的对象半途夭折……终于，它们的攀缘有了结果，但悬在半空中的感觉一样让人心旌摇摇。

　　泛筏而下，从岩石和草木的世界中悄然而过，仿佛经受了一场洗心涤肺的沐浴。这里是大自然原始的舞台，没有掺杂任何人为的因素。万物都在悄悄演示着它们各自的生命内容，同时把生命的真谛揭示得那样深刻。

　　春浓似酒，筏行如风，一个半小时的漂流让人从此记住了上清溪，闽西北的这条野趣盎然的小溪。

一 叶 湄 洲

还在渡轮上，便看见那一叶小岛在碧蓝的海面上漂浮。渡轮开得很快，马达的轰鸣声震得窗户嗡嗡作响，浪花打进船舱，把座位全淋湿了。可是在感觉中，船与岛的距离似乎没有什么变化。在渡轮紧紧地追逐中，小岛像一位调皮的女孩，左避右闪，就是不想被轻易地抓到。终于，那女孩无处可躲，不太情愿地被船上抛出的缆绳拴住。杂沓的脚步带着一颗颗兴奋的心走下渡轮，而后又登上高高的石阶，刚才还躲躲闪闪的小岛，一下出现在人们面前，那一种质朴的美丽，让人不禁惊呆了。

在小岛的最高处，一座石山之巅，矗立着一尊妈祖女神的石雕像。女神峨冠盛装，手托玉笏，正凝神注目着海天深处。女神脚下，便是层层叠叠、依山构筑的大小庙宇。女神、庙宇、崔嵬的山石以及满山葱茏的草木，都布置得恰到好处，似乎本来就是山体的一部分。虽说那尊由惠安石匠精心雕刻的妈祖女神像是近些年才矗立在岛上的，可是在人们心目中，妈祖早就站立在那里，已经整整站了1000多年。

这是一位真实而且永远值得人们敬仰的女性。妈祖，原名林默，是大海的女儿。在这片浩渺无垠而又烟波诡谲的海域，她自小便目睹了多少生离死别，于是矢志不嫁，决心终生行善，济人为事。从此，一叶小舟伴着她在风波中出没，救助出一个个沉溺者。一次，一艘波斯商船不顾台风在即，强行启航，林默劝说无效，心急如焚。入夜，狂风卷起怒涛，扑向商船，商船危在旦夕。为救出波斯商人，林默毅然点燃了全家赖以栖身的祖屋,用冲天的火光为波斯商船导航。商船得救了,波斯商人和水手们望着已成一片焦土的祖屋,全都唏嘘不已。他们发誓,要将这位年轻女子舍己救人的事迹宣扬到船只能到的所有地方。但是这位专事海上救难的奇女子,年仅28岁就因病与世长辞。人们为了纪念她,便在岛上的石山立祠奉祀,尊号妈祖。妈祖女神自兹诞生。全世界妈祖信徒据说有2亿之众,妈祖庙遍及太平洋沿岸,这里也因之被称为"湄洲祖庙"。每年,不知有多少船只扬帆踏浪而来,只为了在妈祖像前点上一炷香,祈求一份海上的祝福。

美丽的妈祖雕像便矗立在她生前守望大海的地方。从这里眺望,碧涛万顷,渔帆点点。被浓绿的木麻黄密密簇拥着的金色沙滩一片接一片,一直接到海天深处。石雕像的附近,有一块横卧的巨石,上刻楷书"观澜"二字。在这里观海,别有一番滋味。它不仅仅是海浪与岩礁相亲相搏的动人场面,而且是一场永无休止的战争。坚硬的岩石,因之被海浪切割出条条凹槽,汹涌的潮水便顺着这一道道凹槽,长驱而入,演奏出一阕阕动人心弦的天籁之音。坐在石上,聆听潮声自远而近,初似秋声瑟瑟,继而风鸣树啸,最后如迅雷骤雨,震得山海回声,萦耳不绝。

穿过长长的林荫道,走向海滩。行走在全部由木麻黄组成的树林里,那是一种挺特别的感觉。脚下是沙,金黄的柔软的沙,木麻黄便生长在沙地上,你得脱了鞋子才能在沙地上行走。细细的沙粒不断从脚趾间冒出来,像是一个个调皮的精灵受了惊动,正纷纷从他们的藏身之处探出头来东张西望。头上则是一大片一大片泼墨的绿,像是一幅大写意,然而,哪一支画笔描绘得了这样壮观的绿色?

好不容易才钻出树林,面前便是宽阔平展的沙滩。绵延数里的沙滩细腻、洁净,平坦得没有一条褶皱,让人真舍不得踩上只脚。

潮水从远方轻轻地舒卷而来，带来大海的问候。当白色的浪花轻吻过沙滩，而后恋恋不舍地离去，便会留下一声长长的幽叹。原来海并非都是那样威严，而沙滩总是应和着，发出吱吱不断的柔声。这海与沙滩的温情对话，真让人着迷。

一座半月形的沙滩连着另一座半月形的沙滩，一座木麻黄树林连着另一座木麻黄树林，与层层相叠的波浪一块，织出一条由墨绿、金黄、碧蓝三道色彩组成的裙裾，美不胜收。

在小岛的最南端，还有一座石山，叫鹅尾山。这里，过去人迹罕至，现在已被辟为生态公园。鹅尾山，顾名思义，像一条肥硕的鹅尾，在海天之间微微翘起，形成一处半岛。半岛三面环海，处处充满了奇异、神秘的气息。崔嵬、凝重的山石，到了这儿，竟都变成了一只只富有灵性的小动物，在蔚蓝的大海里自由自在地翔泳、嬉戏。蜿蜒的石道，通向浩瀚无垠的大海。走在这条石道上，无论是谁，都会不由自主地屏住声气，因为谁也不忍心惊扰了石们与海波的动情交游。

渡轮又启航了，小岛却不肯离去，一直在船后头跟了很久很久，最后才无奈地松开手，回到浩渺的大海中。可是，女神、潮声、木麻黄、沙滩、岩石……和这座小岛一起，却依旧在人们的心海中漂浮。

西坪茶说

安溪西坪相传是名茶铁观音的故乡。一道清澈的蓝溪从万山丛沓中蜿蜒而出，两岸青山如画。层层叠叠的茶园便从明丽的溪水旁一直铺展到云天深处。正是春茶采摘的季节，汽车沿着溪岸迤逦前行，打开车窗，风吹来阵阵茶香，让人醺然欲醉。

造访西坪，是我们此次茶乡之行的一个重要内容。一走进安溪，扑面而来的就是铁观音茶的浓郁气息。铁观音真是茶中神品，你只要闻一闻碗盖上的香气，再轻轻啜一口茶汤，顿觉回甘悠远、胸怀大畅。关于铁观音茶的起源，历来有两个传说，一是松岩村魏姓老人梦中所觉，一是南岩村士人王士让偶然发现。然而，两种传说都带有缥缈虚饰的成分，因此，铁观音名字的来历，至今仍是一个谜。

汽车循着盘旋的山路驶上西坪南岩。据说，清乾隆元年（1736），士人王士让就是在这里发现茶树异种的。站在南岩上眺望，但见墨绿色的茶园一层摞一层地环绕着南北岩的山坡，午后的阳光给周围的景物蒙上一袭薄薄的雾气，空气里弥散着茶树的淡淡清香。王士让曾在南岩结庐读书。王士让的读书处，已被乡人改建成祠堂。我们走进祠堂，主人热情地请我们落座饮茶。这是刚采制的铁观音新茶，色泽砂绿翠润。随着他熟稔的沏茶动作，顿时，几案上一只只小小的瓯盏里，荡漾起一片琥珀色的茶汤，缕缕清香渐渐弥漫了整个屋子。一段有关铁观音茶的传说，似乎正从醇厚甘鲜的茶味中向我们走来。

"平生于物无所取，消受山中一杯茶。"可以想见，暂脱官宦之身，回家省亲的王士让，与一班好友，在这高敞的南岩上，围壶品茗，吟诗诵文，身心是何等快活、轻松。铁观音的祖树，当是在一次草野间的漫步时无意中被发现的。这株茶树，圆叶红心，墨绿如染，正在草丛中迎风顾盼。王士让如获至宝，小心翼翼地将茶树移植于自家的书轩前，经朝夕管理，精心培育，茶树枝繁叶茂，待采制成品，以沸水冲泡，香气馥郁，沁人心脾。5年后，王士让奉诏进京，将此茶赠予好友礼部侍郎方苞。方苞转献内廷。乾隆皇帝饮后，十分喜欢，观其茶乌润结实，而味香形美，于是赐名"铁观音"。不过，由于缺少文字依据，关于铁观音的这段传说一直受到质疑。

皇帝赐名，应是乡人附会之说，带有夸饰的成分。那么，究竟是不是王士让发现了铁观音呢？抑或是另一位魏姓老人？这其实已不重要。重要的是，铁观音确实诞生于安溪西坪，且成为乌龙茶中的极品。但此茶为何叫"铁观音"，史籍无载。在唐陆羽的《茶经》、宋蔡襄的《茶录》乃至明许次纾的《茶疏》中均觅不到它的丝毫信息，可知"铁观音"问世不长。

唐代陆羽的《茶经》是世界上第一部茶叶专著，但由于资料的限制，陆羽对闽茶一无所知，因此《茶经》中看不到福建种茶的记载。到了宋代，建州茶已享誉天下。文学家蔡襄有感于《茶经》"不第建安之品"，为向徽宗皇帝郑重推荐北苑贡茶，特地写下《茶录》。福建茶叶也第一次进入史册。但蔡襄所推崇的只是武夷山的北苑茶。此时，整个安溪的茶山都还寂寂无闻。万历年间修订的《安溪县志》终于有了安溪种茶的记录，但也只是说："茶名于清水，又名于圣泉。"明末清初，安溪茶农创制发明了风味独特的乌龙茶。乌龙茶首先传入闽北，后又传入台湾。而"铁观音"则大约出现在清雍正、乾隆年间。这茶的名字有些特别，因为它完全跳出了茶的本身。就像闽菜中有一道美味菜肴叫"佛跳墙"一样，想象的色彩浓烈。但

"铁观音"出生虽晚，成名却快，一经出现，就风靡茶界，很快便跻身全国十大名茶的行列。

铁观音的成名，应该得益于闽南民间盛行的斗茶习俗。

斗茶，起源于唐代，至今仍是流行于闽南民间的一件雅事。参加斗茶者，要自带茶品和水，约定时间地点，在案桌上排开战场，生火煮水，冲泡开汤，而后相互品鉴，决出胜负。斗茶与宋代贡茶的朝规有关。地方官绅和富豪为了搜罗到优质茶品上贡朝廷，促使了民间斗茶风行。范仲淹在《和章岷从事斗茶歌》中这样写道："北苑将期献天子，林下雄豪先斗美"，"胜若登仙不可攀，输同降将无穷耻。"形象地刻画出斗茶者的不同心态。而苏轼的诗中也有"今年斗品充官茶"之句。

在西坪，在袅袅弥散的茶香中，有人向我讲述了这样一个故事。

乾隆年间，闽南一家茶馆，斗茶正酣。只见一位汉子，打开一个小瓷罐，罐里躺着几绺呈螺旋状的茶索，看似不起眼，但空气中却闻到了一股幽幽的清香。问茶名，汉子摇头，只说是来自安溪西坪。接着，他利索地洗净杯盏，往盖碗里放入茶叶。此时，茶炊里水叫正欢，汉子提起茶炊，自高处冲入盖碗，顿时，碗里茶索轻轻旋转开来，像是身着缁衣的女子正从波涛中冉冉升起，水汽氤氲中，茶香四溢。围者惊呼："瞧，观音！""铁观音！"铁观音的名字从此叫响了安溪茶叶。

我被这个简朴的故事深深地打动。

还用得着再去苦苦寻觅铁观音名字的来历吗？还用得着再去叩访魏姓老人当年的托梦处吗？

离开西坪，我已经心满意足了。一种经过多番鏖斗后脱颖而出的茶品，自然不同寻常。

安溪有一年一度的茶王赛，赛的便是名茶"铁观音"。

有一个地方叫感德（外一篇）

有一个地方叫感德。感德出好茶。

这座深藏于戴云山中的小镇，过去很少有人知道它，更不用说走近它的身旁。大概是因为这里生产的铁观音茶，鲜爽醇厚、香气悠长，渐渐博得人们的赞誉，于是小镇的名字一遍遍被赫然印在茶叶的包装袋上。感德自然而然成为铁观音茶的一个重要地理标志。但一个深山小镇，为什么要取名"感德"，确实让我颇费思量。

到感德的那一天，下起了雨，而且雨越下越大，天地间一片白茫茫，无论远山近树，都笼罩在稠密而又有耐性的春雨中。

这当然是茶农们不想要的坏天气。阴雨不利于春茶的采摘和晾晒。我已经看到一丝丝忧郁盘结在他们的额头。但一听说我们是为写感德茶而来的，他们便一下都兴奋起来，似乎忘记了漫天大雨带给他们的烦忧，争着要领我们上山去看一块元代的茶王碑。

我们踏着雨水登上一座小山头。从这里俯视，但见四周青翠的茶园层层叠叠，直上云天。村人领着我们寻到一处坡坎，果然看到一块简陋的元代石碑，上面刻有"茶王"字样。这块不显眼的石碑可是茶农们的圣物。据说，每年采茶之前，当地村民都要聚集在这里祭拜茶王，小小的山头上，站满了四乡的茶农，一个个神情肃然，香烟缭绕、鞭炮齐鸣，十分热闹。

感德种茶已有700多年的历史。感德茶，始终铭记着一个人的名字。

当地人尊奉的茶王公其实就是南宋爱国诗人谢枋得。这个谢枋得自是一位文学家，但一直不以文学名，而是以其凛然大节为世人所钦。谢枋得是江西弋阳人，中进士后入朝做官，因指斥贾似道奸政误国，遭贬谪。南宋将亡，谢枋得在江西招谕使兼信州知州任上起兵抗元。他率领一支缺乏训练的义军与元军的虎狼之师血战经旬。宋恭帝德祐元年（1275），谢枋得兵败入闽，他隐姓埋名，转徙山间十多年，从武夷山一直来到戴云山深处的感德里。他在这里参道讲学，一时弟子云集。感德本是一个荒僻之地，山高水寒，田稻薄收，百姓生活十分清苦。谢枋得细察当地水土，鼓励民众开垦荒山，广植茶树。谢枋得对茶情有独钟，在他创作的诗歌里，就有不少关于闽茶的描写。他不仅精于品茶，而且深通茶性。他亲手培育出优质茶苗，提供给村民，还将当地茶的传统制作方法进行了改进。感德的种茶业因之兴盛。

因为茶，感德吸引来了四方的商贾；也因为茶，谢枋得引起当地官府的注意。元至元二十五年（1288），谢枋得被建宁总管撒的迷失骗到城内拘押。但谢枋得不为高官厚禄所动，坚拒元朝征召，因而被押送到燕京。他宁折不弯，慨然赋诗："义高便觉生堪舍，礼重方知死甚轻。"到燕京后，绝食而死。

而茶山上的那块元代的简陋石碑，正是感德的乡亲们听到谢枋得死难的消息后在山头上悄悄立下的，这一立，就是700多年。

一直到了明成化五年（1469），为了世世代代感念谢枋得，感德槐植村村民集资修建了一座茶王公祠，塑正顺尊王金身供奉。此后，每年春季，槐植茶农都会举行隆重的正顺尊王金身巡境活动，祈求风调雨顺，茶运绵长。

一段让人追思不尽的历史，一个感恩尚德的故事，就发生在这里。

700多年后，感德茶终为世人所知，而谢枋得也已经化身为茶农们敬仰的茶王公，他天天看着这片他挚爱的土地，看着这群他深爱的人们，看着满山的茶树散发着沁人的香气，飘出山谷，看着戴云山山间的这座小镇随着茶香发生的变化。

有一个地方叫感德。感德出好茶。感德茶中铭记着一位诗人，一段气节。

喝茶的感觉

不知从什么时候开始，我学会了饮茶。当然，与从小家庭熏陶有关。父亲嗜茶，每天总是两大杯酽酽的浓茶。他喝的大多是闽北的水仙，还有福州的茉莉花茶。父亲很民主，他沏的茶，谁想喝都可以喝。但小时候留下的记忆是，刚沏起的头道茶其实并不好喝，似乎苦涩里还有些微焦味。只有冲过两三道开水后，才堪入口。因此，那时对茶并不依恋。

及长，到闽北山区插队，与茶的距离，便一下拉近了。山里人种茶也喝茶，且家家厅堂上都有一只大陶罐，里面满满地盛着烧好的凉茶。陶罐边上还倒扣着一叠大海碗，客人来了，一落座，便用海碗"咕咚咕咚"可着性子喝茶。慢慢地，我也习惯了如此海饮。这样喝茶，纯粹是一种生活需要。我们住的村庄，开门见山。无论砍柴、下田、赶圩，即便是寄一封信，也要跑十里山路，一趟下来，热汗淋淋，坐下喝一大碗茶既解渴又解乏。况且，茶是自家山上种的，不用花钱买。只是，山里人喝的茶不用开水冲泡，因为大多是挑出来的茶梗，粗枝大叶，所以是放在饭锅里煮出来的。煮茶前就算将锅涮洗几遍了，茶水里依然还有锅中的味道。俗云开门七件事：柴米油盐酱醋茶。山里的茶，本来就是生活中一项不可或缺之物。

回城后，我所在的单位是一家文学编辑部。上班时，我发现编辑部里老老少少都爱喝茶。每人桌上都摆放着一只白瓷杯，上班的第一件事，便是用暖瓶到食堂打来开水，往瓷杯里沏上茶，过几分钟，掀开盖子，顿时，茶香在办公室里弥漫。看他们每当轻轻啜一口茶，脸上便浮出微微的笑容，一时觉得，人生快意，莫过于此。

编辑部里的人喝茶很杂，基本上是谁下乡出差要经过哪处茶乡，便你一斤我两斤的托其代为购茶，因此无论是闽北的大红袍，还是闽东的红茶、闽西的绿茶、闽南的铁观音以及福州的茉莉花茶，都可能成为大家的杯中之物。那时办公室很紧，除了几位领导，我们十几个人挤在一个大房间里。不过，我至今仍很留恋那段过往时光。除了伏案劳作，每天的办公室里都像是在开品茶会，当大家揭开茶杯盖子，茶香四溢，犹如旧时文人间的斗茶，自然勾引起人们的兴致。

不过，我上午依然不喝茶。年轻时是因为每天早餐的一碗稀粥熬到九、十点钟已经饥肠辘辘，年纪大了是因为喝浓茶会影响午睡的质量；但每天下午小睡之后则需酽酽地沏上一壶好茶。喝茶的光阴，也是我写作的时间。好茶长精神。一杯入喉，顿觉一股清气荡涤胸间，继则，胸怀大畅。我甚至疑心，倘若没有茶水的滋润，笔下的文字必然枯涩无味。

不知不觉，每天下午喝茶的习惯已经延续了30多年。

溪流里的时光

在松溪的日子，心是宁静的。这份宁静，来自松溪的水。

我们下榻在临溪的一座酒店，身旁就是涌绿流翠的松溪河。每天清晨和傍晚，我都会沿着溪边新修的栈道散步。时令已经入夏，即便是这座位于闽北的山城，也难避溽热。但一走下栈道，则感到凉风习习，有时走着走着，会有垂下的柳枝，轻轻地拂过肩头。像是一位位素昧平生的朋友，在热情地和你打招呼。

一条碧绿盈盈的河流，就这样在不经意间流进我的心田。

松溪，溪名与县名同，可知这条溪流在人们心目中的地位。这条松溪河，古时叫大溪，因河两岸多植乔松，所以后来人们都称其为松溪。"百里松荫碧长溪"是松溪永不褪色的家乡名片，也是松溪在外游子无限的牵挂和不尽的乡愁。松溪从东北流向西南，一路接纳竹口溪、渭田溪、杉溪等大小支流，溪水过处，形成一块块狭长而肥沃的河谷平原，宜于渔牧耕种。春秋战国时这里曾是越国的驻军屯田地和冶炼铸造地。松溪也是中原士族翻越武夷山南迁的首选之地。因为谁都不能拒绝这样一条盛情而又柔情的河流，于是，一个个家族落户河流两岸，一座座带着各自族群印记的村庄自兹诞生。

循着溪流，我们来到梅口村。这里有一个 800 年前的古码头。松溪河上就有许多这样的码头。而今，码头上已经不见昔日繁闹扰攘的船运景象。只有溪水依旧汤汤流淌，发出低低的溪籁声，仿佛还在向人们诉说着往日的时光。一条条鹅卵石铺就的巷道直指码头，石面被数百年光阴磨得有些斑驳，是那一段过往岁月的印记。

梅口古埠曾是松溪至建瓯的民船运输主要停靠点，也是松溪河离开县域的最后一个沿河商埠。梅口，早先叫尾口，是因为这里扼松溪河之尾。松溪河上所有上下游的船筏都要通过这里，商品集散规模为全县之最。梅口码头水深湾阔，每天可停泊木机船多达上百艘。不少船工喜欢选择在这里打尖或过夜休息。由是，码头、货栈、饭店、旅馆应运而生，繁华一时。梅口村兴盛于南宋时期，至今已有一千多年历史。由于航运，陆、叶、范、黄、魏、张等三十多姓陆续迁居至此，成为远近闻名的大村落。在航运时代，村里的18条街巷都直通码头。每一个巷道的出口处都安有一个石敢当，俗称"十八石敢"。松溪民谚说："梅口地上尽是油，三天不驮满街流。"可以想见当年河运兴盛时的富足景象。

梅口埠之繁盛，还与九龙窑瓷器有关。梅口村的叶家巷长约350米，是叶氏家族的聚居地。叶家就是经营瓷器的大户。松溪的九龙窑青瓷，始创于五代时期，至宋代达到鼎盛。九龙窑烧制的瓷器，质地坚硬，工艺精巧，纹饰丰富，且形态各异，多以杯、碗、壶、盘、钵、瓶为主。不仅有实用性，而且有观赏和收藏价值。距梅口十几里的回场村就是烧制古老青瓷的九龙窑口。九龙窑青瓷通过松溪、建溪、闽江远销海外。据说，叶家曾赠予一位从福州来的海商林老板一个"吉"字极品茶盅，几经辗转到了日本。一位名叫村田珠光的高僧得到了它，视为珍宝，摆在案头每日把玩。九龙窑青瓷也因此风靡日本。当时，日本人不知青瓷来自何方，便以高僧的名字命名为"珠光青瓷"。

松溪人钟爱着这条世世代代滋润着他们生活的溪流，溪水不仅浇灌了他们的田园，带给他们绿色的期盼，溪水同时教会了他们怎样御风使船，走向更广阔的远方。

在淅淅沥沥的阵雨中，我们来到另一个因河运繁盛的村庄大布。

有说，大布就是大埠的谐音。如果说梅口埠是松溪出县境的最后一个船码头，那么大布码头，就是位于松溪县城上游的第一个水上要隘，是连接上游渭田溪、竹口溪的咽喉水道。上游竹筏可通旧县、渭田、溪东等乡镇以及浙江庆元县的竹口镇，下游木船可通建瓯、延平等地。船运时期与浙江龙泉、庆元等地的贸易货物多在此转运。最盛时期，大布码头上光竹筏就停泊有180多条，大布也因此被称为"竹筏之乡"。

一只只竹筏，承载着村庄的希望和梦想，像一面面水上风筝，在绿水青山间尽情游弋，为村庄带来了活力，带来了生气，也带来了财富和繁华。

九曲巷，是大布村最有特色的村巷。走在巷道里，犹如进入一座迷宫，脚下是一块块光滑的鹅卵石，稍不留神，就会一个趔趄。巷道呈弓字形转折，九道转弯，让人莫辨东西。全村大姓人家大多居住在这里。当初建造九曲巷，主要目的就是为了防匪防盗。巷道狭窄，两旁则是高大的风火墙。匪徒如进入巷道，兵力难以展开，进退维谷，而前后左右人家却可以借地利群起而攻之。

与九曲巷相对应的是中央巷炮楼。炮楼上刻有民国时县长黄以焘书写的"仁泽乡"三个大字，并悬挂着一副对联："安堵如常一方保障；此立不动百里长城。"炮楼见证了一段血火交加的历史。明嘉靖二十一年（1542）冬，倭寇进犯县境，围困松溪县城。大布村民王章和杨周等50余人在炮楼前宣誓出征，在抗击倭寇的战斗中，全体壮烈殉国。松溪县建永庇祠为他们立碑，将他们英勇抗倭的事迹载入《松溪县志》。

最有意思的当是村里的"讲理亭"。"讲理亭"所在之处，古时曾是繁华商业街，店铺林立，人流混杂，自然也是容易产生纠纷的地方。人们之间若发生争执，便会约同到讲理亭来，找几位村里德高望重的耆老评判是非并当场裁决。经过裁决，输家必须买一对蜡烛、一挂鞭炮，到古樟树下点燃蜡烛、鸣放鞭炮，向对方表达歉意。同时也表示怨恨从此烟消云散。

这条碧绿如染的溪流将一座村庄的刚毅与柔情、智慧与质朴、平和与坚忍演绎得如此动情，让人徜徉不尽。

每天在栈道上散步时，都会看到远处山头上一座六角七层的玲珑砖塔。高耸的古塔，背倚蓝天，俯临江水，那一份神闲气定，着实让人入迷。那天下午，我们如愿登上城西的塔山公园，一睹奎光塔雄姿。奎光塔始建于南宋淳咸年间，至今已有一千多年历史。古塔雄踞松溪河畔，遥对湛卢峰。相传春秋时期越国铸剑大师欧冶子就是在湛卢峰上炼出了春秋五大名剑之首"湛卢宝剑"。而奎光塔塔身的造型，也像一柄宝剑。几乎在县城的每个角落，只要一抬头，就能看到这座宝塔，剑锋直指天穹。

绕过奎光塔，沿石阶下行，眼前忽然出现一面波光粼粼的湖泊。这就是松溪人在虎头山和文秀山两山隘口筑坝，引多条山溪水造出的文秀湖。得益于四围青山，水色特别清幽，远远地可以看到，一群群鸳鸯、白鹭正在湖中翔游嬉戏。碧绿的湖水，无声无息地环绕在群峰膝下，深沉而宁谧。这是一种出世的平静，是一种远离尘嚣的安详，是一种忘我的陶醉。静静地注视着湖水，自然忘记了烦忧，忘记了纷争，忘记了荣辱，心田也便如湖波般宁静。

文秀湖最引人注目的当然还是建在湖上的廊桥大坝。坝顶建筑仿制渭田的五福廊桥。建于明代正德年间的五福廊桥，长108米，为亭阁复屋木梁结构，美轮美奂，横跨于渭田溪上，是闽北古廊桥的代表作。将五福廊桥的风采复制于文秀湖上，颇富想象力，也是松溪人爱水乐水且善于用水的印证。

赤壁素描

赤壁是一座村落，依山傍水，风光怡然。这里属戴云山东北坡，群山逶迤，山路迢递，古栈道的遗迹明灭于山岭间，镌刻着一段悠远的历史。而掩蔽于茂林间的数百丘被遗弃的梯田，再现了1000多年前先民们辛勤开发的情景。层层叠叠的梯田，依山顺势，整齐划一，如同一幅巨大的抽象画，悬挂在天地之间，发人遐思。

赤壁得名的由来，是因了元末潮州总管王翰镌刻在大樟溪悬崖上的"赤壁"二字。这里是古渡口，也是山间驿道的换乘点，王翰一行便是在一个薄暮时分途经此地的。夕阳衔山，将一道余晖投射到巨大的崖壁上，忽然，崖壁燃烧一般发出灿灿红光。周围一片静寂，所有的人屏声息气，大家都被这落日的辉煌景象所震慑。于是，王翰援笔展纸，写下"赤壁"二字，命人镌刻在悬崖上。

岁月匆匆，得名于赤壁的村庄，并不曾因王翰的题字而显达，渡头依旧，溪水依旧，村庄依旧。赤壁村人也依旧干着他们从祖祖辈辈继承下来的旧营生。

世世代代以斧斤、舟楫为生的赤壁村人，是一条大溪历史的见证人。

从无诸建国到王审知兄弟率众入闽，从文天祥领义军抗元到十九路军拒蒋，寂寥的赤壁渡口，也曾因为这戟戈耀日、人欢马嘶而喧闹而激动过。

但那都是赤壁村老一辈留下的故事，断续且模糊。而如今，古老的村庄已经翻开了崭新的一页，一个更具挑战性的生活形态正在年轻人面前展开。

赤壁是一列山崖，峰峦兀耸，隔溪对峙。这里的山石，或壁立如削，或锐利似戟，或翠帷如盖，或一峰逸出，雄姿勃发，气势不凡。这是大樟溪和早白垩纪火山共同作用的结果。两亿年前的这场规模宏大的造山运动，深入地球的每一个角落。赤壁也由此诞生。那从地层深处喷薄而出的岩浆，带着力和火，惊心动魄，直冲天穹。而大樟溪则用柔韧的水波一遍又一遍地为它们洗尘，抚慰着一颗颗躁动不安的心灵。当岩浆的热情渐渐熄灭，它们发现，自己已经离不开这道美丽而温柔的溪水，于是在流水之畔站成一座座峻拔的山峰。

尖峰峭岭，在天际间勾勒出一幅幅生动的山景图。尤其是当黎明或薄暮时分，重重叠叠的山影在缥缈的雾气里时隐时现，如同一位高明的画师，正尽情地泼洒淋漓的墨韵，酝酿出万千气象。如果说山是无声的画，那么水就是有声的诗。一脉清溪，推开莽莽众草，汩汩而出。清溅的水花，带来树林的绿荫，也传递着大山腹地的气息。

那么走吧，让流水执导，走进大山深处，去一窥大山的堂奥。进山的石阶，绵长而执着。凭着古老的石阶，听自己的脚步在大山间传来的清脆回音，那当是世间最生动的音乐。足音里，人生的喜怒哀乐、蹭蹬浮沉似乎都在这一刻来到脚下。踩在这一道又一道写满云情雨意的石阶上，有一种快意，一种满足，还有一种沉甸甸的思古之幽情。

古道弯弯，连接着天荒地老的岁月。这里曾是大樟溪上游通往福州的要津，赶考的学子、赶圩的商贩、过往的山客，都用他们的脚板将块块阶石磨得光滑。还有那些靠山吃山的农夫村妇，山路是他们的依靠，是他们的希望，也是消磨他们生命的块块砺石。

赤壁是一道峡谷，幽曲、深长、风情无限。走进峡谷，便是走进一道让人神迷的风景，常常一个转身，便会带出一串意想不到的生动画面。山石也罢，树木也罢，溪水也罢，都将一种山野的美勾勒得那样随意、那样生动又那样丰富，那是大自然不假雕饰的手笔。风从重重壁立的石崖后旋出，而后贴着的湍急的流水一波一波地拂面而来，带着野草清香的森林气息顿时注满每个人的胸间。

要是没有峡谷，大山不过是混沌石板一块，了无情趣。是峡谷为大山带来了如许丰富的元素，幽曲变化，色彩缤纷，形态生动，活力无限。每一个季节，峡谷里都要上演精彩的一幕：春气郁勃，着几茎嫩竹撑破云天；夏雨滂沱，任一溪烈水肆虐崖岸；秋风栗烈，遣一帆黄叶飘落寒涧；冬阳和煦，看几树红花烂漫山头。峡谷四季，略不相似。

赤壁尤以瀑布为胜。这里的瀑布，水出绝壁危崖，呼啸而下，气势逼人。在蜿蜒的峡谷里，瀑布总是扮演着最活跃同时也是最显眼的角色。而相比于瀑布的豪气千丈，潭则柔情万种。也许，人们更欣赏瀑布一往无前的气概，看到的只是潭对瀑布的热烈迎合和深切接纳，却没有意识到瀑布之下是潭，瀑布之上还是潭。因为这些小潭其实也是瀑布的一部分，是瀑布的另一种存在形式。潭是正在休息的瀑布，也是不断积蓄力量的瀑布。到了该出手就出手时，潭没有丝毫的犹豫。倘若没有潭的积蓄和准备，瀑布充其量不过是几绺跌水，岂有这穿岩透地之功、气吞山河之势和虎啸龙吟之声。

赤壁是一方风景，山水相宜，野趣十足。而风景来自发现。其实，这里距省城福州仅50公里，不到1个小时的车程。然而，除了600多年前王翰留下的那一方题刻，便少有人问津。赤壁从来是野山寂寂，水流无痕。

十多年前，一位来自省城的创业者来到这里，他看中了赤壁，他爱上了赤壁。他将自己的全部热情和全部积蓄，都留在了赤壁。于是，一个新兴旅游区已初见端倪。赤壁峡谷漂流最受年轻人喜爱。每当节假日，峡谷里终日回荡着漂流者的笑声。赤壁温泉浴和赤壁峡谷游也方兴未艾。在赤壁村口的公路旁，悬挂着一幅显眼的标语：赤壁漂起来，世界看过来。这是赤壁的口号，也是赤壁的预言。

相看政和

在政和两天，几乎每到一处，就要坐下喝茶。政和茶好喝，其茶形优美，色泽乌润，看一眼就心生喜欢；往杯盏里注入沸水，揭盖香气浓郁，啜一口入舌生甜，齿颊留甘。每次主人邀请步入茶座，看着工夫茶在杯中聚起琥珀样的汤色，闻到空气中飘荡着的微甜清香，总会想起赵州和尚那一句著名的禅茶偈语：千言与万语，不如喝茶去。

在这里，喝得最多的是工夫茶，是入口生甘的小种红茶；看得最多的是树，而且都是参天大树。政和人爱茶亦爱树，谈起工夫茶难免眉飞色舞，而谈起家乡的树亦如数家珍。于是，我得以在政和认识一棵棵树的伟丈夫、俏佳人。我甚至有几分惊讶，仿佛大树们1000年前就早早地约定在这里集合，在这远离尘闹的鹫峰山间。

那天，我们驱车到岭腰乡的锦屏村，这里距县城约80里。公路在无边的翠色中盘旋向上，直到山陬水隈处。汽车在村口的桥边戛然停住。一道碧盈盈的溪水送出阵阵清凉。那些树的巨人们就这样在我们毫无心理准备的情况下现身。一棵棵巨杉，笔立入云。它们三三两两如同在溪畔漫步，闲散而自在的气息让人受到深深的濡染。每一棵树都需要我们仰视，也值得我们仰视。桥头一棵巨杉高49.5米，矗直的树干紧贴着溪岸，根则扎在溪畔的一方巨石上。这棵杉树相传是五代时后周谏议大夫吴十七所植，树龄已逾千年。据主人介绍，这是全省现存最高也是胸径最大的一棵杉树。站在这棵巨杉跟前，忽然觉得时间凝住了，还有每天挥之不去的劳烦忧虑，至此也消遁无迹。世事纷纷,已然不再重要,因为还有什么能与千年时光相抗衡?

锦屏的树,不仅高大,而且奇特。我们穿过夹溪而建的村落,走到一处草木萋萋的山坡,拂开树枝,但见近前一棵古樟树,怡然独立,不像许多樟树,往往旁枝硕大,如猿臂舒展。这棵树树干笔直,意态端庄,枝干粗细均匀,有如纤纤玉手,沾云带露,颇具禅意,因而被村人誉为"千手观音"。

锦屏是一座千年古村。南宋时这里因盛产白银,曾名"盛银场",后又改称"遂应场",取天遂人应之意。据说极盛时有"八万打银人,三千买卖客"。不说破,确实很难想象这座僻远的小山村和8万矿工之间的关系。一个个衣衫褴褛、灰头垢面,腰带里裹着几块碎银的矿工们正是从南屏山上那近乎垂直的石阶下来的,他们的到来,会给村庄带来怎样的骚动?老远,就有人在看,在兴奋地传递着矿上的信息。于是饭庄、茶庄、布匹庄、成衣庄、首饰庄都忙碌起来了,翠云楼里更是一片环佩传响。自南宋及明,300多年间,这样的故事,几乎每天都在上演。不知不觉间,一代代矿工腰间抖出的些少碎银,竟膏腴了繁盛了一处山重水复的村落。一直到那一天,矿洞里再看不到那令人眼睛发亮的萤石。据记载,全盛时,南屏山有金银铜铁锡13坑108洞,且以银洞居多。今天山上矿洞尚存,洞内巷道纵横,连接着一个个开阔的矿场,如房如厅,最大的可容千人。银矿的骤然消亡,至今仍是一个谜。也有说和叶宗留起义有关。明正统十二年(1448),就在遂应场,爆发了叶宗留领导的银矿矿工起义。在破坏了矿山后,他们呼啸下山,先后攻克政和、建瓯、建阳、崇安、浦城、铅山、龙泉等县城,与沙县的邓茂七农民起义军相呼应,震动闽浙赣三省。第二年,在与官军的作战中,叶宗留中流矢死,起义军溃亡。

银矿消亡而锦屏茶起。大约是山上矿物质微量元素的作用，形成锦屏小叶茶独特的品质。从明万历年间开始，锦屏的仙岩工夫茶走俏市场。到清光绪年间，遂应场村已有茶行20多家，每年制作工夫红茶10000多箱。这些茶行生产出的茶大抵由英、德洋行包销。出口茶箱上标有"福建政和工夫·遂应场仙岩茶"字样。据说，世界各地茶商凡看到标有此等商标的茶箱，总是照单收下，从不开箱验货，这也是遂应场生产的政和工夫茶品质保证的标志。

英伦三岛居民最喜爱的午时茶是武夷红茶，其实就是生产于武夷山桐木关的正山小种红茶和生产于政和遂应场的仙岩工夫红茶。因为有别于正山小种红茶，所以，来自政和遂应场的称外山小种红茶。

在锦屏，我们有幸见识了植于乐平溪畔的一株400多年的古茶母树。看到它便如同见到那一段悠远的岁月。古茶树是乡村往事的见证者，而它自身也是故事的主角。

就在临离开政和的那天近午，三通茶罢，当地朋友提议到石屯的长城村去看一棵大樟树。因了他们动情的叙说，在穿过弯弯曲曲的田间小道时，心中充满了一种向往之情，仿佛是去会见一位不曾谋面但心仪已久的老朋友。

果然，这一棵巨樟端的不凡，不仅树形高大，且膀壮臂长，枝繁叶茂。大树团团如盖，庇荫着一方土地。其突起的根瘤，气势磅礴。光是盘结的树根上，就可坐十多人。虽盛夏酷暑，树荫下仍习习生风。当地的两位友人，神情尤为兴奋。故乡的大树收藏了他们童年的快乐、少年的梦想以及青年的秘密。现在，他们坐在大树怀中，似乎又回到了过往的岁月。

于是一帧帧与大树的合影成了此行最丰盛的收获。

工夫红茶和参天大树，让我从此记住了政和。

和平豆腐最相宜

我有豆腐情结，每到一地，就想品尝当地的豆腐。应该说这个习惯缘于20世纪80年代。那一年，我随郭风先生到沙县出差。因火车晚点，到站已是21时，宾馆的餐厅当然早已收摊。接待我们的当地文联朋友遂建议就在车站附近的一家小餐馆用晚餐。第一道菜上的就是沙县的油煎豆腐。郭风先生品尝后情不自禁地说了这样一句话：任何一个地方的菜肴，说到底，还是豆腐最好吃。于是，我记住了这句话。

后来，到上杭古田，在古田会址纪念馆用晚餐，席间一道红烧豆腐，鲜嫩可口，大家赞不绝口。我想起郭风先生说过的话，心想，夫子之言，诚是哉。以后，吃的豆腐多了，发现各个地方的豆腐制作方法和味道其实并不相同。中国制作豆腐的方法相传是西汉时淮南王刘安发明的。这位因阴谋叛乱而被逼自杀的诸侯王不仅是一位文学家、思想家，写过《离骚传》，编撰过《淮南子》，而且还是一位美食家。他对中国饮食的贡献，尤其是豆腐的发明，让国人足足饱享了2000多年的口福。

刘安虽然伏诛，但豆腐无罪，而且很快就走出淮南，游走四方，直至海外。做豆腐乃至烹煮豆腐的方法经过何止千万人手，自然也已千变万化，各领风骚，始终恪守淮南豆腐古法的恐怕已然不多。而邵武和平是一处。

去年秋杪，到邵武参加一次文学活动，返程时，我提出由和平镇出口上福银高速，主要是想到和平古镇看看。这是我多年的愿望了。

和平，古称禾坪。自然是因为这里地势平坦，禾稻蕃熟。这里自古即是闽北要津，福建出省的三条通道之一的"愁思岭"就在和平境内，因而也是历代兵家必争之地。

我先到坎头村拜谒黄峭公祠。让人一见就心头发热的便是峭公祠两旁的那副对联："常来而不拒，久间而不疏。"黄氏子孙，不论是谁，不论离别故土多久，也不论多少代多长日子没有来往过，只要现在到了黄峭公祠，就是回到了家。

黄峭就出生于和平的坎头村。黄峭的父亲从河南到邵武做官时，发现和平水向西流，非同寻常，便把家安在了和平的坎头村。黄峭少时即十分聪慧，及长更是文才武略，曾任后唐工部侍郎，52岁时弃官归隐，回到故乡，创办了"和平书院"，课族中子弟读书。和平书院也是中国历史上最早的民办书院之一，从这里走出过一大批让乡人引以为豪的杰出人才。因此，有人这样说："'和平书院'的一脉书香至今仍氤氲在乡民的衣袖间。"

至今，我仍能背诵那首黄峭公的《遣子诗》："信马登程往异方，任寻胜地振纲常。足离此境非吾境，身在他乡即故乡。朝夕莫忘亲嘱咐，晨昏需荐祖蒸尝。漫云富贵由天定，三七男儿当自强。"面对子孙满堂，峭公清醒地意识到"燕雀怡堂而殆，鹪鹩巢林而安"。80大寿时他给自己的21个儿子每人一匹马一套家谱一份资财，让他们驰骋四方择地安身。这在当时确实是非凡之举。我最欣赏这句："足离此境非吾境，身在他乡即故乡。"我想，正是这种胸襟和远见，让黄氏儿郎四海为家，苗裔绵延。至今海内外峭公子孙已达4000多万。

带着这份沉甸甸的情绪，我们游览了和平古镇。和平古城建于明万历二十年（1592），至今已有400多年的历史。古城内有300余幢明清民居建筑，是我国保留最好、最有特色的古民居建筑群之一。就在一条浸润着400年风雨的古街上，我第一次品尝到和平油炸豆腐的独特风味。这是一家名为"黄氏豆腐店"的街边作坊。老远就闻到油炸豆腐的香味。新鲜的游浆豆腐经油炸后，色泽金黄，外韧内嫩，香软可口。经过的路人往往禁不起香味的诱惑，于是便纷纷站在街边炉旁，手捧刚刚出锅的炸豆腐，饕餮一番。一般豆腐须用石膏或卤水点聚，但和平的游浆豆腐却是以老豆浆做酵母，发酵而成。加工豆腐时将豆浆倒入特制的锅里，加进适当的母浆，再把豆腐脑舀起分成若干板，压干制成豆腐。这种古法豆腐的制作十分费时，仅用木瓢在豆浆上来回搅动就需一个多小时，而从磨浆到出豆腐则要四五个小时。因此，每天的豆腐都是定量制作。

主人特地为我们安排了一个完全的豆腐宴，所有的菜肴都是豆腐，有红烧豆腐、油炸豆腐、泥鳅豆腐、排骨豆腐、铁板豆腐……煎、煮、炸、烩、烤……真是一种豆腐，百样做法，百种风味，让我大开眼界同时也大快朵颐。

耐人寻味的是，面前这一块块鲜嫩的豆腐，无一例外都含有昨天的老豆浆。今天、昨天、前天……千年的光阴便这样由一缕缕老豆浆接续下来了。难怪和平的民谣这样唱道："一块豆腐百年酵，一口咬下味百年。"确实，和平的每一块平平常常的豆腐里，都牵系着千年根本，游走着千年风云。

世间难道还有什么比豆腐更柔软又比豆腐更坚韧？千年游浆不断线的是豆腐，百菜尝遍觉得最好吃的还是豆腐。

望着满满一桌黄、白、红、绿、紫五色杂陈的豆腐宴，我不由想起了黄峭公的《遣子诗》，想起书声悠远的和平书院，想起黄峭公祠前千年络绎不绝的前来拜谒的子孙们。

何处是归宗

眼前是一波接一波的绿，如大海的浪涛，翻卷着、呼啸着奔腾而来。你根本来不及思索，便一下跌入这万千翠绿之中。忍不住，长长地吸一口气，感觉中，连空气也是绿的，带着丝丝微甜，沁人心脾。

时令虽过处暑，但闽北溽暑未消，到处热浪蒸腾，下车刚走几步便大汗淋漓。及至步入山门，仅仅是踏过几道石阶，景象却大异。让人避之不及的如火骄阳忽然就不见了。天空中如同布满了绿色的帐幔，从树隙间漏下的星星点点阳光，像一群小精灵般欢快地跳跃着，让适才焦灼的心情一下清凉了许多。

站在这一片宁静的翠色之中，不由人不想起3000多年前，那位隐士庄子的仰天长啸："皋壤欤，山林欤，使我欣欣然欤！"

这当是山林的魅力所在，清新的空气，爽人的绿色，绝尘的宁谧；而这也正反衬出城市的污浊，城市的焦躁，城市的饥渴。于是乎，人们纷纷从车密人稠、沉闷压抑的城市不远千里来看原生态的真山真水。借短暂的接触，让时时绷紧的心情在大自然中稍稍得以放松。

也许，正因为此，千百年来，建瓯近郭的这一座玲珑小山，才得到人们的无限青睐。

归宗岩，山不高而清幽，林不广而深翠。倘从空中俯瞰，如同一处天造地设的自然盆景，摆放在水光潋滟的北津湖畔。这座山，海拔只有596米，自山脚攀登岩巅，足健者，一个多小时即可来回。

然而，让人盘桓不尽的却是归宗岩浸润千年的文化濡染。

崇仁禅寺是最早登临是山的佛院，始建于五代梁开平二年（908）。这个时期，佛教正大举进入福建。石秀林幽的归宗岩被纳入法眼一点也不奇怪。翻开一部宗教史，不能不让人赞叹僧侣们那不畏艰险的进取精神。大多名山，开始总是寂寂无闻，是僧侣们凭着一袭袈裟、一双芒鞋和一种坚忍不拔的精神，年复一年，开辟莽榛，筑路兴室，才将一座座茅封草长的荒山，点化为佛国梵宫。

最初的寺院可能很简陋，也许只是一处天然的洞室。现在的庙址则是南宋咸淳二年（1266）移迁过来的，应该是全山最佳处。整座庙宇依山而建。大约是通风的缘故罢，佛殿的梁柱间从不结蛛网，瓦顶上也不见腐叶，甚至地面都无须扫尘。历史上寺院曾多次遭受不同程度的损毁并多次重修。5年前，又一场大火将崇仁寺烧毁，只留下一道山门和寺前小山峰上的那座天造地设般的白鹤亭。

新庙很快就建起来了。但让人遐想无尽的却还是那座六角形制的亭子，翘檐欲飞，恰似冲天而起的白鹤。当年，是谁设计并建造了这座白鹤亭？站在亭中，四面云山都归眼底。你似乎明白，这座六角亭子高张于庙前的意义所在。

佛家之后道家接踵而来，不甘寂寞的还有喁喁儒者。

归宗岩敞开胸襟，接纳了皇皇三教。关于儒释道三者的关系，历来有这样的说法：以儒治国，以道治身，以佛治心。一座盆栽也似的小山，忽然便承载了如此文化重量。

三教都以自己独特的语言对山形岩胜作了描绘。道家属意自然形态，一处清幽的洞穴被名之"仙灵窟宅"。两爿立石则题为"岩扃"。两崖间一座廊桥叫作"会仙桥"，并演绎了一段神仙故事。"洗心亭"自然是佛家的境界。山道旁，伫立着一块灵岩窍石，翘然独立，儒者迁想妙得，谓之"补天遗品"。

宋代大儒杨时登归宗岩时留下一首打满了问号的诗篇："奇冠南闽此最奇，归宗千古是谁归？至今来访谁先至？知是曹刘先我知。"诗中的曹、刘当指的是北宋淳熙年间在归宗岩建庵的曹、刘两位道人。杨时对曹、刘二人的钦羡之情跃然纸上，只是因为此二人比他更早知道有座归宗岩，而且捷足先登了。不仅仅是杨时慕名前来，稍后的朱熹亦曾选择此山讲授《易经》，一时弟子云集。林间道旁，吟诵之声、切磋之声乃至抗辩之声，不绝于耳。那当是归宗岩最辉煌的日子。以致明代学者陈珪在登归宗岩时想望当年的盛景，这样吟咏道："归宗未遇朱夫子，寥落人间若不闻。假使当年聊一憩，风流不羡武夷君。"

是谁为这座独立幽处的山峰取名"归宗"？史籍无考。不过，关于"归宗"二字的来历，当地有个耐人寻味的传说。说归宗岩原为武夷山的第100座峰，在受命飞往武夷山集合的途中，改变主意，不愿趋奉热闹，毅然返回自己的原住地。这是一次违背天命的叛逆，但同时也是回归本真的胜利。

这些美丽的诗篇和动人的传说以及留在归宗岩上的那一双双不曾磨去的智者足迹都足以诱使你在归宗岩上真正走一回。

一条盘曲的山道似乎自天而降，来到你的面前，但未及商量，就一头钻进丛林密菁之中，再也不肯出来。你只得紧紧地跟随着它，时而撞进一道石门，时而跨过一座石桥，时而深入一方洞穴。不知不觉，林渐密，山渐深，而此时展现在你眼前的是：岩洞峭奇，一壑万状。

一块块灵岩窍石，让你不时驻足，端详沉思。石头本无语，却被人赋予想象，赋予色彩，赋予期待。你看着岩壁上这一方方篆隶行楷，或沉稳，或灵动，或古雅，或稚朴，甚而狂放恣肆如同"天书"。其实都是作书者的率性而为，哪一句又是石头口吐的真言？

一棵棵参天大树，或面含微笑，或略带沉思，或旁若无人，或形态放达。它们才是此时此地真正的主人。它们是山里的隐者，也是树中的耆宿，枝头上抖落过数百年的风霜雨雪；只有它们才知道有关归宗岩的陈年往事，洞悉归宗岩的真隐密赜，可是它们却一例缄口无语。

何处是归宗？是禅，是道，是朱子理学，还是这一片远离尘嚣的蓊郁和幽静？

山川无语，林木无语，只有一道道流泉飞瀑，终日弹奏着一曲曲天籁之声。

泉港的色彩

记得多年前,那时高速公路尚未修筑,从福州到厦门,走的是324国道。因为路上有多处瓶颈,300多公里的路程,每每要走七八个小时,客车中午大多是在一个叫涂岭的地方打尖。涂岭有许多家招徕客车的饭店,快餐业竟一时兴盛。我知道涂岭属惠北,黄壤连片,是一个相对贫瘠的地方。

后来有了高速公路,长途客车也不再过涂岭,但附近却多了一个叫泉港的地名。这似乎是一座新生的现代化城市,带着勃勃的朝气,正从大海边冉冉升起。我便开始留意起泉港来。这里原本叫肖厝,最初只是一座海边的小渔村,后来建成深水良港,加上大型炼油厂的建设,正迅速发展成现代化的港口城市。包括了涂岭、山腰、南埔等惠北7个乡镇的泉港,也因此成为泉州市的一个经济新区。

好多年来,我就这样不断从高速公路上透过疾驶的车窗好奇地眺望这座新生的城市,心中油然生起一种向往之情。

终于,一次"特色乡村行"的采风活动,让我遂了这番心愿。

车子穿过宽阔的大街,经过炼油厂厂区和港口码头,却没有在繁华地作片刻停留。原来主人意在让我们更多地关注城市化进程中原始乡村的现实状况。于是日日与高楼大厦车水马龙相伴的我们,猛然间撞见这一幢幢正坚守在风雨中的老房子,那一种心灵的震撼令我久久难忘。我们曾经熟悉的乡村和乡村生活似乎正一步一步远离我们,换言之,是我们在不经意间随手抛弃了它们。

我们先来到后龙镇的土坑村。这座群山环簇的村庄是刘氏的聚居地。600年前，刘氏的一支辗转来到惠北，见这里枕山襟海，三溪汇流，土地膏腴，于是停下匆行的脚步。一个古民居群落自兹诞生。随着海上商贸活动的兴盛，土坑村也迎来了自己的黄金时期。从土坑村里走出的不仅有富甲一方的茶商、盐商，还有蟾宫折桂的文武进士们。他们成功后在家乡做的第一件事就是盖一栋与自己身份相符的大厝。他们从福州购来木材，从泉州购来石材，用白花花的银子打造起来的各式大厝，饰以精美的砖雕、木雕或石雕，在200年间尽情地炫耀着富足和成功。大厝与大厝比邻，大厝与大厝联排，一条条纵横交错的巷道，将一段美好的百年时光尽数圈拢在这雕梁画栋之中。由此，土坑村也于2003年被列为福建省历史文化名村。

如今，昔日风光无限的土坑村已然洗却铅华，露出几分破败。老村老屋老田毕竟难敌外面世界的精彩，随着城市化进程步伐的加快，村里的年轻一族大多迁往城市定居。走在静寂的村道上，随处可见空巢般的老屋，在风中雨中瑟瑟发抖。断壁残垣，野草侵阶，门轴喑哑。高大茂密的榕树下，曾是村民们聚会的场所，如今已见不到喧闹的人群，只有轻轻摇摆的枝条吐出几声寂寞的叹息。我甚至感觉得到这一片空旷中有许多茫然的目光，正无奈地看着村庄渐渐老去。

我们显然无法让所有的村庄都留住青春和繁华，但我们总要留住一段历史，一段足以让后人触摸得到的坚实岁月。因为，历史是不可能复制的。我们今天随手抛弃了的，也许将在许多年后追悔莫及。重要的是，现在我们需要而又能够为这些昨日的村庄做些什么。

带着沉甸甸的思绪，我们访问了地处崇山深处的涂岭镇樟脚村。与沿海的土坑村一样，年轻人纷纷走出大山，去寻找属于他们的新生活。但这里仍保存了一份古老的宁静。喧闹的市声离这里尚远，石头叠垒的村寨，以一份厚重，扛住了悠悠岁月。石头叠垒的村寨，也将一份奇特的美丽展现给世人。

这个村庄的建筑材料几乎全部取材于山上的片石。据说，聪明的樟脚先民，是从山头上收集到原石，接着挖一个大坑，在坑里堆放木柴，将石头烧软后再劈成石片，然后背回村，一片片、一层层砌起家园。这些不加修饰和涂抹的原始石片，叠垒起一栋栋色调杂陈的房屋，逐渐绵延成一座五彩缤纷的石头村庄，简朴而坚实，粗犷而生动。石墙、石窗、石阶、石道都以最原始的面貌组合成一幅幅质朴的风俗画，让人目不暇接。于是粗犷也能显示美丽，简朴也能成为风景。画家、摄影家开始从四面八方循迹而来。樟脚的石屋、石墙、石窗、石阶、石道都成为油画板抑或摄影框里的主题。当然，还有村里的老人，往古朴的石墙边一站，就是一首沉郁而悠远的诗篇。

这个远离尘嚣的村庄，也曾经是战争的避难地。村里有六分之一人口是蒙古族人，他们的祖先在元末明初的朝代更迭之际，为避乱迁进深山老林。他们或许是驰骋马上的战士，或许是弄潮江海的商贾，却一下变身为农人樵夫，一扇无形的大门在他们身后轻轻掩上，这一掩就是600年。他们自身的历史也是樟脚让人沉迷的一道色彩。

泉港之行的最后一站是惠屿岛。

湄洲湾内的这座小岛，因为保持了原汁原味的海岛气息，而入围"福建最美的乡村"。进出岛屿，依然要依靠渡轮。下了渡轮，迎面便是一道陡峭的石阶，引领我们穿过村庄，拐过山隈。小岛风光如画，一步一步似入蓬莱仙境。岛上没有机动车辆，甚至没有自行车。信步而行，无论是谁，都兴奋得收不住目光和双腿。洁白的沙滩、蔚蓝的大海、清新的空气，让人心旷神怡，悠然忘机。

隔海就是肖厝港，一座新兴的还在迅速拓展的现代化城市，彼此相隔只是一道窄窄的海湾。那么，惠屿岛，你还能守住你的原始风味和质朴吗？

于是，泉港的三座特色村庄，像油画板上的三道色彩，深深地留在我的记忆里。

延平故垒豪气在

假如以山川形胜来评选城市，那么，地处闽江上游"占溪山之雄、当水陆之会"的南平，一定轻松上榜。前人曾这样描述它："南平，东西二溪合流处。溯西溪而上之，则杉关在焉，适赣之孔道也。溯东溪而上之，则仙霞在焉，入浙之要冲也。蜿蜒各数百十里，以汇于城下，是曰闽江，委宛慓疾，有建瓴之势⋯⋯"俗谚"铜延平、铁邵武"，说的就是南平的险要和在军事上的意义。也正因为此，宋末的文天祥出征时在南平开府，而南明隆武帝也曾驻跸南平，指挥对清军的战事。

在这座山城里漫步，一不小心，就会和一段历史相遇，一块钦釜巨石，一座凌空楼阁，一方苔衍古碑⋯⋯记录着或唐或宋抑或是明清的峥嵘往事。古城几度遭遇兵临城下，于是，风雨雷电，刀锋箭镞，仿佛就在耳畔鸣响。其实，铜城也罢，铁垒也罢，根本阻挡不了胜利者进攻的步伐。南平也一样。不过，巍巍雄关敌楼，总会让人生出几分思古之情。

我登临过矗立在滔滔剑溪旁的延寿楼，这是延平古城的南门城楼，雄阔壮观。延寿楼始建于元代，是南平被誉为"八闽铜关"的代表性建筑。由于楼阁雄伟，明窗轩敞，视野开阔，延寿楼几度被作为重要的军事指挥机关，文天祥、韩世忠、石达开都在此驻扎过。当年郑成功也曾在这里设立指挥所。

楼阁临江，凭栏看波逐浪奔，听溪喧濑鸣，让这位23岁的年轻统帅，心中充满豪情。郑成功是随隆武帝亲征而来的。这位南明皇帝已经对郑芝龙、郑鸿逵兄弟的骄横跋扈十分不满，为了早日摆脱他们的控制，他多次写诏书给在湖南的何腾蛟，要他派军队前来接驾。但何腾蛟却一再拖延。于是隆武帝决意亲征，目的是把行在移到江西及湖南。隆武元年（1645）八月，江西督师万元吉上疏请移跸赣州，这正中隆武帝下怀，于是他率部分朝臣于12月16日离开福州，26日到达建宁，开始做向西转移的准备。这时，郑芝龙指使军民数万人拦住道路，不让皇帝前行。隆武帝的车驾前进不得，只得先在延平驻扎下来。而此时清博洛大军压境，闽北战事不利。隆武帝心中十分焦虑。只有年轻而英气勃发的郑成功，让隆武帝看到明朝复兴的希望。史载郑成功向隆武帝上疏条陈："据险控扼，拣将进取，航船合攻，通洋裕国"，后人称作"延平条陈"。隆武帝大加赞赏，嘉封郑成功"挂招讨大将军印，获赐上方剑"，以便宜行事。郑成功曾先后衔命赴仙霞关和杉关据守，并在南平操练军队，展现了一位大将的风采。

在南平期间，延寿楼是郑成功的指挥所。他的目光越过迷蒙的江水，越过重峦叠嶂，眼前分明是一片浩淼无垠而又波涛汹涌的大海。如果说"据险控扼，拣将进取"还只是权宜之计，那么"航船合攻，通洋裕国"则是万全之策。是郑成功胸中渐渐成熟的至美蓝图。

不过，在闽北的岁月，郑成功的军事行动并不如意。由于郑芝龙处处作梗，南明军队很快陷入万劫不复的困境。终于，博洛指挥的清军不攻而破仙霞关，顺建溪一路南下。惊慌失措的隆武帝只能从茫荡山的三千八百坎古道亡命。

我到过几次茫荡山，有一次是从坎底走完三千八百坎全程，直上坎顶的宋代古堡。三个小时，5500级石阶，汗水湿透全身。

森森古堡，无言矗立，见证了刀光剑影的峥嵘岁月。相传1646

年，就在这里爆发过一场激战。将行宫扎在南平、一心做着复国梦的隆武帝，完全没有料到郑芝龙此时已经暗中降清，并尽撤仙霞关和杉关守军，清军兵临南平城下。情势危急。隆武帝决计南走汀赣。于是，这条三千八百坎的古道，一时印满了隆武帝君臣仓皇逃命的足印。

有说当年郑成功护卫隆武帝从三千八百坎古道登上茫荡山时，遭到藏身在古堡内的一队清军的伏击。郑成功指挥军士奋力冲杀，借着骤起的浓雾，掩护隆武帝突出重围。也因为这场浓雾，让清军一时莫辨东西，他们不敢继续追赶。隆武帝因此躲过一劫。

宝珠村旁有一座瑞龙桥，又叫接龙桥，当地乡民十分肯定地说，当年郑成功护送隆武帝正是从这座桥上通过。此时，隆武帝是要经此古道下汀州，而后赴赣州。尽管，得不到赣州接应军队的任何消息，但隆武帝执意要走。从宝珠村，可以清晰地看到山下富屯溪畔的王台和峡阳古镇。郑成功正是在这里和隆武帝分手告别，他要留下来重新组织军队继续抗击清军。

为什么赤胆忠心的郑成功没有跟随隆武帝一道前往汀州，他们的中途分手，又说明了什么？

历史的记载，影影绰绰且扑朔迷离，似乎想淡化君臣之间的分歧。于是只是落下寥寥数笔。好像对分道扬镳他们心中早有默契。但有一点应该是明朗的，即是郑成功不盲从隆武帝的一意西行，更不愿意离开福建家乡的根据地。郑氏在福建沿海经营多年，其麾下也多为家乡子弟兵。郑成功清楚地知道，郑军善于海战，只有立足东南，驰骋海疆，扬己之长，方可克敌。

此前刚刚失败的黄道周就是最有力的例证。黄道周因不满郑芝龙兄弟拥兵自重、消极抗清，他"自请行边"，招募义军二千多人，一心要到江西联合明朝军队余部。郑芝龙拒绝给予钱饷，而隆武帝只能给"空札数百道",也就是几百张空白任命书。仅仅半年,黄道周在江西兵败被执,不屈而死。

现在,隆武帝又要奔江西而去。当然,他在福建已难立足。

而郑成功又当何去何从?

延津君臣分手,是郑成功审时度势的正确抉择,也是郑成功从一个优秀战将成长为一个卓越军事统帅的转折点。

三百多年过去了,九峰山麓,富屯溪畔,延平故垒宛在,在秋风里,在夕阳下,和着轻鸣的溪水,它们会告诉人们些什么?

感受安海

安海,在我的心目中从来就是福建的四大古镇之一。这四大古镇——福安的赛岐、莆田的涵江、晋江的安海和龙海的石码,曾经是那样繁华、充满活力:"百货随潮船入市,万家沽酒户垂帘。"它们当之无愧地成为宋元以降1000年间福建最具实力的乡镇代表。它们最先掀开港口贸易开放的一页,同时书写了福建古代沿江面海的经济发展史。而安海,在南来北往的商贾眼里,更是一颗晶莹闪亮的明珠。自南宋建炎三年(1129)建镇,至今已有880多年历史。安海,古称"湾海"。唐代安金藏的后裔安连济徙居于此,即易"湾"为"安",曰安海。因朱松、朱熹父子和郑成功在这里留下足迹,所以闾里坊间流传着"二朱过化"和"朱文郑武"的美谈。

安海,在我的心目中从来就是那座号称"天下无桥长此桥"的宋代石桥"安平桥"。的确,至今世界上,还没有发现有哪一座中世纪的梁式石桥的长度超过了安平桥。安海古镇,便雄踞于这座五里长桥的东头。这座跨海大桥,是安海商人黄护和僧人智渊带头捐资建造的。大桥实际长度为2251米,桥宽5米,全部以巨型花岗石铺架。石板最长者达12米左右,重约25吨。整座桥使用的石料超过了4万吨,据说,采自海对面的金门岛,经船运而来。石桥工程浩大,费时14载才完工。从这座1000年前建成的石桥上走过,不能不惊叹安海人移山填海的气魄。

安海,在我的心目中还是巍巍卢侯城。明嘉靖三十六年

(1557)，倭寇劫掠安海。晋江县县令卢仲甸到安海巡视，目睹"生民之糜烂，庐舍之灰烬者，不堪举目"，乃请筑石城以御倭寇。城建成后，倭寇再犯安海，即遭守城将士重创，伏尸数百。从此，倭人不敢再靠近安海。为感念卢仲甸造城保境之举，邑民遂称之为卢侯城。一道石城，一番血战，让安海裹就500年英雄之气。

然而，当我来到安海，在浓浓的端午节的气氛中，从窄窄的三里街走过，才真正感受到安海的韵味。这条建于20世纪20年代的老街是安海商业发达的缩影，至今仍保持着繁茂的景象。街头一面面杏黄色的三角小旗下，是一道道最具地方特色的民间工艺：磨剪子、织毛袜、扎灯笼、糊纸品、妆糕人……还有悬挂在街旁绵延数里的安海老照片，吸引着路人驻足而观。照片诉说岁月的记忆，翻检旧时的欢笑。安海保留着很多的传统习俗，最著名的莫过于每年端午节的"唆啰莲"活动。每到农历五月初五这一天，各乡各里的群众组成一支支队伍，扛着用木头刻的龙王雕像，举着大旗，提着花篮，敲锣打鼓，吹奏管弦，唱着采莲歌，来到镇街上各家各户的门口。举大旗的精壮汉子冲进厅堂，一面将旗子哗哗舞动，一面大声喊着吉祥话。这时，后面提篮的连忙将篮里的鲜花捧送给户主。而户主们则将早已准备好的红包一一分发给他们，以示驱邪祈福、共同发财之意。这一活动叫作"采莲"。因为采莲歌中反复出现"唆啰莲"的虚词调子，故邑人都称之"唆啰莲"。这一城乡互动的活动，取自"魏征斩龙王"的故事，但也反映了安海人祈盼风调雨顺的心愿。安海人思古念旧，尽管现代化的色彩已经晕染了他们生活的方方面面，但那绵延不绝的古风依旧从五里桥头穿过瘦瘦的三里街，弥散在整个安海镇上。

安海以商业繁荣闻世，早在明代，宇内就有"安平商人"的美誉。安平商人梯航海外，足迹遍及五洲。令人惊讶的是，在安海的商旅行列中有着众多文人，他们满腹经纶却又长袖善舞。由是，儒商之名自安平鹊起。其实，安海人崇文重教，广有历史。走进安海的长街深巷，处处可闻书声琅琅。安海的朱祠，原名"石井书院"，是泉州四大书院之一。朱祠牵系着宋代理学家朱熹与父亲朱松、儿子朱在在安海的一段文化往事。朱松因上表反对朝廷向金人乞和，被贬到安海任历史上第一位镇监。当地富商黄护在捐建镇官署时，又在旁边为他建一所讲学的馆舍，取名"鳌头精舍"。朱松离任20年后，朱熹担任同安主簿，常到安海拜访父亲生前的老朋友，谈经论义，于是，安海文风日盛。安海人民感激"二朱"的恩泽，就在"鳌头精舍"辟"二朱先生祠"。朱熹辞世12年后，安海士民向泉州郡守邹应龙请建书院。邹应龙特地派朱在到安海主持这项工作，在朱祠的基础上建成了著名的石井书院。

龙山寺古名天竺寺，俗称观音殿，因位于龙山之麓，又被人称为龙山寺。龙山寺的香火曾随安海商人的足迹，乘风踏浪，传播弥远。它还是台湾全岛200多座龙山寺的祖庙。这座驰名海内外的千年古刹，始建于隋皇泰年间（618～619），现存建筑为清康熙年间收复台湾的施琅将军等人捐资所建，它见证了中华民族一个重要的历史事件。圆通宝殿里供奉的千手千眼观音，堪称国宝。据传是东汉时一位云游至此的高僧见一棵大樟树夜放祥光，于是请工匠将这棵樟树雕成了一尊千手千眼观音。观音面部圆润，弯眉凤眼，宝相慈祥。最引人注目的是观音两肋生出1008只手，1008只手姿态各异，无一雷同，而每只佛手的掌心均嵌刻一只慧眼。这尊金漆木雕的观音造像是闽南古木雕艺术的登峰造极之作。

走进安海，宽阔的道路旁是一座座高科技工业园区，广袤的原野上是一片片现代农业产业园。安海以无可争辩的经济实力跻身福建 10 强镇的前列。但安海人津津乐道的却还是他们的五里桥、龙山寺、朱祠、卢侯城……还是每年端午流荡在三里街上的"唆锣莲"的小调。它们是历史的安海，同时也是今天的安海的开端。

鼓浪屿的市声

第一次到厦门，是 1978 年 8 月。我作为《福建文艺》的一名年轻编辑，受编辑部委派，到厦门组稿。那一年夏天，福州酷热，气温达到 40 摄氏度。登上开往厦门的列车，感觉就像是进了蒸笼，座位热得发烫，每个人手中的折扇都挥得像风轮似的。

清晨 7 时列车抵达鹭岛，清凉的海风拂面而来，将一夜的燠闷荡涤净尽。路两旁，凤凰花正盛开，红艳如片片彩霞。我下榻的厦门宾馆，当时叫市第一招待所，本身就是一座花园别墅，楼台亭榭、曲径回廊都掩映在葱茏的花木中，绿意掠人。我不由地深深吸了一口清新温润的空气，感觉真是好极了。

在招待所安顿好，便先去访鼓浪屿。乘渡轮浮海，已有近百年的历史。那当是一种特别的感受。渡轮是一块在海波中漂移的土地，连接着此岸和彼岸，同时又将两岸的风情截然分开。有了这道窄窄的海峡，鼓浪屿就永远是鼓浪屿。当年的鼓浪屿，没有多少游人，商店也集中在龙头路靠码头一段。龙头路清幽而绵长，像一位热情而又含蓄的导游，不作声地引领着我们径向小岛深处去。迤逦前行，便有琴声从繁盛交柯的花树中流出，而后，在一条条盘陀曲巷静静地流淌。琴声和花香中隐现着一座座风格各异的楼房，门窗紧闭，如同一本本未曾打开的书，里面是无数尘封的故事，自然，也是鼓浪屿一个个家族厚重的历史。

我来到港仔后海滩，这是我第一次看大海，感觉自然特别新鲜。浩渺的东海边，这一片半月形的沙滩，留下了我深深浅浅的脚印，也留下了我对这座小岛的美丽记忆。

这之后，我几乎每年夏天都到厦门一趟，每次必到鼓浪屿。尤其是20世纪80年代初期，《福建文学》在鼓浪屿办过多次全国性笔会，我因此走遍了这座小岛。鼓浪屿的土地是不能用平方来计量的，你只要登上日光岩，俯瞰整个小岛，便会发现，这里的每一寸土地都被珍惜地利用起来，连一棵树的位置，都像事先经过规划似的，恰到好处地伸展自己的枝丫。更不用说，路旁三尺见方的土地，也被巧妙地筑成仅容一张书桌的精致小屋。主人往往自得其乐地命名曰"××小筑"。不知为什么，这些小筑给我留下如此深刻的印象，以致10年的光阴也无法将它们磨灭。

阔别10年之后，我又来到了厦门。那是旅游部门组织的一次采风活动。我惊讶于厦门城市的现代化步伐，在透明的雨丝中林林总总的大道、高楼、花园纷纷从车窗上摇过，摇出一幅现代清明上河图。短短的两天，自然不可能将厦门风光一一尽览，热情的主人于是重点安排了鼓浪屿、海沧大桥和环岛路。它们都是厦门人引以为豪的地方。

然而，尽管鼓浪屿美丽依旧，却没能让我再找回10年前的那种感觉。我看到龙头路两旁的商店、摊点正随着游人纷乱的脚步不断地向前伸展，它们究竟还要伸向何方？我甚至找不到10年前那些路旁的"小筑"。我不禁有点心慌意乱。这座多少人心中最纯净的音乐之岛难道也守不住冷清和寂寞？我忽然想起十几年前在南普陀寺院前两位作家意味深长的话。汪曾祺幽幽地说，寺院还是要有些古才好，可是现在的南普陀竟然是全新的了。陆星儿则在这处原本的清静地上琳琅满目、人头攒动的衣服摊旁感慨地说，我们在这里已经没有位置了。

现在的鼓浪屿竟如当年的南普陀般市声鼎沸。

那一天雨很大，游客太多，只听得喧哗的雨声和嘈杂的人声，空气中闻不到花香，也听不到小河流水般的琴声，也许有，但被雨声和人声淹没了。

记得那天是坐游船先环绕鼓浪屿一圈，而后掉头向北驶去。海鸥在船舷掠飞。忽然，前面海天连接处，出现一条美丽的弧线，我知道，这是海沧大桥。远远地看去，一辆辆从桥上驶过的汽车，仿佛正在蓝天碧海中飞翔。这座近6000米长的悬索桥本身就是一件精美的艺术品，它将人文美和自然美融为一体，成为城市建设最动人的一笔。

而环岛路给了我全新的印象。这条绿色大道整洁宽敞，被誉为世界上最好的国际马拉松赛道。它从厦门大学海边，沿着胡里山炮台、曾厝垵、黄厝，直至与前浦、莲前大道相连，向西经海边栈道可通厦门港。那一边依傍着道路一边映衬着大海的绿毯般的连片草坪让我心旷神怡。但我不由地担心，那先后侵入南普陀和鼓浪屿的市声，会不会再循迹而来。不过，当漫涌而来的海潮"哗"一声退去，海滩又恢复了先前的宁静。于是我望着海对面的鼓浪屿，竟望了很久很久。

太姥山的三组照片

在我的太姥山相集中有三组照片，分别拍摄于春、夏、秋三季，时跨近20年。春花明媚、夏雨滂沱、秋阳高爽，而人在旅中。于是，一列活动着的太姥山迭次出现在我的眼前。

第一组关于太姥山的照片，摄于19年前的一次福鼎文联组织的作家采风活动。时值阳春四月，绿意撩人。刚刚经过一番艰辛的跋涉，此刻站在陡峭险峻的天梯岭上，背景就是那幅著名的"九鲤朝天"图。天风拂面，心旷神怡，忍不住发一声长啸，于是，人生多少感慨一时随风而去，少顷，山谷间自远及近，传来隐约的嗡鸣声，太姥山已然有答。

记得在太姥山住了两宿。当时山上还没有建宾馆，我们是住在管理处临时搭建的工棚里，条件虽然简陋了些，却感觉很亲切，因为这里就是看山最近的地方。步出工棚，满山的石头便围拢来和你寒暄。千里迢迢跑来看山，只有住在大山的怀抱里，才知道，离你最近的山其实是石头。一块石头，放大了就是一座山。那重重叠叠、气势雄拔的是山；那翘然独立、卓尔不群的是山；那三三两两闲卧草丛中，看云聚云散、听虫叽鸟鸣的还是山。

前人诗云："太姥无俗石，个个似神工。随人意所识，万象在胸中。"无俗石的太姥，自是一座天然石雕大观园。

在石头间穿行，看石们的千姿百态：有的相依缱绻，脉脉含情，俨然一对恩爱夫妻；有的泼剌剌争先恐后冲向山顶，霎时化为"九鲤朝天"；有的神色匆匆，步履跟跄，如为衣食忙碌；有的悠然自得，旁若无人，似在纹枰对坐。听得见它们的呼吸，感觉得到它们心中的快乐和烦忧。

于是我们一路与石结伴，步"萨公岭"，度"一线天"，游"一片瓦"，探"蝙蝠洞"，攀"天梯岭"，经"摩霄庵"，至天门寺。一行中，延青先生年龄最大，似乎心脏刚动过手术，登山时气喘得厉害，常常落在队伍的最后。但他始终不肯休息，坚持要和我们一起走完全程。延青已经是第二次来太姥山了。他是一位退休的老报人，平日喜爱游历山水，钟情纪游散文。他说，这次来，有个心愿，想问问太姥娘娘，他此生还能不能再写散文。在犀牛洞，他抽到一个上上签，竟像小孩一样脸上笑开了花。在他众多的"案头山水"中，写太姥山的就有三篇，足见他对此山的喜爱。

6年前，延青先生终因心脏病不治。他去世后，我为他撰写了一副挽联："仙游何去，山水文章同不朽；鹤驾难回，林泉墨趣失知音。"

在韦陀洞，我们见到了荷锄晚归的步生和尚。这位70高龄的僧人，只身住在窄小冰凉的山洞里，一辈子只做一件事，就是在太姥山修路。他用50多年光阴修成的这条路，现在就叫"步生岭"。

在蝙蝠洞，世耀尼姑的身世更令我们嗟叹。她是在重病中央求家人将她抬到太姥山的。太姥山无语的石头召唤了她，而她回报太姥山的便是给每一块石头一枝翠色的生命。几年后，她种下的数万株果树、茶树已经织满了一面山坡。

我们第一次到太姥山时，很少见到游人，山道上显得有几分冷清，耳畔只听得到我们一行橐橐的脚步声。但我们却因此认识了生活在寂寞中的步生和尚和世耀尼姑，还有我们一行中的延青先生。他们的这一生，只是虔诚而专注地做着同一件事，不求富贵、不求闻达。有这一份虔诚和专注，寂寞便成为他们人生的盛餐，足以让他们品尝了。

于是数月之后，我有了一篇《太姥山》的散文："在天地之间，太姥山是寂寞的。静静的阳光，静静的晓风，静静的一群石头，静静的不起波澜的岁月。与这刻骨入髓的寂寞相比，那传世的一幅幅瑰奇的画面，一个个生动的比拟，一则则美丽的传说，一声声惊喜的赞叹，都是那样肤浅，那样微不足道！太姥山从亘古走来，它还要走向怎样的遥遥未来？寂寞使它的石头生命永恒。"

第二组太姥山的照片中，有几帧拍的是海上日出。还是一次采风活动，抵达太姥山，是在一个月轮皎洁而又静谧的秋夜。住到山上，自然是为了看第二天的日出景观。但能不能如愿看到海市初开、赤轮跃水，却谁也拿不准。

翌晨，我们早早就起床了。周遭还沉浸在混沌难辨的黑暗中，我们循蹬向高台进发。不知是天气的原因还是来晚了一步，当我们转过山嘴，只在一瞬间，借着一层薄薄的云雾的掩护，一轮红日已然跃出了海平面，一时，海天相接处，像燃烧一样，铺展出一道灿烂的霞光。太姥山一下苏醒了。此时，群山静穆，海不扬波，四围寂寥无声。一会儿，啁啾的鸟声从树林间渐次响起，海天相接处，隐隐地，传来了一阵接一阵的波涛声，这是大海对大山的问候。

秋天的海，蓝得透明，蓝得醉人，四围无遮无拦，但觉得海气袭人，我们仿佛置身于蓝色的大海中。

离海最近的山是太姥。这里原来就是海。一亿年前，当这群石头从海底缓缓升起，就注定了它们一生的命运。它们甚至来不及转动一下身躯，变更一下姿势，就这么被永久地留在世间，用它们赤裸的背脊，造型成一座万古不变的山峰。

海就在前方。阴天，升几层迷蒙的海气；晴天，闪几道透明的蓝光。海就在前方，就在山停住脚步的地方。每天，太姥山从微茫中醒来，看到的第一眼就是海，海成了太姥山须臾不能分离的忠实伙伴。

高天无云，秋阳明丽，人在山中。一路行去，我们与每一块心仪已久的石头合影一帧。人生固然有许多擦肩而过的错愕，但那不应是人生的遗憾，总有另一些美丽，还在前方，我们只要走去。

这次，我们虽然没有在太姥山看到海门初开的瑰丽一幕，但此一行，旅囊裹尽秋多少，心里已经得到极大的满足。

第三组照片中的太姥山，无论是山峦、草木还是寺院，都在一片润碧湿翠中鲜活而生动。是一年前初夏时节编辑部的一次闽东组稿活动。那几天，正下大雨。当地的朋友听说我要上太姥山，都劝我说，这么大的雨就别上山了。但我想非常时刻也许有非常的美，即使因为雨太大，不能登山，看一眼雨中的夫妻峰也好。

于是我们冒雨上山，进山门后，先攀登一条长约 3 里的萨公岭。1929 年，已届古稀之年的萨镇冰慕名前来太姥山游览，有感于太姥山风光奇绝而道路难行，于是捐资兴修了这条游步道。人们感念他，将这条石道命名为"萨公岭"。走在这条雨中的萨公岭上，似乎在追慕着这位中国近代海军开创者的身影，我油然想起当年萨公雨中游览太姥山留下的诗句："未到重阳效避灾，摩霄峰侧逐群来。连朝竟遇萧萧雨，不及探幽不肯回。"不觉增添了几分游兴。

一路前行，雨声渐歇。但此时整座太姥山还是云蒸雾绕的世界，10 米开外，莫辨东西。我们踩着湿漉漉的云气，如行天街。白茫茫的大雾，时浓时淡，似分还合。如同舞台演出时的大幕，在它背后，会有多少精彩的场面出现？我们需要静静地等待，等待雾霭乍逝、山影忽现的时刻，将一种非常的美丽摄入镜头。其实，人的一生都在等待。我们常常等待黎明，等待出发，等待着期盼着一个未知的时刻到来。

一块凌空翘石正从雾幔中慢慢探出身子,"仙人锯板"景观显得更加形象,虽不见锯手的身影,但锯痕却越来越清晰,依稀听得到"吱吱呀呀"的锯木声。远远地,一只巨猫从它潜身的草丛中闪电般窜出,在浓雾的掩护下,正扑向一只东张西望的硕鼠。"金猫扑鼠"也因此格外生动。而"金龟爬壁"始终笼罩在一层渐明渐暗的云霓中,金龟时隐时现,或爬或止,如同开张一场皮影戏。正是帷幔般的雾气,描画出这一幕幕朦胧而又充满动感的太姥画面。

每一个角度都美不胜收,我们已经移不开脚步,只是举着相机,随着流云走雾,不住地按下快门。

三组太姥山的照片,让我因此拥有了三个不同季节的收获。

缘起山中雨

不大不小的雨，落在天心岩上，落在绵绵芊芊的松枝上。雨珠落处，听不到从接堞的屋瓦上响起的那样一片生脆而急骤的乐声，却弹起了淡淡的烟雾。千树万树，在雨中轻轻地摇晃，仿佛正沉浸在一阕优美乐章的旋律中。氤氲的云气似乎便是此时从每一片舞蹈的叶子间飘浮出来，在树梢聚止，然后升腾而去。于是，一片片淡如棉花的浮云，便粘在远近的峰峦上，粘出了烟雨迷蒙的图景。

我们是经天心岩往观大红袍的。出门时，天虽然有些阴，但不像有雨。没料到，山雨说来就来，簌簌地拍打着每一位游客的肩膀，令人不得不加快了脚步。但因此，却添了一段机缘，得以在永乐禅寺古朴的僧寮下躲雨。

寺僧泽道法师已在禅堂迎候。他双手合十，将雨声轻掩于寺门外。法师亲自把盏，为我们上茶。茶是寺庙自产的老丛水仙，甫开盖，即清香四溢，仿佛有一群妙龄女子，正从我们身旁飘然而过。呷一口茶，顿觉齿颊生香，回甘绵长。大家都说："好茶！"法师微微一笑，于是，一段佛茶的因缘故事在氤氲缥缈的茶香中向我们走来。

唐初，有僧人入武夷山，在五曲溪边的云窝建石堂寺。为了维持生计，他们于寺旁峡谷间开辟茶园。因石堂寺生产出的茶叶品质卓佳，吸引了大批文人前来斗诗赏茶，此地遂被称为"茶洞"。寺院也借此得以生存。

唐德宗兴元元年（784），禅师百丈怀海，整顿禅宗戒律，著

《百丈清规》，不但鼓励出家人参加生产，还对禅门饮茶做出专门规定。武夷山佛院的兴盛，便得益于茶。当是时，武夷山36峰，峰峰有寺，寺寺种茶。武夷山寺茶还被当地官员作为礼品进献京城，获雅号"晚甘侯"。佛寺中设有专门的茶堂，进山的道中建有茶亭，众僧中也有"种茶僧""制茶僧""茶头""施茶僧"等分工。而坐禅饮茶更成了僧俗交流的千古雅事。赵州和尚有句著名的禅语"吃茶去"，说的便是平常是道，茶中有道。可见唐时佛院中喝茶已为常事。

"清代僧人释超全是永乐禅寺著名的茶僧，他在《武夷茶歌》中这样写道：'积雨山楼苦昼间，一宵茶话留千载。重烹山茗沃枯肠，雨声杂沓松涛沸。'僧人的苦乐其实都在茶中了。"

在泽道法师娓娓的讲述中，万千禅机似在一盏盏琥珀色的茶汤中隐约闪现。

山雨渐歇。我们重拾行程，踩着湿漉漉的石阶，回头一望，永乐禅寺就像两朵并立于绿色湖波中的莲荷。临别，法师递给每个人一张永乐禅寺的介绍图片，上面便有佛家的"缘启"二字。"缘启"即"缘起"，法师意味深长地说：譬如下雨，看似雨兴雨止，其实，雨才是开始。

道路经由一处峡谷迤逦而行。这是一条新辟的小道，两旁都是森森的峭壁。雨后，空气格外清新，看不见，但感觉得到原始的野气在身边流荡。幽寂的峡间，忽然有了脚步，传来人声，大峡谷似乎还来不及收拾停当，一副匆匆而就的模样：野藤还垂在树梢，乱草还爬在崖前……

峡谷的草木一样被云气轻笼着。看来，云并非都凝结在树梢，更多的云还蛰伏在岩穴间酣眠。大概它们被雨声敲醒，懵懵懂懂地一窝蜂涌了出来。于是林中生成的云，岩穴涌出的云，渐渐地聚成云团，汇成云阵，而后浩浩荡荡地簇拥出峡。那云阵出行的壮观场面，让人见了怎么也忘不了。

峡谷里的风景似乎是被这场不期而至的朝雨给激活了。路边一弯凝碧的流水，忽然发起性子，冲得水草前俯后仰，褶皱的波痕，像是有几艘快艇同时犁过水面。三两只冬眠的青蛙，迷迷糊糊地跳上石头，互相对视着，有些不知所措。

一不留神，一条壮实的瀑布从悬崖耄然而下。那神气十足的模样，让人想到一位洒脱的舞者在自娱自乐。仔细看，周围崖壁上，似乎没有水流的痕迹。那么，这条瀑布究竟从何方来，为什么选在这处游人稀少的峡谷，选在这个冬日阴冷的早晨？也许是一时迷了路，也许只是山雨的即兴之作？

而因了这场朝雨，一切都在不经意中发生，在不经意中成为风景。

我们小心翼翼地踩着涧中的石磴，而后，又穿过一道逼仄的石门，眼前豁然开朗。这里便是九龙窠，大红袍的原产地。崖壁上的6株大红袍，被雨水洗得碧绿晶莹。一道陡壁，锁住了得天独厚的岩韵清香，同时也幽囚着340年的悠悠岁月。什么时候，它们已然走下峭崖，同时走出地老天荒的故事？崖下分明就是一畦畦大红袍的新丛，挂珠滴翠，生机勃发。

我们坐在九龙窠的茶寮里饮茶。四围草木的清新气息，让人醺然欲醉。三巡茶毕，胸怀大畅。此时再揣想适才泽道法师所说的佛家"缘起"，顿觉回味无穷。

浩渺海波中的一座小岛

　　这里是台湾海峡的南端，正处在北回归线的边缘。这条重要的气象标志线从地图上划过，却未能在海洋上留下些许痕迹，就像东海和南海的分界一样，只是一个理论上的标识。面对着一望无垠的海水，谁也说不清哪是东海哪是南海。实际上地球上的海水都是相通的，正如大洋中星星点点的岛屿，它们和大陆也是相连的。

　　岛屿之叛离大陆，始作俑者当是气候变化。在地图模型上，可以明显地看到，从东山到澎湖列岛，有一条沉于海水中的大陆桥。桑田沧海，沧海桑田，竟使得原本在一个母体上的土地，裂向两边，只是谁也割不断岛屿和陆地的关系。

　　现代化的交通也可能导致一些岛屿的消失。厦门岛、东山岛已然不再，一座座堤桥将它们与内陆连为一体。对它们而言，岛已是一个不算遥远的回忆。

　　但岛外还有岛，岛屿如同项链，有一根看不见的细绳系着它们。那一列列浮现在浩渺波涛中的岛屿，总是给远航的水手们，带来一种坚实的依靠。

　　我总想，倘若没有这些星星点点漂浮在大洋中的岛屿，人们对海洋的认识，对地球的认识，可能要推迟几百年。当年，葡萄牙的海上探险船只，只敢沿着非洲西部海岸线行驶，一路上连绵不断的岛屿与他们相伴，增加着他们前行的信心。而哥伦布则不同，他要横渡大西洋。他率船队先来到加那利群岛，经过一星期的试航后毅然向西，向大洋深处驶去。那自然得有超绝的勇气和决心。30天茫茫大海上的航行，几乎使船员们绝望，叛乱随时将发生。但就在此时，一群海鸟飞来，让船员们重拾希望，同时也拯救了哥伦布和他的探险计划。33天后他们登上了巴哈马群岛的土地。

这应该是岛屿对人类探索的巨大贡献。

东山岛，也曾经是远航的船只翘首盼望的土地。东海和南海在这里快乐地交汇，贸易风吹送来南来北往的船只。站在风动石上，放眼望去，海波一片蔚蓝，浩渺的海水直接天际。波浪轻轻地漾动着，托举起如弯弯黛眉般的一座小岛。

它叫东门屿，又叫塔屿，因为岛上有座建于明代的文峰塔。在海上，老远就能看到这座建于主峰之巅的7层密檐实心石塔。有意思的是，文峰塔不是纯粹的佛塔，建造风格亦佛亦道。塔身7级，塔身中部的4幅浮雕，慈佛端坐；但塔呈八角状，形似八卦，塔顶且装饰成葫芦状，一副道家派头。文峰塔究其实只是航海标志，它的奇特风格正代表了人们对海上风波的畏惧和祈盼神佛共同庇护的心理。

文峰塔的建造者是巡海道蔡潮。在铜陵镇的狮山东侧，还有他倡建的"南溟书院"。就从这座书院里走出过黄道周和一大批东山文人学者。蔡潮此时是福建海军将领，肩负抗倭重任。但他却特别重视建造书院，培育学人，而且将书院建在东山的制高点上，从书院可以尽览东山海港，海阔天高，风清沙白。南溟书院旁的岩石上镌刻着他手书的"与造物游"4个楷书大字，足见其胸襟不凡。

东门屿的北面原有一座建于明代的小庙——东明寺。当年，蔡潮渡海到岛上建塔时，见此地祥云缭绕，遂名之"佛澳"。东明寺就建在"佛澳"，但过去因为生活条件所囿，没有僧人常住。小小的东明寺从建成的那一天起就在风浪中坚守着，等待着。它究竟在坚守着什么，又在等待着什么？

1987年，漳州南山寺住持释道裕禅师携僧众渡海，来到这座无人常住的小岛，拓荒开山，扩建东明寺。经过20年胼手胝足的艰辛创业，成就了今天展现在人们眼前的高低错落、绿树环绕的寺庙建筑群。释道裕师徒也成了东门屿上的第一批永久性居民。常常有香客信众浮海而来，也有僧人踏浪来去。他们乘的是普通的机帆船，船上不设座椅，无论僧俗，大家都挨坐在船帮上，机帆船在海波中起伏前进，此时，真正有一种同舟共济的感觉。

　　这种感觉，一直保持到登上东门屿，走进东明寺。

　　住持道裕禅师年约60开外，爽朗健谈。他对寺院的地理形胜赞不绝口，引领我们走到大殿前，满脸吟笑地问我们看到了什么。只见绿荫掩映间，眼前一泓凝碧，水波不兴。因为视觉的关系，泱泱大海到了寺院前竟成了平湖静水。抬眼看，大殿正中悬挂着赵朴初先生手书的大字匾额"参最上乘"，似乎在这里找到了最好的诠释。僧侣们还在寺院内外遍植树木，满目葱茏。从船上远远望去，就像是海上漂浮着的一座园林式的美丽宫观。而道裕禅师则指着纷披的绿树下一块块或玲珑可爱或峭拔兀立的石头说，他建造寺院的一个重要原则是不损伤岛上的任何一块石头，因为树木可以重植而石头不可再生。

　　东明寺还是全国海拔最低的一座寺院，距海平面仅有0.6米。但有意思的是，海水涨潮时从未浸没大殿的台阶。

　　离开东明寺，我们去探访当年黄道周的读书处。湛蓝的海水，轻轻地荡漾着，与沙滩和岩石相嬉戏。黄道周读书的地方是两处石室。一处名石斋，这也是道周先生的自号。另一处黄道周亲笔题写：云山石室。所谓石室，实际上就是三四块天然巨石相叠而成的石洞，可容十余人盘坐。石室正对无垠的大海，日升日落，潮涨潮退，年复一年，他正是在东山僻静的石洞中苦读冥思，而收获满腹经纶。

从东山的山陬海隅处走出来的黄道周，时人赞他："字画为馆阁第一，文章为国朝第一，人品为海内第一，其学问直接周、孔，为古今第一。"然而，这样一位享誉天下的大儒，却时时为自己的家乡和家乡子弟自豪。《明·铜山所记》中有这样一段记叙："石斋公常告人曰：'吾乡之子弟拖船荡桨亦能文章。'岂虚语哉？于是乎成卒之徒变为诗礼之家矣！文人蔚起，山水增名，则铜山之景在在堪娱矣！"

有了文峰塔、东明寺，还有黄道周和蔡潮，东门屿，从此便成了东山人的心目中一座永远屹立的航标。

浩渺大洋中，总会有一座岛屿，向远航的人们召唤着，给予他们信心和希望。

名山有室本天成

　　名山室是一座道观,位于永泰的高盖山。此地山重水复,林深路隘。而名山室,更藏身于群山密菁之中。观取室名,足见其小。不过,世间之物,原不以大小分贵贱;更何况,道藏文化博大精深,源脉众多,又岂能按地之远近排座次?高盖山多岩穴,草木蒙茸,流泉飞挂,自是一番神仙福地。名山室便建在山半腰的一处岩穴间,巨石覆瓦,峭壁作墙,大有天地为庐之概。

　　由永泰县城到名山室,有公路200里到大洋镇。大洋,顾名思义是高山间的一片宽阔平野。将平地称作洋,是山里人的习惯。但大洋的这一方平坦和广袤,在左右盘旋、穿越重重山峦之后,确实让人赏心悦目。不说破,谁也感觉不到这里已有1000多米的海拔。不过,真正的登山还没有开始。从大洋镇到名山室所在的旗杆村,则是山道弯弯,一条窄窄的机耕路勉强可通过一部面包车。20分钟后,颠簸前行的汽车戛然停住,路已尽而山正深。擎天拔地的高盖山兀然出现在眼前,险峻万状。面对茂盛的丛树杂草,一行人正惶惑间,忽地从云中垂下一道万丈阶梯。块石砌就的登山古道,带着草木的清香,镌刻着岁月的痕迹,出现在我们脚下。踩上去,登时有轻轻的回响,仿佛是四围的岩峦以及更远更高的山峰迭次向我们发出声声问候。从山脚到山半腰的名山室需要攀登1200级石阶,但由于这些石阶不仅修筑得十分平整,而且宽度和高度都和人们的脚距吻合,因此走起来并不费劲。

　　不知不觉,千级石阶在一路鸟语声中飘落谷底。抬头看,一座玲珑梵宇正从巨大的悬岩下探出身来。名山室始建于唐文德元年（888），早年曾毁于火，仅存后院，1926年重修后成为现在的模样。

　　这个藏身于深山之中的小小古观，名气可不小，它是道家七十二福地中的第七福地，2006年更被列为国家级重点文物保护单位。这是因为融佛道为一体的名山室，其洞壁上遍布历代摩崖题刻，特别是宋元时期的佛教故事雕刻，其中一幅七比丘雕像是我国唯一的一处南宋时创立的民间宗教"白莲菜——莲社七祖图"造像遗迹，尤为珍贵。"白莲菜"南宋时曾盛行于江南，是民众结社念佛的一种组织形式。莲社七祖说的便是白莲菜宗门的7位祖师。白莲菜后来发展为白莲教，成为一股强大的民间宗教势力，并渐为历朝统治者所不容。元明清三朝都曾对白莲教教徒进行过迫害，但这个秘密宗教却如野火般时熄时燃，从未真正消失。

　　中国是多元宗教的国度，存在诸多民间信仰，乡间常存多教兼容的庙宇。但自汉以降，为历朝历代政权正式承认的只有儒释道三教。不过，就是这三教，有时也难以共存，统治者为了政治的需要，会做出非尊即翦的极端举动。比如中国佛教史上就发生过"三武一宗之厄"。这"三武一宗"便是南北朝时的北魏太武帝拓跋焘、北周武帝宇文邕，唐武宗李炎和五代时的后周世宗柴荣。他们的废佛都各有原因。拓跋焘是因为怀疑沙门与起义军相通，宇文邕是因为要增兵筹饷而盯上佛道寺院的财产，柴荣则是因为国内缺少铜钱而要搜刮寺院里的铜像铜器用以铸钱。公元843年，唐武宗以僧尼太滥为由下诏废除全国佛寺，敕令僧人还俗。经过武宗之厄，佛教经籍全被焚毁，佛教各宗一时顿废。至于各种民间秘密宗教，则更是历代统治者们杀伐的目标。

　　而名山室，却凭借山深地偏逃过这一场场劫难。佛也罢，道也罢，同处一室，彼此相安无事。至于纷纷尘外世事，相顾但只莞尔一笑。

　　名山室现有一名道姑，法号丹诚子，20多年执守于高盖山中。一座名山室，是她生活的全部，也是她生命的全部。也因了丹诚子，名山室四时无尘，山门常开。

　　站在观前，凭栏四望，但见群山苍茫，阒无人迹。1000多年的光阴就这样在寂寥的风声中忽忽而逝。时间说明了一切，存在说明了一切，坚持说明了一切，小小的名山室终成洞天福地。

天宝岩纪行

　　海拔 1604 米的天宝岩是闽中的一道屋脊。千山万壑筑起了重重屏障,一座原始大森林便藏身其间;森林的腹地,隐秘而神奇。这里是树的王国,是草木纵情生长的天地,也是鸟类昆虫和野生动物的乐园。

　　倘若游人能够进入森林腹心,被众树花草接纳,呼吸山野清气,沐浴天风甘霖,本身就是一种幸福;更何况,还因此能暂避尘嚣,偷得浮生一日闲。

　　高耸的天宝岩雄傲万峰。好客的主人引领我们登顶,不仅是想为我们掀开原始大森林的面纱,更是为了让我们能欣赏到沿途山坡上大面积天然分布的珍稀植物——猴头杜鹃林和长苞铁杉林,还有在我国东南地区首次发现的泥炭藓沼泽。

　　我们停车的地方海拔大约在 1200 米,与顶峰的垂直高差有 400 米。但这仅仅是数据上的距离,实际攀登起来要艰难得多。因为通往顶峰的路其实不是路,那只是巡山人循着累累相接的树根踩出的便道,上面铺满了层层落叶。仔细一看,这落叶竟从山脚一直铺向顶峰,那经年累月留下来的树叶,踏上去,一步一滑,十分费劲,没走多远,便累得人气喘吁吁。但我却由此领略了树叶的生命之旅。平时,叶们承接着阳光雨露。与树根不同,树根还有土壤可以依附,而树叶立足的只是一茎细小的枝条。它们便这样高悬在空中,任凭霜欺雪压。可凛冽的北风也罢,狂暴的雷雨也罢,都无法动摇它们的意志。只要不被摧落,它们就努力为大树争得每一寸阳光。而当新叶长成，不用催促，仿佛一声指令，老叶便纷纷从枝头上落下，而后堆叠在树根周围，堆成了一床松软的被褥，依然尽心地守护着大树。

我们便是踩在这一片片落叶的身上向着山顶攀爬。几次休息之后，我们终于登上了"好望角"——嵯峨的石块叠垒而成的一处天然高台。这里已接近顶峰，眼前一览无余。而只有在这样的高度，才能领略树木王国的宏大气势。我们看到的只是树冠，这真是一个独特的视角。一路上，我们经过一棵棵身姿挺拔的大树，它们直入云天的气势令我们仰视不已。而今，大树们全都匍匐在我们眼下，万千树冠如同孔雀开屏似的尽情展示它们的姿采。有的似犁浪的风帆，突起于树海之中；有的如繁丽的图案，织锦在绿缎之上。其间，猴头杜鹃绽开的白色花瓣，团团簇簇，格外绚烂，看得人眼花缭乱。山风轻轻吹过，无边的绿涛循序起舞，那优美起伏的律动，让我们饱览了一场别开生面的森林团体操。

这里的每一棵树都有一片属于自己的天空，因此享有自己的阳光和雨露。但即便是参天巨树，也格外珍惜立足的那块狭小土壤，它们总是心满意足地站在属于自己的高度和坡度上，而绝不逾规越矩，更没有争先恐后竞上顶峰，一比高下的念头。相反，顶峰周围的树却都很矮小，观之油然而生高处不胜寒的感慨。

下山似乎比上山更艰难。山势很陡，没走多久，两腿开始打战，很难准确地找到下脚的地方，一不小心便连滚带滑，直往下冲。好在有许多小树，成了我们下行时最有力的抓手。相比于大树，森林里小树们的生存要艰难得多。它们只能生长在陡峭的山坡上或岩石的缝隙间，阳光、雨露、养分对它们都格外吝啬，可是它们却顽强地坚持着，与恶劣的环境抗争，将一首生命之歌唱得低回而深沉。那虽然瘦弱但仍高高扬起的树冠让人充满了敬意。

午饭后，我们循着溪谷缓缓下行。终点龙头村海拔约在600米。也就是说一天之内，我们要上下1000多米。这也是我平生从未有过的旅行经历。

不过下午的行程要轻松得多。我们始终傍着一条碧绿的小溪前行。这条溪有个好听的名字：天歌溪。溪水的微吟浅唱，令人心醉。那是一道从云中飘飘而至，又从万绿丛中汩汩而出的声音。有时，铮铮淙淙，如琵琶低诉；有时，呼啸有声，似疾风夜行。有时，耳畔忽然失语，定睛一看，不见了小溪窈窕的身影，眼前则是一汪蓝蓝的潭水。

密林深处潮湿而闷热，走着走着，每个人的衣襟都敞开了，但仍止不住汗水直往外淌。林子里光线忽地暗下来，似乎要下雨，大家赶忙加快步伐。雨下来了，先是三两滴，落在脸上、手臂上，和汗水混合在一起，凉沁沁的，洗却了身上的燠热。但只一会儿工夫，雨珠便大起来，众树喧哗，我们赶紧聚拢在一棵大树下躲雨。雨声越来越大，正在担心，忽然前面传来护林员的叫唤声，要我们尽管放心往前走。果然，只转过一处弯道，已然无雨，地面很干燥。似乎森林里有一道无形的分界线。看来，刚才的那场雨，只是一片不甘寂寞的云彩的即兴之作，与整座森林无涉。

这场不期而遇的森林浴给漫漫行程增添了不少情趣。

瀑布是此行的高潮。当疲惫的步伐转上一道山坡，猛一抬头，一条壮阔的瀑布正向我们走来。清凉的水花老远就洒在我们的头上、身上，像是为我们洗尘。那急切的瀑流，从长林密菁中喷涌而出，它正是陪伴我们走了20里路的那条溪流。也许，一路上汇聚了太多的激情、太多的感慨，现在，正对着故人倾诉。

经过3个多小时的跋涉，远远地看见龙头村了。可是我们每个人都不由自主地停住了脚步，大家都被眼前的景象所深深吸引。

这是大自然精心绘制的图景，层层叠叠的山坡上，是一片接一片的茂林修竹，颜色极其丰富，从嫩黄、浅青、翠绿直到深黛。金色的阳光映射在树冠上，像一幅列维坦的油画，暖暖的色调，晕染着山峦、树林和村庄，和谐而宁静。谁也不想说话，谁也不想打破眼前的宁谧。于是，人和自然，在刹那间融为了一体，融合在暮春的天宝岩。

灵源山记

在泉州平原南部，有一列山脉迤逦相衔，依次是罗裳山、华表山、灵源山……灵源山为其主峰，山势不高而林木苍翠，迤延数里；因山顶有清泉涌流，大旱不涸，故名。关于此山得名，还有一个说法。东汉明帝永平十一年（68），楚大夫沙世坚入闽，奉命建三天竺。一日，沙世坚偶登山头，见丘陵起伏皆发于此山，遂名之"灵源之山"，并镌石以记之。

这个说法颇有些意思。楚原是东汉的10个封国之一，楚王刘英是明帝的亲兄弟，在东汉的王公贵族中最先信奉佛教。但不久，刘英就被人以"编造帝王受命的预言，阴谋造反"之罪名告发，贬徙到丹阳后自杀。因此，沙世坚入闽之行是一次绝密行动，既不敢大张旗鼓，也没有记入官方文书。

当时的福建还十分荒僻。实际上，由于汉武帝时，闽越王余善拒汉，招致汉军大举伐闽。余善兵败被族人杀害。为了防止闽越国再反，汉武帝下令将闽越国全体军民强制迁往江淮一带。闽越的历史因此空白了86年。但闽地并没有因这一场劫难而成为一片荒芜，当时就有不少人逃到深山老林躲藏起来。到东汉末年，由于中原战乱频仍，而闽地相对平静，人口不断增长，除东冶外，又相继出现了如侯官（今闽侯）、建安（今建瓯）、建平（今建阳）、南平等重要城镇。

闽南之地的开发，似乎要晚一些，而且跟两晋及以后中原士族大举南迁有很大关系。有关晋江的人文记载，起点多溯于东晋。明江一俊有《晋江歌》，歌曰："晋江之水奉天津，相传渡江东晋人……"那么，沙世坚入闽之事如属实，则将这段记录提前了300多年，同时也填补了福建历史中的这一段近百年的空白。

楚的首府在彭城，即今江苏徐州。沙世坚显然是乘海船而来的。他扬波数千里，历尽海上艰辛。风向忽转，眼前现出一片平畴旷野，参差三两茅舍。舍舟登岸后，他看到的第一座山峰就是灵源山。此山高305米，势若展翅大鹏。沙世坚欣喜至极，认为替楚王找到了传说中的天竺之地。

沙世坚来去匆匆，仅留下雪泥鸿爪，让后人遐想翩翩。此后500年间灵源山重归寂寥。

隋初，随着佛教的脚印南行，灵源山顶出现一座祀奉观音大士的庙宇，因山顶常有紫云萦绕，故号"紫云寺"。高僧一尘于此挂锡授徒，一时寺名远播。唐时，道士蔡明濬在此炼丹，寺院也得到进一步扩建。宋仁宗嘉祐元年（1056），御史吴中复、吴中纯兄弟到灵源山中隐居修道，乡人遂将此山改称吴山。明初，陈友谅兵败后，其麾下骁将张定边避难入闽，遁于此山，削发为僧，号沐讲禅师并建新寺于山腰。这就是今天的灵源寺的由来。

相传蜚声海内外的"灵源万应茶"就是张定边研制出来的。这位身经百战的沙场宿将，将匣中沾满血迹的宝剑远远地掷下山崖，在观音塑像前发下治病救人、普济众生的宏愿。从此，他起早贪黑，踏遍青山，采集了红茶、鬼针、青蒿、飞扬草、爵床、野甘草、墨旱莲等17种灵源山独特的青草，再配上多种中药，加入上等茶叶，制成"菩提丸"，以备僧众用于中暑痢疾、感冒发热、腹痛肚泻等症的治疗，成为灵源寺600年秘传的特效良药。1951年，灵源寺僧王广雨又将"菩提丸"改制成"灵源万应茶饼",使之疏风解表、调胃健脾的功效更其显著。

　　与放下屠刀、立地成佛的张定边不同,也与修道求仙的吴氏昆仲不同,自唐以降,及宋元明清,不少文人名士相继来灵源山结庐读书。他们中有唐代首开八闽科第的欧阳詹和宋代名士林知、林外、刘涛。元亡后,诗人王翰不但盘桓此山,还自称"友石山人"。

　　林知在山头筑有"望江书室"。关于林知,有一段佳话。林知到汴京向神宗皇帝上书,屡受冷遇,心情十分郁闷。好友林迥前来拜访他,不遇,题诗壁上:"先生平昔命何非,万卷诗书一布衣。回首长安成底事,吴山苍翠几时归?"林知回馆舍,读诗后,大悟而归,在灵源山筑室读书并终老于此。

　　林外是林知的裔孙,也是一位风流倜傥的名士,他的《题临安邸》"山外青山楼外楼,西湖歌舞几时休。晚风熏得游人醉,直把杭州作汴州",鞭挞了当时南宋小朝廷的苟安耽乐,流传甚广。林外的墓庐就在灵源寺旁。

　　这一个个真实感人而又灵动飘逸的身影,隐约在灵源山悠远的鼓磬声里,让人着迷,引人向往。

　　都说"深山藏古寺",在我的想象中,这座千年古刹,或许应该隐于千山之中、万松之间,鸟道迂回,足音跫然,清泉幽鸣,禅房深寂。这有前人诗篇为凭:"丹崖玄室倚天孤,一径迂回万壑殊。有客入门苔不扫,无僧说法鸟相呼。胸吞渤澥搂三岛,手拍浮丘倒百壶。夜静钟声醒客梦,天花渺渺出仙都。"(明·苏浚《咏灵源庵》)。

　　然而,世事千年,景象大异。今天的灵源山,已经成为泉南最负盛名的禅林之一。盛名之下,焉有宁静?何况,公路可以直达灵源寺前,省去跋涉之苦,古寺却已不藏。走进山门,入眼便是一座五开间三进深、重檐歇山顶的巍峨大殿，金碧辉煌，规模宏丽。寺院前的广场上，信众如织，香烟弥漫。熙熙攘攘的场面，让人恍如步入天竺境中。

不过寺院本身倒也值得一看。灵源寺居全山绝佳处，碑志谓其："寺院居山之南，秀岳耸于后，佳木环其旁，浯屿前列，井江横亘，烟霞变幻，气象万千，洵佳景也。"经过扩建，寺院内殿廊亭阁高低错落、布局有致。尤其是雕工精美的青石盘龙柱上，镌刻着历代名士的对联，颇堪品赏。

而灵源山更以美石秀木、松声鸟语著称。明王慎中有《灵源山诗》："奇峰千万叠，一片飞泉洒。飒飒天风来，松声如雨下。"

何妨步入山间，去见识见识那一块块独具情性、令历代文人墨客盘桓难舍的幽岩怪石、松涛花雨，或许，能寻回那一方清净，那一片悠远？从寺院后的小径上山，最先映入我们眼帘的是一块方广丈余的巨石，石面平整如削，上镌万历四十六年（1618）泉州府守颁布的禁毁林木告示，全文200多字，至今保存完好。由此向北，顺山径而行，有两方巨石相峙对立，势若关隘，这就是"步云关"。再行200米是"望江石"。此石如台，可立六七人。站在石台上，纵目远眺，泉州湾波涛隐约。石台悬伸的斜面上镌有明万历二年（1574）吴可承手书的"望江石"3个行书大字，字均5尺见方，圆润洒脱。还有石如碑的。丛石间，一石凛然树起，朝南的一面好似经过刨磨，光滑如砥，上刻"石镜道人之塔"6个楷书大字，为明正统年间所立。望着这一块块情态各异的石头，仿佛看到那一个个灵源山间曾经的人物：沙世坚、一尘、张定边、吴氏昆仲、林知、林外、王瀚……他们的足迹，他们的沉吟和歌啸。

一路行去，"狮球石""公婆石""老蚌生珠""金蟾望月"等形形色色的灵岩奇石，都纷纷从满山的松柏中探出身姿，引人遐思。而山的南坡上还生长着一片罕见的青岗栎、格氏栲和巨大樟树组成的阔叶林，风过处，如波浪般起伏。

  几次上灵源山，似乎都还只是看到它的一角。只是这一角正在不断延展，从昨天、今天到明天，延展成一部读不尽的山川大书。

再上淘金山

记得第一次到沙县,是 1990 年 10 月 12 日,我随郭风先生一行应邀参加在这里举行的"民俗风光笔会",同行的还有延青、陈钊淦诸人。20 年前的交通,远不如现在方便、快捷。我们下午在福州上火车,用了近 8 个小时,于晚上 11 时半抵沙县。晚餐就近安排在火车站附近的一家小餐馆里,那晚吃了几样菜我记不清了,但一道沙县豆腐让郭风先生赞不绝口。最后,他总结说世界上最好吃的菜就是"豆腐"。后来我们才知道,一般豆腐是用石膏或盐卤做凝结剂,所以俗谚有"卤水点豆腐,一物降一物"的说法;而沙县豆腐用的则是隔夜发酵的老浆水,这样做出来的豆腐鲜嫩滑爽,绝无火焦味,食之齿颊留甘。据说这个制豆腐的方法是 2000 年前的西汉淮南王刘安发明的,是地道中原文化南来的产物,可见沙县豆腐历史之悠久。

第二天,主人带我们上淘金山。当我们听说这是大洲村村民自行开发的风景区时,一行人便都兴致盎然。

山道迤逦,一路绿意撩人,在和煦的阳光下,郭风先生和大家一块登上莲花峰上的一座寺庙。郭风先生时年已 72 岁,之前出行,凡攀山涉水,从不与年轻人争锋,时常坐守原地等大家览胜而归,再询问景致风情如何。请他留言,则题写:"如来"。其幽默和智慧如此。可这次不同,郭风先生居然兴致勃勃地一步一步登上了淘金山,让当地主人喜出望外。亲自登临的郭风先生会写些什么呢?主人展纸,先生不假思索,一挥而就:"自在",还笑眯眯地扫视了大家一眼。他题字用的大都是佛家语,但印证其情其景,让人回味无穷。

同行的延青先生是队伍中的第二位长者，他小郭风先生10岁，却是一位不知疲倦的旅行家，几乎走遍了八闽的山山水水。他也为淘金山书写了一副对联，联句我不记得了，但能感受到他深厚的文字和书法功底。我们虽说年龄相差20岁，但志趣相投，热爱散文创作、耽情山水之间，曾一块到太姥山、武夷山、冠豸山、金湖采风。延青先生虽说对名利十分淡泊，但登山涉水，却从不甘人后。

当灿烂的白发优游在草波树浪之间，为妩媚的山川平添了一道无比生动的风景。

后来，有机会到沙县，都要登临淘金山。经过十多年的不断开发保护和精心修整，淘金山显得越来越美丽了，葱茏的绿树，撑出一伞伞浓荫，亭台楼阁掩映其间，崖壁上名家的题刻林林总总。一座文化名山重现于沙溪北岸。就在宋宰相李纲梦佛处，依山石凿刻的一尊卧佛，雍容安详，仿佛天成，再现了当年洞天岩定光睡佛的风采。

佛身长38米，宽10米，高11米，是以整块山岩雕刻而成的。

每一次，站在这尊出自当代惠安工匠之手的巨大卧佛面前，心里都会发出由衷的赞叹。我至今不知道雕刻者的姓名。但一尊活灵活现的睡佛，随着阵阵"叮咚"的锤凿声的停歇，突然出现在寂静的山林间，出现在世人面前，给整座淘金山注入了温暖的生气。大佛螺髻盘绕，双目微闭，侧身而卧，右臂弯曲，撑于脑后，左臂平伸，轻轻覆于股上，赤脚袒露，如在小憩。人们不远千里来看大佛，看到的不是法相庄严，不是禅房幽深，而是大自然中一尊可触可亲的活生生的形象。大佛展现的不仅仅是佛性美，还是艺术美，更是人性美。大佛因此和人们更贴近了。

淘金山和历代文人情缘尤深，宋宰相李纲曾在此踏青咏诗，理学家罗从彦在这里静心修学，还有众多的文人墨客留下大量诗篇。因此，这里的一草一木一石都洋溢着浓郁的文化气息。

淘金山多铁树，而且成群结队，站满了一面面山坡。这里的铁树树型华美，枝叶修长而舒展，因此被称为"凤尾铁树"，相传由僧人自印度和南亚引进。千年铁树，气势不凡，铮铮铁干，凛凛剑叶，经过风霜雨雪的洗礼，愈显得精神抖擞。

在一丛铁树后的崖壁上，镌有一幅清末民初著名篆刻家李苦李的题刻："倔强犹昔"。好一个"倔强犹昔"！这绝不仅仅只是铁树顽强生命力的写照，或许，还是中国文人精神的最好比拟。中国文化的辉煌与文人的磨难几乎同步而行。此时，同行诸君不约而同地都站到了铁树身旁，在题刻下留影。我突发奇想，此情此景，若将郭风先生手书的"自在"也刻在石崖上，岂不有味？

20年后，我又一次登临淘金山。不知为什么，登山途中，我总会想起第一次到淘金山的情景，想起郭风先生、延青先生、钊淦先生。我久久地盘桓于华严寺，而后从寺前绕过，经三叠岩攀爬登顶。之所以选择这条险径，是因为那里有延青先生的足迹。三叠岩如一堵巨大石壁拔地而起，因被裂缝裁为三截，故得名。危岩若倾，下临深谷，一道石阶却不管不顾地穿云直上。石阶很陡，也很长，仿佛在考验着人们的意志。岩壁上镌有一首七律诗："步转嶙峋住处尊，望分昭旷失山城。狂歌纵饮谁唱和，谷鸟岩花自送迎。返照出林添野色，新凉入树发秋声。欲将九节仙人杖，拄到中天自在行。"诗本不俗，镌在三叠岩上，却另有韵味。读罢此诗，延青先生发一声喊："上！"

延青先生患有心脏疾病，这对于喜爱登临山水的他实在是一个大敌。走在陡峭的石阶上，我似乎还能听到延青先生紧紧跟在大家后面，嘴里发出呼哧呼哧的喘气声。他于2004年终因心肌梗死辞世，生前有散文结集《闽山闽水》存世，皆为记叙八闽山水的短制，一景一情，笔墨尤精。

6年后郭风先生也离开了人世。刚到编辑部时，我常跟着郭风先生下乡，泉州、邵武、屏南、沙县、永安……在每个地方他都留下精美的篇章，如动听的叶笛，在八闽山水间流转。后来先生自己走不动了，但他还是饶有兴致地询问我们走过的地方有怎样的景致、风物和人情。

淘金山的卧佛、铁树和题刻，沙县的小吃，曾为郭风先生津津乐道。

其实，硬如铁树也罢，软如豆腐也罢，都是经过岁月洗磨之物，绝不可能被轻易地从我们的生活中抹去。于是，我又想起了那一幅题刻："倔强犹昔"。

海 上 浮 城

去哪里寻找这样一片水域？北边、南边各有一道 4 公里长的半岛，如同两只巨大的手臂紧紧相拥，拥抱着葫芦形的近 200 平方公里的浩瀚水面，仅有一条 6 公里长不到 2 公里宽的狭窄水道与外海相接。它就是罗源湾，这大海之中的大海。有了这两只强有力手臂的拱卫，罗源湾平流万顷，海不扬波。

什么时候，浩渺的海面上，兀然出现万千木屋？而且木屋连着木屋，一直向大海深处延伸。万千木屋，随海波轻轻漾动，放眼看去，俨然一座海上浮城。

第一次看到浮城的人往往会不自禁地发出一声惊叹。法国科幻小说作家儒勒·凡尔纳写过一本《机器岛》，他以丰富的想象力，虚构出两座相连而成的巨大人工岛的盛衰故事。而眼前的浮城，虽然没有小说中机器岛的繁华富丽，还略显粗糙简陋，但却是实实在在的人工岛。

浮城的居民大都是海水养殖户。他们中有的从事过海上捕捞，有的经营过淡水养殖，有的之前甚至没有看见过大海，但他们都奔着大海来了。他们知道，广阔的大海能给他们带来希望。大海慷慨地给了他们这样一片波光粼粼的土地，供他们搭起简易的木屋。和陆上不同，这里每家的屋子都必须紧紧地联结着邻家的屋子，因为一根长长的命运之绳已经将它们牢牢地拴在了一起。如果谁不顾及邻家的安危，失去的便不仅仅是上岸的道路。

每一组木屋内都圈围着数十口鱼池。鱼池的建造材料为箱状的白色塑料泡沫,加以没于水中的渔网,谓之"网箱养鱼"。实际上,每间木屋也都是建造在同样的塑料泡沫上。让人惊讶的是,这些软而轻的泡沫材料竟然撑起了一座座像模像样的房屋。这些房屋的面积虽不大,但一样放着桌椅床铺,还辟有厨房和卫生间。大些的屋子甚至还有两层的,上层摆着沙发和会议桌,俨然一个小型的集会场所,打开窗户,还可以眺望海上的风景。

浮城内有街道,那是两排木屋之间自然形成的水道,不时有摩托快艇从水道上飞驰穿梭,就像意大利威尼斯城的运河风光。木屋相对密集区中还设有码头,建有商场、饭店、警务室和医务站,仿如一处社区中心。正是有了它们,浮城才成为城,当然,它们立足的土地,也一例是泡沫材料。这由网箱养鱼而发展起来的海上浮城,依着一湾水面,生产的火热场面和生活的温馨情调丝毫不逊陆上。

人们白天耕海、捕海,夜晚则枕海、听海,享受着海带给他们的一切。夜幕降临时是浮城最美丽的光景。海屋里亮起了灯光,一盏、两盏、三盏……霎时,密密簇簇的灯光照亮了海面,海水中也像点了灯,水上水下,灯火交相辉映,随着漾动的海波,舞蹈般动人。家家户户都打开了电视机,各个频道都有,不同的画面,不同的声音,不同的音乐,与海水一起,托举着一个彩色的夜晚。浮城最靠近海岸的地方,则搭起了一间间海鲜鱼档。人们老远地从城市驾车到这里来吃海鲜。坐在轻轻摇晃的海屋里,沐浴着习习海风,一面感受着大海的律动,一面品尝刚刚捕捞上来的海味,当是一次不寻常的美食之旅。

与地面上的建筑不同,海屋每时每刻都会随着水波漾动,因为大海是没有一刻安静的。不安静的大海也让住在海屋里的人心绪难宁。毕竟海屋不是永久的居住地,那仅仅是讨海人的权宜之举。更何况,每年夏天,还得时时防着从西太平洋刮来的强劲台风。

台风要来了。预报中的台风有时不仅会改道，而且还是不安分的家伙。它们性格诡谲，行走路线曲里拐弯，让人难以捉摸，千万别低估了这些来自大洋深处的低压云团。它们最擅长万里奔袭。要是被它们偷袭得手，则可能屋倾排翻，平日里温顺的大海也会暴怒失常，变成死亡的深渊。

浮城的居民在第一时间里接到撤离的通知，浮城几乎成了一座空城。天上乌云翻滚，海上风声凄厉，人们只能紧张而又无奈地望着自己亲手营建的海上家园，等待着云开日出、风平浪静。

只有当一次次强台风过后，人们才真正认识了大海。

因为台风，网箱里的鱼儿纷纷脱逃了，它们终究回到了大海，回到了真正属于它们自己的家园。

其实，我从心底里不喜欢浮城的存在，我倒更希望海湾还是原来的海湾，大海还是原来的大海。大海是自由的，鱼儿们也是自由的。我不知道，当我们为了生活，人为地改变了大海，同时被改变的还有什么？

望海的地方

　　望海的地方在半岛的东南端。这座峰峦连绵起伏的半岛长达19公里，从地图上看，就像是一只鲲鹏巨鸟，自高空俯临而下，伸出长长的脖颈，尖喙直抵大海。

　　古石村的位置，便在这只大鸟的下颚。这座有着三百多年历史的渔村，隐在一处阳面山坳，三面绿树环绕。村里所有的房子均以厚实的石头砌就，顺着山坡簇拥而建，高耸的风火墙优美的黑色弧线衬着片片红瓦，雅静而古朴。我们来时正值初冬，微雨迷茫，眼前的村舍道路、花草树木，一片墨韵淋漓。海风拂面，细雨敲肩，似乎在无声地向游人诉说着数百年来的沧桑往事。古石村因后山一对巨大的鼓形叠石而得名。山与海的故事，在这里发生、延展，也让这里成了一个人们神往乐游的地方。村庄前临大海，到处是悬崖峭壁。村人巧妙地在悬崖上铺设了一条木制栈道，成了一条饶有情趣的海滨游步道。走在栈道上，只见海天相接，无遮无拦，于是这里便成了一个绝佳的观海处。海在远方，海在身旁，海在脚下。探身是一道深而窄的峡谷，看汹涌的海水，发出雷鸣般的呼喊，争先恐后挤进峡谷，溅起雪白的浪花，被崖壁阻挡，而后不情愿地退去。峡谷则像两位纹枰对坐的老人，神情专注，对潮来潮往、风起风歇，似乎司空见惯，只是沉思中透出丝丝微笑。纵目是无垠的大海，飘渺的海气中，影影绰绰，浮着一座座小岛。片片船帆，游弋在海天之间，画一般美丽。

　　荻南村则是在这只大鸟的尖喙下端，自然也是半岛最突出的一处地方。站在海边悬崖的石台上，视野变得格外开阔，天穹高挂，极目无垠。海挟风卷浪而来，一波又一波，扬起的浪花在岩石的崖壁上瞬间摔碎，后浪随即重来。没有什么力量能够遏止它们的脚步，也没有什么力量能够消减它们的热情。亿万年来，海与岸的搏斗从未歇止。那么，海前进了吗？岸后退了吗？似乎都没有。只是岩石上布满了被海水咬过的斑斑痕迹。但岩石依然坚定地守着自己的位置，一如既往痴情地望着大海。这一列长长的半岛，本来就是陆地伸向海洋的手臂，也许正是这条手臂，唤起了海的无限激情。

这是一道独特的海岸风景线：海蚀平台、海蚀巷道、海蚀溶洞，还有更多的海蚀石相，让人目不暇接。海尽情率性地施展它们的才华，将一块块坚硬的礁岩拿捏雕刻成各种各样的形状，随心所欲，惟妙惟肖。于是当地政府和民众据此开发建设了一座平流尾海洋地质公园，而今已成为游人纷至沓来的打卡地。

海风猎猎，此时已过了"小雪"节气，风吹在脸上，感觉有些生疼。海边的风性情多变，有时柔和有时暴躁。狂劲时甚至掀掉你的帽子，刮得人脚步趔趄。在这样的节令，在这里望大海，任海风扑面，看涛雄浪壮，总不由会想起曹孟德的诗句："东临碣石，以观沧海。山岛竦峙，水何澹澹……秋风萧瑟，洪波涌起。"一时怀古之情，荡胸而起。

身旁脚下到处是岩礁。和我们一起望大海的正是这一块块或大或小或扁或平或圆或方或已被海水侵蚀得百孔千疮的石头。它们有的铁青着脸，把手挽臂，站成一排坚不可摧的峭壁，冷峻地望着身前的大海；有的则弓身向前，忘情地敞开胸怀，似要迎迓奔涌而来的波浪；有的干脆一跃而下，跳入水中，与海水尽情嬉戏。有的则成片躺倒，铺成一列平台，对飞溅的浪花不屑一顾，只用耳朵听海的呢喃乃至喧嚣；还有的只是高高地立在山顶上，深情地望着远方，眼神肃穆而凝重。

和我们一起望大海的还有一株株并不起眼的小草小花。可别小瞧这些小草小花。海边风劲，且都是坚岩锐石，大树根本无法生长。这里已是自然的极限，也是生命的极致。成就它们的，也许是大风吹来不甘寂寞的花粉，也许是候鸟嘴里不慎跌落的种子。就在每一条石头缝间，靠着一星半点泥土和残存的雨水，它们在这里顽强地生根、展叶、开花，自成一道风景。

面对大海，一丛丛白晶菊笑得那样优雅，这些长着黄色花蕊，环簇着紫色花瓣的小花，任凭风吹雨打，尽情享受着生活给予它们的艰辛和快乐。墨绿色的滨柃，是一种常绿灌木，枝叶茂密紧凑，它们三五成群，匍匐在岩面上，如同一张图案美丽的壁毯。其貌不扬的鬼针草，因为长着小倒刺，会粘在行人的裤脚上，所以还有一个雅致的名字"索人衣"。它们顶着白色的小花瓣，也来望大海。

岩石间还有膨珊瑚、仙人球、稻槎菜，以及许多说不出名字的花草。让人不禁慨叹生命的坚强。

最奇特的是，在半岛的一处山坡上，矗立着一块高约15米、宽5米，形状酷似手掌的天然巨石，面对着大海，张开手掌，好像正向来往的船只招手，也好像是向那一座座海上迷离的岛屿打着招呼。千百年来，过往的船只，只要看到这块站在高坡上的巨石，水手们心中都会涌出一份感动。那当是家乡的亲人在殷殷盼归呢！于是他们又把这块巨岩称为"盼归石"。

这里就是黄岐半岛，是望海的地方，也是盼归的地方。

相逢一座山

相逢一座山，便如同邂逅一位素未谋面的朋友。

这座山叫禾山，位于罗源县白塔乡的七步村。我到过罗源多次，但从未听人说起过这座禾山。及至我来到七步村，登临是山，听风声树籁，览满山奇石，才知道原来天地间还藏有这样一处琅嬛之地。

人有人的秉性，山有山的风骨。

禾山不高，从山脚拾阶，缓步徐行，一小时即能登顶。禾山不显，从远处，看不出端倪。就像一位山野隐者，只有走到他身旁，和他相坐衹谈，才知道他的性情志趣乃至满腹经纶。

沿着不太陡峭的坡道，我们一步步走进禾山，也走进一处石头的世界。这里是石的家园。众多山石，或在道旁仰面而卧，或在林间默然打坐，或于幽处俯首沉思，或临悬崖弓身欲跃，各具情态，莘莘生动。有的像一柄利剑，将坚硬的岩石一劈两半；有的如一张犁铧，有力地插进大山的腹中；有的简直就是一张平坦的巨床，可容四五人并排酣睡；有的则似一艘迎浪轻舟，船头高高翘起。还有的如同希腊神话中的力士，用厚实的肩膀生生顶起一方巨岩，形成宽敞的洞窟。顶峰一块嵚崟巨石，仰面耸高 33 米，宽逾 50 米，远望像极一位老者的后背，是为道人峰。峰旁有两块圆形的巨石，宛若道人腰间的葫芦。如果将它们与神仙传说联系在一起，不由得不让人浮想联翩。禾山的石，个个神采毕现，翘然独立。它们的模样，大多温雅从容，既没有金刚怒目之状，也没有摇尾乞怜之姿，更没有献媚邀宠之态。它们平和处世，大方坦荡，尽显情性。而且，它们似乎不喜欢簇拥在一起，或交头接耳，或明争暗斗，它们间大凡保持着一定距离，比邻相望，只是颔首微笑。

为我执导的是当地一位农民陈锦木。他今年已经 75 岁，依然身手矫健，步履如飞。问他七步村和禾山名字的来历，他只是微笑，说走到就知道了。他说，自己做了四十多年的护林员，一辈子与禾山为伴，这里的一树一石，已然都是他的亲人。每天不来看看他们，心里就会有几分失落。

说话间，我们来到山腰处，看到一块巨大的石板上有横竖几道裂痕。陈锦木告诉说，前些年，罗源曾经一度因无序大规模采石，环境遭到严重破坏。分布有数以千计花岗岩裸石的禾山，也成为采石者觊觎的目标。这几道裂痕就是采石者偷偷打下的，村人发现后，纷纷赶上山，在七步村人的奋力保护下，禾山风貌得以保存。而陈锦木以命相搏护林护石的经历，也成为他人生的难忘记忆。

鳄鱼嘴是禾山的一处风景。悬崖上有一片石台，石台上方则伸出一块扁圆状的巨岩，恰像鳄鱼张开的大嘴。通往鳄鱼嘴没有路，于是村人在悬崖上挂上两道铁索，又在崖壁上凿出一串凹槽，在陈锦木的引领和鼓励下，我们小心翼翼地攀着铁索，踩着凹槽，艰难地走到石台。站在台上，眼界顿开。四围无遮无拦，一川景色尽收眼底，山风吹衣，胸怀大畅。

由鳄鱼嘴原道返回，再上几道石阶，就登顶了。山顶空旷处横架着一艘断为两截的石船。同行的两位年轻人兴奋地攀上石船，站到船头，举手向天，切切实实体验了一把"山登绝顶我为峰"的感觉。有意思的是，石船除了两个支点撑在岩面上，几乎悬空。它完全不是山体的一部分，犹如飞来之石，但自何处飞来，至今仍是禾山之谜。禾山的传说和得名，也正是由这艘石船而来。陈锦木带着几分神秘的微笑说，这个传说故事已经写进延青先生的文章中。

他告诉我，20世纪80年代，曾为延青先生带路上禾山，延青先生一爬坡就喘气，但他很有毅力，一直攀到山顶。

我熟悉延青先生。他当时是《福州晚报》的副刊编辑。我们虽说年龄相差20岁，但志趣相投，都热爱散文创作，且耽情山水，曾一块到武夷山、太姥山、冠豸山、金湖采风。延青先生对名利十分淡泊，但登山涉水，却从不甘人后。2004年，延青先生因心脏病发作辞世。生前有散文结集《闽山闽水》存世，皆为记叙八闽山水的短制，一景一情笔墨尤精。我写了一副挽联送他："仙游何往，山水文章同不朽；鹤驾难回，林泉墨趣失知音。"

回到福州，从书架上找出《闽山闽水》，果然有《禾山观景》一文。在文中，延青先生动情地描述了一个关于禾山的传说。禾山上住着一位仙人，他感于山下村民不谙农事，生活穷困，常常食不果腹。一个秋收季节。仙人借着夜色乘槎潜至十里外的平洋地带，挥篙刈稻，满载而归，之后将稻谷倾倒于后山谷峪。天明，七步村民看见山前一堆金灿灿的稻谷，欣喜不禁，争相取食。消息传出，平洋村庄遂组织民众彻夜护田。是夜，仙人乘槎再度前往，不料伏声四起。仙人急返，慌乱中仙槎撞于崖巅。众人上山检视，仅见石船一艘，断裂如同一斧一犁。仙人已不知去向。从这以后，七步村民明白了这样一个道理：要过好生活，不能靠神仙，一定要自力更生才行。于是他们劈山造田，辛勤耕耘，日子也一天天红火起来。

这样一个勇于反省和鞭策自己的村庄传说，确实能打动人心，警醒后代。

其实，七步村是一个有悠久历史的村庄。公元884年，随闽王王审知入闽的河南光州人陈巢云，厌倦了刀光剑影的日子，毅然脱离戍所，弃甲为民，寻找一处隐秘的安身之地。五年后，他来到道人峰下，见一道清溪，涓涓流淌，七块巨岩，有如仙迹。于是选择在这里结茅为舍，开基创业。相传村前的岩石上，曾刻有一句民谣："七步前，七步后，七块金砖压岭后……"七块金砖，指的就是村前的七块巨岩。这句民谣代代相传，成为七步村民的信念。于是在禾山下，陈姓族人，开始了他们不倦的耕读生涯。"才歇管弦声，书声又四起。"从这个偏僻的小山村，走出了南宋著名学者和教育家陈善。他也是一位旅行家，15卷本的《扪虱新话》正是他遍历山水的心灵感悟。其提出的"读书出入法"更是为后代学界所推崇，流传至今。

　　禾山入口处，有亭翼然。亭名"清风亭"，是村人为纪念先贤陈善而建。记得那日下山时，在亭里小憩，风自峡间来，带着草木的清香，带着大山的气息，轻拂面颊，沁人心脾。那当是禾山的殷殷问候。

在卡罗维发利的长凳上

我们乘坐的旅游大巴沿着山谷盘旋而行。车窗的西面是峻峭的厄尔士山脉,远处的山头上还顶着皑皑白雪,近处山坡上则到处是飞泉流瀑;东面是著名的捷克林地,苍翠的森林,密密遮遮,布满整座山谷。没有人知道,森林的后面是什么,森林的尽头又在哪里。

汽车却不管不顾,径往林深处去。与我们车子同行的是一条清澈的溪流,名叫泰普拉河,也是捷克最大河流伏尔塔瓦河的支流,我们将要和它一块,作一次山谷林间的长途跋涉。

到了河流转弯处。车子停下了,然后转乘当地的公交大巴。但即便是公交车也一样不能进城。卡罗维发利是一座不折不扣的步行城。所有的车辆,无一例外,都在城边止步。

四月末的波西米亚,是一年中最好的季节,冷暖宜人。晨风拂面,清冽而柔和。穿一件薄薄的外套,沿河岸行走,看满眼新绿,听鸟声啁啾,还有风中飘来的花香草香,让人醺然欲醉。

卡罗维发利,来之前,我从未听说过你的名字,更不用说,这里是波西米亚最动人的温泉度假地。

最先发现这里有温泉的是捷克国王查理四世。查理酷爱狩猎,一只小雄鹿被国王射伤,一路狂奔逃进山谷。查理策马紧追不舍。追逐小鹿的国王,看到眼前的一幕让他十分吃惊:受伤的小鹿跃上峻峭的山崖,忽然纵身跳入山下的泉水中,泉水冒着热气,弥漫了整个山谷。当小鹿从蒸腾的泉水中出来,伤口已经愈合,过了一会儿,便消失在丛林中。国王于是令御医舀取泉水样本,送回布拉格化验，确认泉水富含矿物质，同时还有疗伤的功能。不久，查理再次前来温泉治疗脚疾。很快，这里就成为皇家的疗养胜地。从此，这处温泉就被称作"卡罗维发利"，捷克语的意思就是"查理的山谷"。

1522年布拉格大学出具的一份医学报告，让这个偏僻的山谷声名远扬，吸引了许多贵族、富商和名人前来。他们中就有歌德、贝多芬、莫扎特、肖邦、普希金、果戈理和屠格涅夫。医学报告特别指出饮用温泉水对身体的好处。为了方便饮用，聪明的商贩发明了多姿多彩的温泉杯。而今，走在卡罗维发利的温泉长廊里，到处可以看到手执各种造型和花色的温泉杯的游客。卡罗维发利先后开发了17处泉眼，每股泉水上都建有一座长廊，安装各式水龙头，便于游人接饮温泉水。从1881年开始，一座座造型典雅的温泉回廊出现在泰普拉河右岸。一边饮用矿泉水，一边在温泉回廊里散步，这成为当时社会名流的度假时尚。

磨坊温泉回廊是卡罗维发利最华丽的回廊，因为附近有座磨坊而得名，由捷克建筑师约瑟夫.齐特克设计，花费了10年时间于1881年建造完成。回廊由中殿、侧廊和124根圆柱组成。中殿高敞的廊柱下，常年有一支交响乐队在演奏。他们演奏肖邦、贝多芬、莫扎特的曲子，更多的则是捷克天才音乐家德沃夏克的交响曲。德沃夏克曾多次造访卡罗维发利，他在这里获得许多创作灵感。在他的不少作品中，听得到来自这条山谷的风声、林响、鸟啼，以及呦呦鹿鸣、潺潺流水，还有温泉回廊里妙龄少女轻盈的脚步声。

同样建于1881年的莎多瓦温泉回廊，则显秀气雅致。两个青铜圆顶凉亭连接着长长的走廊，凉亭中间，一头是希腊女神雕像，一头是长吐蛇信的温泉座。泉水汩汩而流，氤氲的水气，沿着廊道，如同一个个舞者，袅娜着腰肢，款款前行。回廊旁则是一处花木扶疏的小公园。据说，当年巴伐利亚的茜茜公主最喜欢这座回廊，常常在这里散步，观赏园里的奇花异树。

瓦杰狄洛温泉是卡罗维发利喷出高度最高也是水温最高的温泉。水柱直上14米，水温达72度。20世纪70年代，在这里建起了一座玻璃纤维房，让古老的小镇增添了几分现代色彩。

历经600年的沧桑，卡罗维发利已经成为一座颇具规模的温泉城。卡罗维发利的街区沿着泰普拉河两岸伸展。人们在经过瓦杰狄洛温泉回廊后，便会看到河岸两旁相对的两条街道，有意思的是，它们都叫草地街，右侧叫旧草地街，左侧叫新草地街。旧草地街上的不少建筑物可以追溯到17世纪末，其中有歌德当年住过的"三个摩尔人之屋"；而对岸的新草地街，则是卡罗维发利最美的街道，色彩绚丽的巴洛克式建筑，像一幅绵延十里的风景油画长卷，让人徜徉不尽。

临河的一条条长凳上，挤挤挨挨，坐满了白发老人。这是卡罗维发利一天中最生动的景象。老人们相挨坐着，背枕着泰普拉河，平和地微笑。对着四围的青山微笑，对着面前川流不息的游人微笑。也许，什么也不对，只是微笑。他们全都静静地坐着，谁也不说话。岁月从他们布满皱纹的脸上拂过，带走了他们曾经的青春、热情和骄傲。就像他们身后的河流，它们曾经喧嚣过、激荡过、汹涌过，现在平静下来了，生命的最后行程，本就该归于宁静。现在，他们都来到了卡罗维发利，这人生中最该来的地方，都坐到了卡罗维发利的河边长凳上。刚找到一个空位落座时，他们自觉不自觉地都呼了一口气。就像紧赶慢赶，终于上了一辆公共汽车。那长凳竟是那样的长，可以容纳那么多人并排而坐。我想他们先前并不认识，因为，如我们这样的游客，也正插坐在他们中间。大家只是累了，停下来歇歇脚；只是老了，彼此想靠近些。同一种年龄，有时也是一声召唤，无须交谈，无须对视，却产生一种莫名的亲近感。多少欢乐和悲伤，如水而逝。那情景，让人感动。

　　人生途中，在卡罗维发利，饮一杯带咸味的温泉水，让温润的泉水沁满心脾，而后在溪边的长凳上小憩片刻，静静地享受这难得的安宁，当是造物主的最好赐予。

　　捷克人酷爱艺术和大自然，他们在国歌歌词中这样写道："何处是我家，何处是我家，牧草地上河水汹涌，峭壁之间松涛吟啸。鲜花绽放的花园，胜似人间的天堂……"

　　卡罗维发利，在你的长凳上，我似乎明白了，为什么，你所有的两条最美丽的街道，都被叫作草地街……

圣托里尼来去

我们乘坐的波音737客机是在希腊时间晚上九时降落在圣托里尼岛的。从雅典起飞时,机舱里很安静,大家的心情也都很放松,仿佛是在做晚饭后的一次散步。大约一个小时后,舷窗外出现灯光,而且越来越密集,圣托里尼岛到了。感觉得到飞机正在下降。忽然,一阵剧烈的摇晃,飞机开始左右摆动,像是一只在大风中的纸鸢,不能自已。紧张的情绪一下弥漫在机舱里,所有人的心都揪得紧紧的。飞机的前轮似乎已经着地,但即刻又弹起,如是者三。还未等谁喊出声来,驾驶员已经死死地摁住机头,强行着陆了。机舱里好一阵寂静。过了一会儿,才听到有人大声地呼出一口气。圣托里尼,这就是你给我们的见面礼?一次有惊无险的登岛经历。

我们住在菲拉小镇的悬崖酒店。刚入住时,觉得这家酒店的客房设施实在过于简陋,没有电话,也没有衣柜,卫生间很小,淋浴的水也不够热,床褥还有潮气,只能将就住下。

一觉醒来,天已大亮。打开房门,映入眼帘的是一片蔚蓝色的海,还有隔海相望的火山岛。据说圣托里尼原先是一座圆形岛屿,3500年前,一场火山喷发引起的地震,导致地形发生剧烈改变,因地震,岛中心的部分土地沉入海底,主岛变为新月状,同时形成一面向海的悬崖峭壁。当地居民利用这面悬崖逐层修建旅馆。于是,便有了面前这层层叠叠宛若梯田般的白色阳台,从悬崖顶端一直延展到山脚的海岬,让人赏心悦目。这就是圣托里尼最富特色的悬崖酒店,也是圣托里尼最醒目的色彩,蓝顶白墙,以一种不规则的弧形,绵延数十公里,从菲拉小镇直到伊亚小镇,排列成壮观的海岛风景。

这些白房子,其实不是圣岛居民心血来潮的产物。而是火山喷发时产生大量的白岩浆,被居民就地取材,用作房屋的墙体材料。白岩浆墙身光滑坚固,而白色美观醒目,岛民世世代代,陈陈相因,就成了圣岛的本色。

这里自然是离海最近的地方。打开门,就放进一片蔚蓝的波光。而且每套房间外都有阳台。阳台上摆放着白色塑料座椅,好让房客随心观海。因为是依悬崖而建的梯式酒店,每一层的视线都不会被遮挡。面前的爱琴海,水波不兴,平静的像一面镜子。远远地,有一艘邮轮驶过来,就停泊在火山岛附近的海上。这时,只见山岬处如箭般射出四艘快艇,海面上立时现出四条长长的波纹。这是悬崖酒店接驳客人的小船。小船靠岸后,还需要毛驴驮运游客和他们的行李上山。于是,先是听到清脆的铃铛响,接着是橐橐的蹄声,再仔细看,便是一长串驴队上山了。盘山道狭而弯曲,背上挂满旅行箱的匹匹驴子,排成队列,头尾相衔,行走有序,节奏均匀。还有游客骑在毛驴上,随着驴蹄的节拍,一摇一晃地端着照相机四下拍照,神气十足。这是圣岛最富有情调的风景,登时吸引了各个阳台上伸出的"长枪短炮"。毛驴欢快的铃铛声,响在海岛的天空,接续着久远的岁月。

海边有红沙滩和黑沙滩,它们也都是 3500 年前火山的杰作。火山是一位善于捏弄泥石和调制色彩的大师,海岛的西面是悬崖峭壁,红沙滩就位于海岛的西南端。由于还未开发,沙滩上乱石堆叠,无法抵达。沙滩紧贴着一片赭红色的山崖。我们只能从小路攀上崖顶,俯视红沙滩奇观。有两位当地艺人,早早就守候在崖顶,等待游人的光临。一位是小提琴手,背海而立,拉着欢快的曲调,在兜售光碟。另一位是木雕艺人，他面前的是一摞半成品的木刻圣岛地图，有人要，他就当场刻上日期。崖上海风强劲，吹得人脚步趔趄。风打在他们的脸上，吹起了他们的衣襟，而他们只是朝着游人微笑。

黑沙滩位于圣岛的南面。这里地势平坦，有酒店和各种店铺，很早就形成休闲度假区。沙滩上排着一列列白色的躺椅，可以想见旺季时热闹的景象。黑沙细而松软，走一步便现出一个浅浅的沙窝，白色的海浪自长天而来，温柔地一遍遍舔着黑沙滩，诗一般动人。

从这里上山，便是圣岛的制高点，无论港口、机场都一览无余。因为风大的缘故，山坡上几乎看不到树，只有星星点点的马兰草，一团团、一簇簇，自得其乐地开着橘黄色的小花。岛上的可耕地很少，而且只能生长燕麦。粮食、蔬菜都需要从岛外运来。居民的生活并不算富足。但在岛上旅行，见到的每一座村庄，每一处院落，都是那么洁净、美观。每年的旅游季节到来之前，当地居民都会自觉地重新粉饰房屋，将圣托里尼最美好的一面展示给世人。当我们沿着长长的坡道上山，不经意间回首，竟看到了那座被《世界地理杂志》作为封面的教堂。乳白色的八角形教堂，饰以深蓝色的圆形屋顶，与高远的蓝天、浩瀚的大海，静静地终日相守相望，这情景让人看一眼就心醉。

伊亚小镇坐落在海岛的最西端，这里也是赏日落的最佳地。为了捕捉最佳画面和感受天籁之声，来自世界各地的摄影家、画家、音乐家纷至沓来。这里没有菲拉的繁闹，也没有红沙滩的壮观，但却有着天人合一的和谐：纵横交错的盘陀小巷，串起了一处处洁净小巧的院落，仿佛蜂巢般的蓝白相间的房屋高低错落拥抱着蔚蓝的大海，红色的三角梅穿过教堂蓝色的穹顶，歇在白色的墙头。橘色的风铃，在风中轻轻地絮语。落日贴着古老的风车，静静地沉落无垠的大海。触目是画，拾足是诗，伊亚因此被人称为艺术村。

我们选择坐慢船回雅典。一早，便下起了雨。风和雨，自是海岛的常态。那雨下得颇有劲道，大颗大颗的雨珠，不管不顾，敲打在屋顶上，响成了一片。往日宁谧的小岛，一下变得喧嚣不已。街道上顿时流成了小河，平静的海面也波涛翻腾。直到我们登上渡轮，雨倏然而止。一切归于宁静。圣托里尼，这或是你的告别仪式？

秋意墨尔本

秋的翅膀掠着墨尔本了。淡淡的阳光落在肩头上，竟感觉不到多少暖意。细细的风吹来，像一只只柔软而微凉的手，抚摸着你的脸颊，向你轻轻地耳语：是秋来了，这里已经是秋天。

墨尔本位于南纬 38 度，是澳大利亚最早进入秋天的城市。不过，南半球的秋天似乎要温和得多，没有凛冽的寒气，更没有肃杀的氛围。放眼处，依然草木茵茵，只是树上树下多了一些黄叶。树叶在秋风的细吟中一片一片落下，那姿态十分优雅。不像是凋零，倒像是去赴一场游戏。它们竟像顽皮的孩子，一层覆盖着一层，于是偌大的公园里，黄叶成了当然的主人。好似它们的生命还在，只是变换一种颜色，变更一个位置而已。早晨的阳光从树隙间洒下，照得公园草地上铺着的落叶发出灿灿的金光。当我们从落叶上轻轻走过，那一片片原先无声无息的落叶似乎都在欠动着身子，它们也被吵醒了吗？它们又想对我们说些什么？

在墨尔本，让我惊讶的是城市中央竟有这样多这样大的公园。清澈的亚拉河穿城而过，河两岸是一座接一座绿草茵茵的公园：亚拉公园、奥林匹克公园、皇家植物园、富克诺公园、阿尔伯特公园……直到圣科达海滨。公园绿地占了市区面积 1/4 还多。

不像一些国家的公园，进门则照壁假山、水榭回廊、奇花异木，设计得繁复精致。澳大利亚的公园大多自然粗犷，而且完全是敞开式的，四周无遮无拦，除了几尊雕像外，就没有什么人工雕琢的痕迹。草是天然的澳洲草，细密坚韧，无论怎样踩踏也无妨；树是天然的澳洲树，参天如盖，树下置一张长凳，让人或坐或卧，尽享安宁，没有人来打扰你，除非是近前觅食的鸽子。

当然，伴随静谧的或许是寂寞。毕竟，常来光顾公园的大多是退休老人，他们中有夫妇，更多的则是单身一族，他们在公园的长凳上一坐就是大半天。即便是夫妇，也言语不多。他们眼睛微闭，只露出一条缝，痴痴地看蓝天白云，痴痴地看绿树草地，也许什么也没看，喧嚣的世界对于他们来说，已是昨天的故事。他们今天的生活，就是这一片草地，这一片宁静，还有对往事的丝丝回忆。

而在他们身边，是一座活力四射的现代都市。高耸的天空之塔直刺苍穹。联邦广场的建筑群以抽象的超现实模式展现在世人面前，其中，让人眼花缭乱的是创意无限的维多利亚艺术中心，还有布满露天咖啡座"可以欣赏别人，同时也可以被别人欣赏"的雅皮士街，散发着波西米亚风格的布朗斯维克街，充满新鲜诱惑的阿克兰街……

墨尔本是一座因金矿致富的城市，所以又被称为新金山。1929年之前，曾一度成为澳大利亚的首都。不过，除了仅2万人口的那一小片中央商业区商店鳞次栉比、街道车水马龙外，我再看不到一般城市里那种紧张、繁忙的景象。宽阔整洁的街道中央徐行着有轨电车。墨尔本也是澳大利亚唯一保留着有轨电车的城市。这种舒缓而有节奏的交通工具已被许多新兴城市舍弃，但墨尔本的有轨电车仍如一位位气定神闲的白发老人，从容且自信地走自己的路，而绝不旁骛。尤其是当淡蓝车顶、赭红色车身的有轨电车缓缓行驶过有着120多年历史的温莎公爵酒店时，这场景真让人着迷。当年，不爱江山爱美人的爱德华爵士正是在这里叙写了一段感天动地的爱情故事，至今被人津津乐道。

圣派翠克大教堂与温莎公爵酒店隔街相对，像两位世纪老人被人一块景仰着。这座大教堂建成也将近120年，而且一直是墨尔本市民的精神中心，与他们的生活息息相关。大教堂于1897年正式启用，是一座最具代表性的哥特式建筑。不过，教堂的3座高103米的尖塔一直到1939年才全部完成。教堂体现了墨尔本人精益求精的工作态度。走进高敞的教堂，精美细致的彩绘玻璃，巧夺天工的木雕，还有肃穆庄严的气氛，都让人一时屏住呼吸，心也变得宁静透亮起来。

教堂的附近就是著名的费兹罗公园，公园里有一座库克船长的小屋。小屋门口的小径旁，立着库克船长的紫铜雕像。这是第一个来到澳大利亚的英国人。正是他将一面英国国旗插在澳大利亚的土地上，宣布一块土地的新生。1934年墨尔本建市100周年时，澳大利亚实业家拉塞尔爵士出资将库克船长在英国约克郡的故居买下作为礼物送给墨尔本市民。这位伟大航海家始终是墨尔本人心目中的英雄。

这座城市里还有许多百年老街、百年老屋、百年老店。人们精心地守护着它们。它们以不凡的历史以及不变的品质，书写着墨尔本固有的精彩。

墨尔本也是世界上兼有河流和海的城市。水滋润着墨尔本，滋润着草木，滋润着空气，也滋润着人们的心灵。

亚拉河上，一艘艘正在练习的划艇，起伏有致的划桨，好像在叙述一个娓娓动听的故事；不时，一辆自行车从你身旁飞驶而过，尽管骑手戴着头盔，仍能感受到他们心中的愉悦；还有健足者，在步行道上鱼贯而行，发出如微风般的啸声，串成一支美妙的音乐，他们都成为这座城市不可或缺的风景。

　　墨尔本已进入秋天。淡淡的阳光渐次歇在公园里、道路旁那一尊尊雕像的肩膀上，于是，这一个个不同年代的象征，都被镀上了红铜般的颜色，益发生动起来。秋的意味渐深渐浓。的确，很少有哪一座城市，像墨尔本这样，将秋天的韵致演绎得这样深沉，这样丰富，让人流连忘返。

等 待 日 出

我们从新西兰的奥克兰乘早班机到澳大利亚的布里斯班。天空十分晴朗，可以看到机翼下一片浩渺的蔚蓝色大海。感觉中，4个小时的航行，都在海面上。这片海域以荷兰探险家艾贝尔·塔斯曼命名。此时，大海波平如镜。舷窗外棉絮般的朵朵白云，似乎也在凝视着这蓝得让人心醉的塔斯曼海。眼前顿时幻化出370多年前那一支在大洋中游弋的探险船队的身影。这支队伍中，有年轻的水手、生物学家、职业军人，每个人都抱着自己的憧憬而来。他们将生命和前程全部托付给大海，那是希望之旅、快活之旅，但也是生死之旅。

这是一个探险和征服的年代。帆船、火炮加上航海术和勇气，足以让一个个名不见经传的水手一夜之间成为家喻户晓的英雄。

但海上的日子单调而漫长，有时数月天空不见鸟影，海面不见船迹。事实上，连船长自己也不知道目的地在何方，何时能够到达。因为感到绝望，麦哲伦因此死于暴动的船员之手；因为失去耐心，哥伦布也险些遭遇不测。大海茫茫，等待茫茫，成了每一个航海人心头的郁结。

一艘又一艘航船载着年轻的生命和希望消失在波谲云诡的海洋中，但航海和探险从未因此中断。

艰险的求索、漫长的等待，终于有了结果。1492年，哥伦布发现了西印度群岛，西班牙人为之欣喜若狂。150年后，大洋洲也出现在世人面前，而且还包含一个面积700多公里的新大陆。英国民众骄傲地称之为"南部的土地"。

　　澳大利亚开发很晚，悉尼、墨尔本、布里斯班建城都还不到200年，在澳大利亚已经称得上是老城了。还有更年轻的城市，黄金海岸就是一座因海滩度假而诞生的新城。

　　黄金海岸，顾名思义，由北及南，分布着数十个金黄色的沙滩，大大小小的沙滩，绵延竟达42公里。这里沙质细腻松软，海水湛蓝洁净，看一眼就让人心醉。澳大利亚人喜欢海滩，在他们的生活中，不能没有大海，他们本来就是海的子民。而沙滩，更被看成是造物主对他们辛勤工作的赏赐。他们有的在沙滩上撑起一把遮阳伞，花花绿绿的遮阳伞，将宽阔的沙滩装点得色彩缤纷。有的干脆连伞也不打，裸着黝黑的上身晒日光浴。有人下海游泳，有人冲浪滑水，有人在沙滩散步，还有的人什么也不做，只是静静地看着大海发呆。

　　在黄金海岸，我们下榻于滑浪者天堂酒店。这座设施完备的四星级酒店离海滩不远。因为从新西兰过来有两小时的时差，一觉醒来，看看表才凌晨4时。再睡不着，忽然想起，这里已是澳大利亚的最东边，面对着南太平洋的浩渺波涛，这个时候，正可以到附近的海滩看日出。

　　旅游团的团友们都还在酣睡，我们夫妻俩蹑手蹑脚地起床，乘电梯下到大堂。此时酒店大堂里只有一位印裔服务生，看着脚跋拖鞋的我们，一脸茫然。我们费了好大的劲，才让他明白了，我们起个大早，是要去海滩看日出。

　　其实，出酒店大门，拐一个弯，走不到10分钟就是黄金海岸的布罗德海滩。借着朦胧的月色，我们高一脚低一脚地走下松软的沙地。海就在我们面前，轻卷着，呼吸着，像泅游了一夜的泳者，刚刚放松身体，了无倦意。海的晨课舒缓而惬意，清新的空气，随海浪袭来，沁人心脾。

偌大的海滩上空荡荡的。常来海边走的人，哪里在乎一个清晨、一次日出？他们享用大海的奢侈，真让人羡慕。只有我们在静静地等待着，等待日出的到来。

时间似乎过得很慢，我甚至听得到手表指针的行进声，但也许只是幻听。我知道这是等待的原因。尽管海水已经带来了黎明的消息，但浓密的夜色依然不肯轻易褪去。白天和黑夜，总是遵循着严格的法则，那是一道铁律。我们无力打破它，只有等待。人生总是在等待，年轻时常等待，中年时也等待，而今步入老年，还有所等待。品咂等待的况味，或许也是一种别样的享受。

但海有耐心，一层波浪卷过来，轻吻着沙滩，而后优雅地退去，又一层波浪卷过来再退去……

天色渐露微曦，海水的颜色也开始变化，由黑渐渐变蓝，上面则翻卷着白色的浪条。南太平洋的波涌正自天际层层叠叠而来。海浪的激情被黎明鼓起，那排山倒海的气势，震人心魄。但一团团乌云紧锁天穹，好像是得到谁的指令，寸步不移，对即将到来的日出，它们竟然无动于衷。听得到海的呼吸急促起来，似乎整个大海都在奋力挣脱一种束缚。乌云越来越浓，涛声也越来越响。这时，天已经完全放亮。我看了看腕上的手表，时针已指向6时，心想，今天十有八九是看不成日出了。尽管心中生出一些懊恼，但我们并没有放弃最后的等待。

6时15分，一团火焰忽然跃出海面，沉沉的乌云也被镶上灿灿的金边。只是一瞬间，圆圆的日头驱散乌云，以它华丽的姿采挂在海天相接处。那一轮初起的太阳鲜红柔润，露出灿灿的微笑，看着大海，也看着我们。翻腾的大海霎时平静，与我们一块静享这日出的辉煌一刻。

很快，乌云重新聚合，像舞台的大幕刚刚开演就被粗暴地拉上。

但我们已经心满意足，因为我们的等待终于有了结果。

离开布罗德海滩时，回头一望，虽然看不到整颗太阳，但一道道光芒正透过浓密的乌云射向天空，照耀着整个大海，每一道波涌上都洒满了点点金光。浪涛的呼啸声一阵高过一阵，那是海在欢呼。

听听，和我们一起等待日出的还有塔斯曼海。

蓝天大海之间

蓝天、白云、绿草、碧海。悠悠的牛羊，静静的牧场，空中时而掠过彩色羽翼的翠鸟，树间倏忽窜过活泼机灵的黛貂。

这里是南太平洋中的两座岛屿，新西兰的北岛和南岛。温和的海洋性气候，广袤的森林和草场，是造物主赐予毛利人的伊甸园。

据说，最早的毛利人是1000多年前乘坐双船身的独木舟从波利尼西亚的夏威夷启程，追逐着天上的白云来到奥特阿罗阿（新西兰）的。这个传说可真有意思，将艰苦而漫长同时充满风险的海上航行浪漫化了。

要知道，从夏威夷到新西兰的海上距离有1万公里，以独木舟的速度，足足要划行半年。更别提途中日晒雨淋、风摇浪撼，食物短缺、饮水困难。多少独木舟倾覆大海，多少毛利人葬身鱼腹。但他们义无反顾，他们到达了，他们胜利了，他们成了这片土地的新主人。

在新西兰的北岛和南岛有7个毛利人的登陆点，同时形成了7个毛利人的部落。其中北岛的罗托鲁阿居住着毛利最大的部落。

在罗托鲁阿的毛利人博物馆里，我看到了当年毛利人远航的独木舟。实际上是两棵剜空的大木头连接在一起的连体船。这比单艘独木舟抗击风浪要强一些。另外，也可以多存储一些食物和水。但即便如此，要靠它们征服浩瀚无垠的大海，的确需要惊人的毅力和强壮的体魄。但毛利人做到了。毛利人精于航海和工艺，他们用精美的宗教图案来装饰船只。在没有机械动力的年代，他们充分利用了风向和洋流，还有他们的智慧。

毛利人的身材、肤色、相貌和中国东南沿海居民很相像。有说，毛利人的先祖最初就是从福州一带漂洋出海的。

在英国人到来之前，毛利人已经在这片土地上居住和生活了1000多年。与澳大利亚不同的是，最初涉足这片土地的多为捕鲸者、猎人和商人，不久，传教士也尾随而来。早期移民大多来自苏格兰、爱尔兰和威尔士。刚开始，英国人用毛瑟枪向毛利人换取食物和捕鲸权，以便立下脚跟。这之后，为了争夺这片土地，毛利人和英国人之间打了好几场大大小小的战争，英国人虽然武器精良，但在勇敢善战的毛利人那里占不了多少便宜。库克船长到达新西兰时，岛上大约有10万毛利人。后来许多毛利人在抗击英国移民和英军的战斗中死去。

根据毛利民间传说，新西兰的北岛是毛利英雄毛伊创建的。他们相信所有的土地都应该完好地交给下一代，所以买卖土地是违背传统的，这也就是他们不愿意把土地卖给欧洲的真正原因。1840年，英国全权代表和50名毛利人酋长签订了"威坦"条约，规范各自的权利和义务，结束多年的争斗。条约规定：如果毛利人把新西兰的统治权交给英帝国并接受维多利亚女王为他们的君主，英国将保护所有毛利人对土地的所有权。在这个协定中，新西兰成为英国的殖民地——澳大利亚新南威尔士州的属地。条约有两个版本，毛利人始终认为他们同意交给英国的仅仅是总督的职权。而后，毛利人的起义此起彼伏。条约签订20年后的1860年，毛利人和英国殖民者之间又因为土地的归属问题爆发了战争。1871年新西兰恢复了和平，直到1907年独立。

毛利人最终没有丧失土地，他们至今仍是这片土地上的实际意义的主人。在新西兰，毛利人享有很多特权，生活富足。这是他们祖祖辈辈为土地而战的结果。

位于北岛中央的奥克兰是新西兰最大的城市。虽为最大，也只有150万人口，其中15万为华人。在毛利语中，"奥克兰"的意思是"纯洁的少女和100个情人"，可见毛利人对这座城市的喜爱。毛利人和华人是否同宗同种，至今尚无法考证。但华人到新西兰大多首选奥克兰居住，于是形成规模不小的唐人街。不过，今天的奥克兰已成为现代都会，居住在奥克兰的毛利人，已经融入现代化的潮流，他们也不再穿着传统服饰。但毛利文化的痕迹却随处可见。帆船和航海，一直是奥克兰居民的最爱。

奥克兰有"帆船之都"的美称，居民中拥有帆船和游艇的比例在世界名列前茅。出海航行是当地人生活的一个重要组成部分。海波和阳光成了许多人假期的期盼。在一年一度的"美洲杯"帆船赛中，代表新西兰出战的奥克兰选手总能获得好成绩。港湾中，到处停泊着帆船和游艇，密密麻麻的桅杆与远处高耸的天空之塔，构成了奥克兰独特的景观。

奥克兰近郊有一座伊甸山，是一座死火山，高196米。长满青草的山顶上有一个50米深的圆形土坑，像一口大锅。这里就是火山口。新西兰有许多火山，火山产生岩浆和地热。毛利人似乎钟爱火山，他们总是选择居住在火山湖周围。肥沃的草场、丰富的地热资源，加之热爱大自然和热爱自由的天性，让毛利人剽悍的身影中多了几分飘逸和浪漫。

罗托鲁阿，至今仍是毛利人的最大聚居地。"罗托鲁阿"，毛利语为"火山口湖"，顾名思义，这里有火山喷发形成的湖泊，还有壮观的岩浆间歇喷泉。喷泉时而发出尖厉的呼啸，高温水柱直上云霄，腾腾热气席卷天地，让人仿若置身洪荒时代。

毛利人的房屋都不高，他们仍然喜爱传统的外观和样式，他们的文化流淌在血管里。当手执尖矛和棍棒的毛利战士，一边跳起象征战斗的舞蹈，一边发出深沉的鸣唱，那震颤屋瓦的旋律，久久回旋在大厅，也回旋在人们的心田。

追逐白云，征服大海，捍卫自由，让毛利人有了自己的新家园。

流放者之城

在澳大利亚和新西兰之间隔着宽阔的塔斯曼海。1642年,荷兰人塔斯曼率船队从非洲的毛里求斯出发,他要寻找一处神秘的大陆。但他最初的航线过于向南,以致错过了大洋洲。他已经发现了塔斯马尼亚岛,其实,离大洋洲只有300公里的距离。不过,他改向东行了,不久,在望远镜中看到了雪峰高耸、海岸陡峭的新西兰南岛。他根据荷兰西兰省的名字,将这里命名为"新西兰"。但上岸后,荷兰人遭到毛利人的攻击,双方发生了战斗。塔斯曼决定退出南岛,返回到东印度群岛的荷兰人领地巴达维亚。途中,他发现了汤加和斐济。

而英国探险家詹姆斯·库克船长则在1768年至1779年间对浩瀚的太平洋进行了3次航海考察。库克第一次航程是从南美洲的最南端出发到达新西兰,跟塔斯曼一样,最初他并没有看到大洋洲。他环绕新西兰南、北岛航行,在这里待了整整7个月,记录下他对毛利人的观察,并很快学会了和毛利人打交道的方式。库克开始博得毛利人的好感,不仅与他们做成几笔交易,还从他们那里得到大洋洲的航行线索。库克船队于1770年到达澳大利亚的博坦尼湾,他大喜过望,率船员登陆,插上旗帜,宣布澳大利亚为英国所有。

"澳大利亚",意为"南部的土地"。但这片土地离英国本土非常遥远,坐船要花五六个月的时间才能到达。议会开会的时候,一些议员提出将国内罪犯流放到澳大利亚,这样,他们根本无法逃跑。这项动议很快获得通过。

在女王伊丽莎白一世统治时期，英国先后将 17.4 万多名犯人远渡大西洋运送到海外殖民地服刑做苦工，刑期从几年到无期不等。1788 年，英国航海家菲利普率领一支 11 艘船的船队，从泰晤士河出发，经过长途航行，在悉尼湾靠岸。船上除了船员还有一大批流放者，他们也因此成为第一批在澳大利亚定居的欧洲移民。

向澳大利亚流放罪犯的行动直到 1868 年才结束。对许多犯人来说，英国留给他们的只是痛苦的记忆，因此，当刑满获释后，他们大多选择在这片新大陆定居，开始他们全新的生活。

因为港口的原因，澳大利亚的黄金地带大多在东海岸。早期人们的定居点也大多选择在海边，悉尼、墨尔本、布里斯班……一个个移民城镇就此诞生。

在高耸的悉尼塔下，隐藏着一座乔治王朝晚期风格的圣詹姆斯教堂。1819 年，教堂动工时，悉尼建城还不满 50 年。庄严的圣詹姆斯教堂代表着伟大顽强的澳大利亚精神。在当年众多流放者的伤心地，教堂似乎发出他们心中的宣言：悉尼这座罪犯城市有一天会变成地球上所有人都喜爱的美丽城市。新南威尔士州总督麦奎利将建造教堂的重任交给格林威。格林威因伪造文书，1812 年被判死刑，后来减刑，被流放到悉尼。麦奎利赦免了他，让他充分发挥自己的建筑才能。因为一位开明的总督，成就了这座美丽的教堂。但麦奎利的行为遭到保守派的强烈抨击，麦奎利于 1821 年被驱逐出悉尼。第二年，教堂即将完成时，格林威遭解雇。他穷愁潦倒，死于无望之中。而今，麦奎利被公认为澳大利亚的国父。而在旧版的澳大利亚 5 元纸币上，赫然印有格林威的头像。教堂更成了悉尼人挥之不去的一段记忆。每天，都有许多人来到圣詹姆斯教堂，不仅仅为洗去心灵的污秽，同时还为了一个怀旧情结。似乎没有人喜欢津津乐道地谈论这段历史，但在每一片悉尼的土地上，都深深地烙印着先辈筚路蓝缕的痕迹。

在悉尼近郊的著名风景区三姐妹岩，就保存着当年开采的矿洞。铜铸的矿工、矿车展示出100多年前的矿区图景。正是这些流放者和他们的后代，用双手和智慧，创造出了最初的澳大利亚文明，也创造出他们的美丽生活地和理想之城。澳大利亚工人以其刻苦耐劳，建造了一处处家园。不仅如此，澳大利亚军人也以果敢善战著称，无论是第一次世界大战还是第二次世界大战，战场上都少不了勇往直前的澳大利亚军团。

正是因为这样的精神，诞生了悉尼。在全世界大都市中，悉尼大约是最可爱的一座城市。这里有城市的繁华，有城市的浪漫，更有城市的优雅和闲适。整个悉尼市区就像一只浮游在海上的大章鱼，伸出一只只触手。不仅仅是岩石区和圆形码头，这里沿着悉尼湾，荟萃了澳大利亚最具影响的建筑物，其中就有悉尼港口大桥和悉尼歌剧院。它们隔海遥遥相望。而从不同的角度，就会看到不同的景象：或大桥和歌剧院比肩而立，或大桥悬立于歌剧院身后，像一把巨大的竖琴。当节日来临，维多利亚港燃放焰火，五彩缤纷的礼花绽放在海天之间，将歌剧院和大桥衬托得格外壮丽。

而东南方不远的邦迪海滩更是悉尼人青睐的地方。海滩不大，人气十足。住在市区的悉尼人会沿着海边的步行道一边慢跑着一边欣赏蓝色的大海，直到这片金色的沙滩。不知道是不是受到浮海而来的先辈们的影响，悉尼人爱海，尤爱这片海滩，爱得如痴似狂。当年，运送罪犯的船只，从朴次茅斯港出发，在茫茫大洋中航行了12000多公里。流放者们一路饱受海上颠簸之苦，当他们的双脚终于踩上金黄的沙滩，都兴奋得不能自已。现在，许多悉尼人到海滩来，并非来游泳，只是将身体放倒，舒舒服服地晒一晒日光浴，或许，还因为先辈们留在他们血液里的记忆。

正如遭流放的俄国十二月党人给荒凉的西伯利亚带去文明，伊尔库茨克最终成为一座科学之城；英国的流放者也在南部土地上打造出一座新城，一座让世人羡慕不已的美丽幸福之城。

双 城 记

莫 斯 科

如果让我在俄罗斯选择一个城市居住,我可能不会选择莫斯科,尽管这里是俄罗斯的首都,尽管这里有举世闻名的红场,有壮观的克里姆林宫,郊外还有广阔茂盛的森林。当年,一首《莫斯科郊外的晚上》曾让多少人心驰神往。稍后,还有一部影片《莫斯科不相信眼泪》,让我们在见识这座伟大城市的同时,认识了不同于契科夫、不同于陀思妥耶夫斯基、也不同于法捷耶夫笔下的新一代俄罗斯人。虽然不同,但是,这个民族豁达、坚强的性格,却一脉相承。

法国总统密特朗造访莫斯科时这样说过:不少的城市里面有森林,而莫斯科则是一座森林里的城市。自古以来,这里就生长着大片葱郁的森林。而今,城区的绿化面积达到 390 多平方公里,约占市区总面积的 40%。仅市内就有 89 个大公园、400 多个小公园和 100 多个街心花园。莫斯科人爱树、赏树,这里到处是树,不仅房前屋后路旁河边,林木葱茏,就连一条大马路也会被一分为三,车道中间还夹着一座荫翳蔽天的公园,两边是川流不息的汽车,而行人则悠闲自在地在中间林带漫步。

2010 年夏天,莫斯科经历了一场森林大火。大火持续数月,此消彼长,浓烟笼罩在市区上空,久久不去。当历史上一场场特大火灾的记忆被瞬间调动时,人们这才意识到,莫斯科整座城市是建筑在一片泥炭地上。这是高温下大火难息的一个重要原因。

尽管人可以迁居，土地却是搬不走的。于是钟爱这座城市的莫斯科人就只能小心翼翼地睡在一片泥炭之上了，连做梦都不敢轻言发火。

莫斯科还是一个塞车严重的城市。这不能归咎于马路不够宽阔，而是莫斯科的汽车实在多。俄罗斯人爱车是出了名的，世界上所有的名牌汽车，在这里都能看得到。几乎所有道路的两边都停泊着汽车，只留下中间有限的位置供来往车辆行驶。据说，这是卢日科夫竞选莫斯科市长时为笼络选民，应允私家车可以任意停泊在马路上造成的。也正是因为这个轻率的许诺，使得莫斯科成了一个大停车场。一次等车的时候，我看到一个十分有趣的现象。这里位于莫斯科河畔，河对岸就是克里姆林宫。这条马路应该说够宽的了，但车流量实在大，所以上下行的车辆要错开通过路口。当警察用指挥棒示意一头的车辆停下时，很快便积聚起的长长的车龙忽然一起鸣响汽笛，高亢整齐的汽笛声表示对交通状况的抗议。同样，当对面的车流被阻停时，也一样鸣奏汽笛。而警察却充耳不闻，他们早已习惯了司机们的这套把戏。

不过俄罗斯司机们的交通安全意识都很强，我们整天在马路上跑，却没有看到一起交通事故。我注意到，每当车子要拐弯的时候，司机一定要等直行的道路上看不到其他的车子才动作。即使时间很紧，也得耐着性子等。也正因为此，马路上车子虽多警察却很少。

莫斯科红场是世界政治生活中出镜最多的景物之一。红场名字的由来却不是因为这个国家曾有过的革命色彩。在俄语中，"红场"意为"美丽的广场"。这个广场由伊凡三世大公建造，最初的功能是贸易市场。1571年，莫斯科整座城市毁于一场灾难性的大火。广场火势尤烈，因此有一段时间，广场被称为"大火场"。直到17世纪，它才有了现在这个名字。

今天，当人们看到坐落在克里姆林宫正对面的庞大的冈姆购物中心，也许会想起广场最初的商业职能。

红场占地4公顷，略呈长方形。在克里姆林宫的墙角下是一列共产主义领导者的墓穴。从斯维尔德洛夫、加里宁、泽辛斯基、斯大林、克拉拉蔡特金到布里兹涅夫。正中央是列宁墓。这个将俄国旧秩序一把掀翻的小个子巨人已经躺在水晶棺中88年，他当然不知道他的国家正痛苦而缓慢地翻回身去。

2010年3月，一个名叫谢尔盖·卡朋特兹托夫的俄罗斯小伙子来到列宁墓，沿着黑色大理石台阶而下，并掏出一把气手枪，对准水晶棺扫射。谢尔盖因此被逮捕。这个小伙子意在以自己的极端举动让人注意到他的立场：将列宁墓迁出红场，把那里改建成钟楼。

躺在水晶棺里供世人长久地瞻仰，应该不是列宁的初衷，或者只是一个政党的需要。其实，关于是否埋葬列宁的争论，在列宁去世的时候就开始了。先是托洛茨基和斯大林的交锋，托洛茨基主张火化列宁，斯大林主张陈列在克里姆林宫下，供人瞻仰。最后，斯大林占了上风。斯大林死后，也如法炮制，睡进了水晶棺，甚而还占据了列宁墓室的中央位置。但好景不长，1961年，赫鲁晓夫决定将斯大林遗体秘密迁出列宁墓。后来执政的戈尔巴乔夫和叶利钦也都动了埋葬列宁遗体的念头。戈尔巴乔夫说，早晚有一天，列宁墓会失去意义。

这应该也是大部分务实的俄罗斯人的共同想法。毕竟，那个年代已经远离他们的生活而去。

红场南端的圣巴西勒大教堂是莫斯科的象征。这座教堂始建于1555年，是沙皇伊凡四世的军队战胜喀山大汗和阿斯特拉罕大汗的联军后兴建的一座纪念性建筑。8座色彩艳丽顶着洋葱形圆塔的小教堂紧紧地簇拥着中间的圣母大教堂，尖形的圆顶直插云天。它们或成肋骨形，或为棱角形，或如螺旋形，颜色呈橙红、暗绿、粉白、杏黄等，形成一组明丽和谐的图案，造型虽异却浑然一体。远远望去，这个教堂群就像是一簇跳动着的多色火焰。据说，当年拿破仑率军进入莫斯科后，曾将战马拴在这座教堂的院子里，以显示自己的胜利。不过，拿破仑很快就发现，被俄军放弃的莫斯科已被大火夷为平地，见不到一个居民，更找不到一颗粮食。仅仅一个多月后，拿破仑的大军即狼狈地撤离莫斯科。

就在拿破仑的士兵撤退不久，莫斯科人于1813年返回并开始重建自己的城市。现在，市区内许多著名的建筑物就是从那时保存到现在。而莫斯科，从此再也没有失陷过。

红场最让世人瞩目和振奋的是"二战"期间苏联红军在这里举行的一次次阅兵式。就是这一排排从红场上出发的年轻乃至已不年轻的血肉之躯，最终抵挡住纳粹钢铁猛兽的进攻。一双双踏在红场方石上的军靴声，至今还在人世间回响。没有人敢忘记那一场世纪大搏杀，也就没有人会忘记莫斯科红场。

坐落在红场侧畔的克里姆林宫是历代俄国皇帝的宫殿，十月革命后则是国家最高机关的办公地方。克里姆林宫建于1156年，原来是一位公爵的庄园，外面围着高大的围墙，称"克里姆林"，俄语即"城堡"之意。后来，克里姆林宫成了莫斯科大公国的王宫。

克里姆林宫是一个庞大的建筑群，包括众多的宫殿、教堂、广场、花园、塔楼和一道长200多米的高大宫墙。从平面上看，整个宫殿群呈三角形，一边紧靠着红场，一边濒临莫斯科河，被砖红色、带垛口的宫墙包围着。而宫墙内，实际上是一座美丽的园林建筑。

在环球新闻里，不能少了俄罗斯，自然，也便少不了红场、克里姆林宫和洋葱形的圣巴西勒大教堂。因为俄罗斯的精神在这里，一个民族让世界瞩目的力量也在这里。

圣 彼 得 堡

如果让我在俄罗斯选择一个城市居住，我会毫不犹豫地选择圣彼得堡。

圣彼得堡，是一座来了就不想离开的城市。

由于濒临波罗的海，圣彼得堡一年大多数的日子在雨中。那尽情率性在空中纷纷扬扬地飘着的淡蓝色的雨丝，自身就是一道美丽的风景。

雨让城市的道路更加洁净，雨让公园的树木更加清新，雨让教堂的钟声更加悠扬，雨让海水的呼吸更加有力。

你只要看看那些在雨中行走的人们：他们有的拉上连衣帽，许多圣彼得堡人的外套上都带着这样的帽子；有的打起伞，是那种晴雨两用的黑布伞；有的则干脆光着脑袋淋雨。而且，人们全都步态悠闲，没有人惊慌失措地奔跑，也没有人蜷缩在屋檐下躲雨。雨对于他们来说，是自天而降的可爱的精灵，雨带给他们欢乐，雨也带给他们情趣。况且，还有许许多多美丽而浪漫的故事，都是在圣彼得堡淡蓝色的雨丝中发生。

圣彼得堡本来就是一座水做的城市。整座城市由数以百计的桥梁将100多个岛屿彼此相接。一座座典雅的教堂和华丽的宫殿就矗立在秀水之滨。岸边的建筑和水中倒影，相互映衬，美不胜收。

这座城市的诞生和沙皇彼得大帝的名字分不开。在彼得·保罗要塞，我看到一尊青铜铸造的彼得坐像，颀长的身躯上长着一颗小脑袋。据说，这尊青铜像最准确地反映了彼得本人的相貌。真难以想象，就是这颗小脑袋指挥下的沙皇军队让强敌胆战心惊。

还在担任王储时，彼得曾经游览过许多欧洲城市，如阿姆斯特丹、威尼斯等等。他为这些诞生于海滨的城市着迷。他因此萌生了想在俄罗斯的河流入海口建造一座全新城市的想法。其时，俄罗斯还没有通向西欧的港口。鞑靼和土耳其控制着西南面的黑海口，德国和瑞典控制着西北面的波罗的海口。1700年，北方战争爆发，彼得率领舰队穿过拉多加湖，大败瑞典海军，占领了涅瓦河口。他当即下令在河口的沙哈兹基岛上立下基石，建造彼得·保罗堡垒。

1703年，在彼得的亲自主持下，一个更为庞大的建设工程在河网纵横的44个小岛上展开。1712年，彼得索性将都城从莫斯科迁到这里。彼得用毕生的精力，在涅瓦河口的这一片蚊蚋丛生、让人望而生畏的沼泽地上打造了一座人间的奇迹。

涅瓦河畔，至今还保留着一座"彼得大帝小屋"。这是圣彼得堡创建初期彼得的住所，建于1703年，圆木结构，房子空间很小，里面陈列着彼得当年用过的器具。

来自全欧洲的优秀建筑师和几十万民工被集中到这里，夜以继日地施工。圣彼得堡在他们智慧而灵巧的手中，缓缓地从波罗的海边升起。

虽然做了200年的首都，但圣彼得堡在人们的眼里，绝不是一座政治城市，如同莫斯科般威严显赫。她是波罗的海的女神，生来风姿绰约，柔情似水。

圣彼得堡最美丽的建筑无疑是冬宫。这是彼得大帝特为自己心爱的女儿伊丽莎白建造的。冬宫的建设经历了三代君主。1711年，冬宫工程即已开始，但整个设计一直迁延到1754年。此时伊丽莎白已即位俄国女皇。而冬宫建成于1762年，在叶卡捷琳娜二世手中完成。这座绿白相间的长条形巴洛克式大厦占地9万平方米，高3层，共有1059个房间和大厅，1886扇大门。这里至少收藏了300万件艺术品，是世界上最大的艺术博物馆。即使在每件藏品前停留一分钟，不吃不喝不睡觉，也要5年时间才能够全部看完。

其实，从运河对岸，隔着水面看才能发现冬宫最优雅的一面。即便在纷纷扬扬的雨中，也难掩饰那一份华贵，那一份纯美。

还有蓝色的斯莫尔尼宫，那用园林拥抱着一湾大海的夏宫，乃至运河旁巴洛克风格的各式各色的建筑，都是匠心独具的作品。

在圣彼得堡，还有一条不能不去的街道，那就是涅瓦大街。在果戈理、陀思妥耶夫斯基、托尔斯泰、契科夫的小说里，都能看到涅瓦大街以及这条林荫大道上永远存在着的"不变的匆忙"。

"没有比涅瓦大街更为绝妙的地方了……"这是果戈理一篇小说的开头。其实，涅瓦大街也是游客了解圣彼得堡的开头。走在涅瓦大街上，看着街道两旁每一座宛如艺术品般的建筑，各种名牌商店、咖啡馆以及川流不息的红男绿女，谁都会相信，俄罗斯最动人的故事，笃定要发生在这里。

站在涅瓦大街上就能看到一座如童话般美丽的教堂，这就是复活大教堂，又叫滴血教堂。整座教堂的外观与莫斯科红场上的圣巴西勒教堂有些相似，但又有明显的不同。不同的是圣巴西勒热烈，而它平静；圣巴西勒俏丽，而它生动。滴血大教堂是为纪念亚历山大二世沙皇被杀害而建。1881年3月1日激进分子格涅维斯基就是在这里刺杀了亚历山大二世。亚历山大二世在俄国历史上被称为"农奴解救者"。由于亚历山大二世在其26年的统治期间给俄罗斯带来了许多的贡献，所以刺杀的行动引起全国上下的不满与指责。为了怀念这位为人民而牺牲的国王，圣彼得堡人在出事地点，兴建了这座具有特别历史意义的纪念堂。

建造教堂的任务交给了建筑师巴尔兰德。他以莫斯科红场上的圣巴西勒大教堂为蓝本，建造了这座教堂。1883年9月14日举行了盛大的奠基典礼。兴建工程历经24年，直到1907年8月19日才正式完工。滴血大教堂内部嵌满了以旧约圣经故事为题材的镶嵌画。与圣巴西勒大教堂相比，它的模样显得更为纯净也更为楚楚动人。

站在教堂脚下，所有的人都会被它的美丽所震撼，走近看，教堂的每一处细节，都无比精致。这是圣彼得堡人的又一个值得骄傲的建筑杰作。

然而圣彼得堡给人的惊讶远不止这些。就是这座如童话般美丽、如水般温柔的城市，在卫国战争期间，抵挡了40多万德军的疯狂进攻。900个浴血的日日夜夜，创造了世界战争史上的一大奇迹。

难怪，这里会被称为"俄罗斯人的骄傲"。

蒙赫斯山顶的古堡

　　位于阿尔卑斯山脉东北部的萨尔斯堡依然保持着中世纪的古老风貌。400年的日月星辰、风霜雨雪似乎不曾在建筑物上留下痕迹，咖啡馆里低回着莫扎特的音乐，商店的铜把手依然闪着迷人的光泽。在萨尔斯堡老街漫步，你或许会忘记身边的岁月，会忘记心头的琐事，而被一种怀旧的浓烈情绪包围，听凭橐橐的脚步声从石头路上一直走进中世纪。

　　对于奥地利来说，萨尔斯堡无疑是一座边城；对于欧洲来说，它并不偏僻。萨尔斯堡处在中欧的重要交通线上，它连接维也纳到德国慕尼黑的大道。向东，经过因斯布鲁克小城，可达瑞士的苏黎世；往南，翻过勃伦纳山口，则进入意大利。

　　在萨尔斯堡老城街道上徜徉，你会看到来自法国的时装、瑞士的钟表和意大利的皮货。琳琅满目，让这个小镇的橱窗里盛着整整一个欧洲。

　　老城区里最让人动容的自然是莫扎特塑像。莫扎特可以说是萨尔斯堡最伟大的儿子。这个出生于萨尔斯堡一个宫廷乐师之家的音乐神童自小就显露出极高的音乐天赋，6岁起随父亲周游欧洲进行演出，所到之处无不引起巨大轰动。16岁回到家乡后任大主教的宫廷乐师，因为触犯了主教，被主教重重地踹了一脚。莫扎特于是离开萨尔斯堡，来到维也纳谋生。但这一脚，却成就了一位世界级的音乐大师。在10年自由音乐家的生涯中，莫扎特创作了他生命中最伟大的几部作品——《费加罗的婚礼》《小夜曲》《唐·璜》以及《魔笛》。

莫扎特英年早逝，去世时年仅35岁。

莫扎特的音乐，早已越过阿尔卑斯山脉，越过200多年的悠悠岁月，至今仍在人们的心田萦回。

欧洲总是这样，古典的旋律和现代的节奏交织在一起。千年的文明，从没有断线。萨尔斯堡，便是这样一块千年路石，历经烽烟，一道道车马辙印，赫然入目。

阿尔卑斯山流出的冷冷冰水，带着微微的寒气从萨尔斯堡穿过。萨尔斯河把萨尔斯堡划分成老城和新城两部分，霍亨萨尔斯古城堡就位于旧城。

始建于1077年的霍亨萨尔斯堡要塞高高地耸立于蒙赫斯山顶上，让人油然生出许多遐想。在中世纪，无论是奥地利还是捷克，差不多每座城市、每片区域都建有山顶城堡，由此可见欧洲的战乱曾是多么频繁。这座城堡由大主教格博哈德主持修建，后由克罗查赫主教进行了扩建，直到17世纪后才全部完成，是中欧地区最大的防御性城堡。在15和16世纪时期，匈牙利战争和农民战争席卷中欧，萨尔斯堡亦几度陷入熊熊战火中。这座坚固的城堡便成为重要的防御阵地和避难所。为此，城堡在整体上进行了扩建，建造了兵械库和粮食库。值得一提的是，蒙赫斯山顶的这座城堡，始终没有被任何敌人攻占过。

这座城堡也见证着大主教夹在教皇和皇帝权力斗争之间的无限恐惧。从查理曼大帝时代开始，整整1000年里，萨尔斯堡作为独立的总教区，一直处在由教皇和皇帝钦命的枢密主教的统治之下。骑着快马抑或乘着马车来的分别代表皇帝和教皇旨意的文件，总会让这座阿尔卑斯山下的城堡发出一阵战栗。

一边是300公里外的奥地利皇帝，一边是1000公里外的罗马教皇。大主教们收到来自两个方向来的指令，往往左右为难。夹缝中生存的滋味，固然不好受，但也考验和磨炼着历任主教们的智慧和意志，使得这个奥地利的边陲之地，有了自己的发展空间。年复一年，随着城区的扩大和人口的增加，萨尔斯堡已成为中欧一座重要的商贸和旅游城市。

不过，暂离中枢的独立，有时会令人产生幻想。而由幻想滋生出的勇气，又会做出离经叛道的行为。

米拉贝尔花园，是迪特里希主教在1606年为自己心爱的情人莎乐美营造的花园。莎乐美是一位商人的女儿，她为大主教生了15个孩子，其中10个活了下来。按照天主教严格的戒律，教士终身不得婚娶。本来，仗着天高皇帝远，你主教大人，违反教规，偷偷养个情妇，为你生儿育女，也就罢了。可是现在，主教竟为情妇耗费巨资大兴土木，确实把动静闹大了。纸包不住火，有人将主教的不端行为告到了罗马教廷，引起教廷严重不满，他被撤职法办，其侄子兼继任者斯蒂库斯将他囚禁在古堡的监狱中，5年后他死在那里。

米拉贝尔花园又被人称为大理石宫，是典型的巴洛克式公园。花园中央是一座大型喷泉，四周有许多希腊神话中的人物雕像。花园里还有一座天使阶梯。这座阶梯直接通往大理石大厅。据说莫扎特曾经在这座大厅跳过舞并举办过音乐会。电影《音乐之声》的许多镜头也在这里拍摄。现在这里被公认为世界上最美丽的婚礼大厅之一，通往大理石厅的天使阶梯每天都会迎来世界各地的新人。晚上，大理石厅便化作华美的音乐厅，上演精彩的宫殿音乐会。

站在花园的任意一个角落，一抬眼，就能看到高耸的蒙赫斯山和山顶上的黑色古堡。当年，每天以泪洗面的莎乐美带着孩子们，正是在花园里长久地眺望着这座森森古堡，期待着奇迹出现，主教能回到他们身边。但他们的愿望落空了。古堡里应该也有一双忧郁的眼睛，深情地注视着山下的花园。那望眼欲穿的痛苦，咬啮着彼此的心肠。

在迪特里希去世后，莎乐美及其孩子们被赶出花园。为消除这个不守教规的大主教留下的痕迹，花园更名为米拉贝尔宫殿。

一个略显凄美的故事，400年来就这样流淌在米拉花园里，让每一个走进花园的游人，总忍不住要抬头仰望蒙赫斯山顶上的那座黑色古堡。

莫斯塔尔桥

清晨,我们乘坐的旅游大巴离开黑山南部的滨海城市布德瓦,前往一个神秘的国度波黑。布德瓦让我们领略了一个生机盎然的黑山共和国。这个只有63万人口的蕞尔小国,因为山,因为海,以及和睦的民族关系和开放姿采,而活力四射。现在,这里成了欧洲人最为青睐的南部度假地。布德瓦有新老两个城区,老城保护得很好,是一处面朝大海的中世纪城堡,低矮的城门洞外就是蔚蓝色的大海,海滩上游人如织,花花绿绿的太阳伞下是密匝匝的躺椅。他们在这里享受着轻柔的海风和和煦的日光浴,一边欣赏着音乐,一边品尝亚得里亚海的珍馐。一处处餐馆则藏身于古城幽深的巷道里,不时可以看到忙碌的侍者端着食盘灵巧地弯身钻过门洞,而后一一送到海滩上游客的手中。海鲜的清香,被轻风吹送着,四处飘散,让人倍感亚得里亚海的丰饶和慷慨。顺着长长的海堤道路,10分钟可达新城。新城街市上人流涌动,酒店、商场林立,显示着一派勃勃生气。布德瓦与黑山的另一座旅游城市科托尔毗邻,只是隔着一条长长的山间隧道。这两座姐妹城,串联起黑山的静好时光。

历史上,科托尔城一直是黑山通往克罗地亚和波黑的重要孔道,也是黑山边防的坚固屏障。洛夫琴山高耸于亚得里亚海畔,雄拔的山体,像是一群浑身涂着橄榄油的巨人正围成一圈角力竞技,巨人们的身下,形成了一个弯而长的峡湾——科托尔湾。峡湾深入内陆达32公里。峡湾北岸山势峻峭,山石黢黑,黑山由此得名。黑山民族向来以英勇善战著称，得益于峻峭的洛夫琴山，黑山也是巴尔干半岛上唯一未被土耳其征服的国家。科托尔古城墙就蜿蜒在面海的陡峭山坡上，向人们描绘着过往的铁血岁月。此时汽车正是沿着科托尔湾这面陡峭的山崖缓缓盘旋而上，从车窗下眺，黢黑的石灰岩崖壁下是一汪汪碧蓝的海水，波光粼粼。一座座红瓦斜顶的别墅，掩映在青绿的橄榄林间，如同一幅徐徐展开的风光画卷，让人赏心悦目。

离开黑山边境，进入波黑，导游的神情一下变得肃穆，反复叮咛在穆斯林地区要注意的事项，原本喧闹的车厢里霎时安静下来，谁也不说话，只听得沙沙的车轮声，急促而单调。大巴穿行在山谷丛林间，窗外的风景很美。正是暮春时节，山坡上野菊花开得热烈，黄灿灿的一片连着一片。不时，还可以看到落玉溅珠般的瀑布活泼泼地在峭崖边嬉戏。但这块山峦起伏、风光旖旎的土地，注定是一处血与火交织的伤情之地。

六世纪至七世纪时，西边的克罗地亚人和北面的塞尔维亚人，先后迁徙至此。而东方的奥斯曼帝国，早就觊觎着这片土地。随着土耳其战车的隆隆推进，跟随军队而来的是大量移民。土耳其人占领波黑后，在这里大力推行伊斯兰教，规定只有穆斯林方能进入上流社会。其他民族则受到不公平待遇。他们被课以重税，只有改信伊斯兰教后才可减免。民族间的矛盾，日益尖锐。近百年来，在这片土地上发生的大大小小的战争断断续续连绵不绝。尤以二十多年前，那一场惨绝人寰的波黑内战，让人们从此记住了巴尔干的苦难。

自1991年6月起，南联盟开始解体。作为前南六个共和国之一的波黑，三个主要民族穆族、克族和塞族发生严重分歧。穆族和克族主张脱离南联盟独立，而塞族坚决反对。1992年3月3日，波黑议会在塞族议员反对的情况下宣布独立。塞族立即宣布成立波黑塞族共和国，脱离波黑独立。三个民族间的矛盾骤然激化，并导致波斯尼亚战争爆发，27.8万人被夺去生命。

由于在边境过关时，耽搁了些时间，我们到达波黑南部城市莫斯塔尔时，已是午后三时。我们在老城用餐，天不作美，下起了滂沱大雨。走出餐馆不远就是那座名闻遐迩的古桥。尽管雨势很大，但阻挡不了游人的脚步，更掩盖不了古桥的妩媚。这座通体洁白如玉，曲线轻盈柔和的石拱桥，犹如一位风姿绰约的丽人，正惬意地躺卧在清澈的内雷特瓦河上，魅力十足。只一眼，便让人目夺心摇，不能自已。石桥的设计，匠心独具，仿佛天造地设，与河流两岸的街道自然对接，在碧蓝的河水之上，画出一个满月般的圆。又像一只巨大的宝瓶，一时让人觉得，那如浓如醇酒般的河水，正是从这只瓶口里喷涌而出。

位于老城中心的古桥，是当地居民的骄傲。莫斯塔尔，土耳其语即为"桥的城市"，这座小城，一直以来因其古老的土耳其风格的房屋和这座造型优美的单孔拱桥闻名于世。石拱桥由奥斯曼帝国苏丹苏莱曼一世于1566年下令建造，是当时世界上最宽也是最高的石拱桥。建桥花了整整9年时间，如同一个精心打造的艺术品。关于这座古桥，民间流传着一个个动人的故事。有说，根据奥斯曼苏丹颁行的律令，在建的桥梁如果坍塌，则建筑师须受死。因此，在桥梁将要合龙的最后时刻，建筑师哈杰鲁丁已经做好了心理准备，一旦失败，就从高达20米的桥身上跳下去。还有说，石拱桥建成后，当地居民看到高高拱起的桥身却不敢走。于是，哈杰鲁丁在桥下的拱洞里整整待了三天三夜，静听桥梁的动静。最终，他成功了。石拱桥的风貌与周围的山川景色及以石头为主体的房屋、街道和谐呼应，古朴典雅。站在桥上，放眼望去，两岸耸立的教堂和清真寺，还有大粒鹅卵石铺砌的街道，与桥梁融为一体，仿如一幅16世纪波斯尼亚的风情画。17世纪时，奥斯曼旅行家瑟比勒曾这样动情地描述它："桥从一面悬崖延伸至另一面悬崖，就像伸至空中的彩虹一样……"年，莫斯塔尔桥被联合国教科文组织列为世界文化遗产。

发源于大山深处的内雷特瓦河穿城而过。河水清澈而湍急。蓝莹莹的水色，犹如流淌着一河的翡翠，看一眼都心醉。而两岸老城的一片片民居，颇富中世纪的情调，斜顶红瓦，比肩接堞，屋墙下挤出窄窄的鹅卵石巷道，起伏弯曲有致。巷道两旁则排列着密密的小商品摊位，挂着当地生产的形形色色的工艺品，其中有一些是用战争时期遗留下的子弹壳制造的。稍宽敞处还设有露天咖啡座。有意思的是，莫斯塔尔虽然只是一座人口仅10万的小城，却也是多民族的聚居地，而波斯尼亚人和克罗地亚人的社区正是由这条河流分开。桥头两端，则各建有一座石砌的碉楼，碉楼是战争年代的产物，曾是两岸彼此敌视的眼睛。而今，硝烟已然散去，穆族的碉楼也改其功能为小型桥梁博物馆。但以桥中心为界，穆族和克族平时则不相往来。

1992年波黑内战期间，作为波黑南部重镇的莫斯塔尔也成为各方势力争夺的目标。一开始，是波族、克族武装联手对抗塞族武装。小城也因此遭到以塞族人为主的南斯拉夫联邦军队的炮轰。在北约的干预下，塞族军队被迫退去。但旋即又演变成波斯尼亚人和克罗地亚人之间的战争。1993年9月9日，莫斯塔尔古桥被炸毁。1994年停战之后，波族和克族人的居住区正式分离，各自居住在河流两岸。人们将沉入河底的桥梁断件一件件打捞上来，损毁严重的，则重新采石，而后细心比对，顺序编号。莫斯塔尔古桥依照原样修复了，根本看不出被破坏的痕迹。但我们注意到，在桥头堡的碑座上有人用英文写有这样一行字：不要忘记1993年。文字上方赫然立着一个冲锋枪的子弹匣。

而今，波黑已无战事，但一座古桥，则成为波、克两族的楚河汉界，一水之隔，如同天堑。战争的裂痕已然深深地嵌印在人们的心底，再也无法抹平。

那一片宫古蓝

我们乘坐的丽星号邮轮，经过一夜航行，穿过台湾海峡。天色渐渐放明。游客们都纷纷走上甲板，在猎猎海风中，裹紧衣裳，等待着观赏海上日出。东方的天边，聚着一大团乌云，它们好像得到一个谁的指令，紧紧地锁着天穹，时刻不肯懈怠。我们感觉得到，初阳升起时的艰难。一会儿工夫，厚厚的云层似乎正被一点一点撕扯开，接着，乌云边缘泛起道道红光，仿佛燃烧了起来。再定睛一看，一轮朝阳已然挣破乌云，跃上天空。浩淼无垠的大海上，出现了几个小点，邮轮鸣响汽笛，宫古岛就要到了。

在中国的台湾和日本之间，有一条环太平洋岛链，依次是先岛群岛、冲绳群岛以及奄美群岛和大隅诸岛等，前两组岛屿称琉球群岛。其战略位置的重要性固不待说，著名的宫古水道，便是东海进出西太平洋的主要国际通道。宫古列岛是先岛群岛的主要组成部分。其主岛即为宫古岛。

宫古岛像漂在太平洋上的几片树叶，说是几片，是因为宫古岛周边还有几座小岛，较大的有伊良部岛、下地岛、池间岛和来间岛等，统称宫古列岛。除大神岛外，它们之间都有跨海大桥相连。宫古岛是其中面积最大的岛屿，有158.65平方公里，比我国的东山岛略小。

船刚靠港，就听到码头上传出悦耳的鼓乐声。走上甲板俯身看，是一支民间乐队，正列队在码头上演奏。

这是宫古岛独有的迎送仪式。每当从中国来的邮轮靠岸或离港，宫古岛的民众便会盛装到码头迎送。他们打出鲜艳的中文标语横幅，敲锣打鼓，吹奏音乐，热情如火。这是因为，近年来的旅游观光业给宫古岛带来了实实在在的好处。每当一艘中国邮轮靠岸，就意味着有二千多游客上岸，不要说岛上的出租车全部出动仍供不应求，大大小小的酒家、商铺有了生意，就连街边上临时搭建的大排档，也都一片火爆。

这里曾是古琉球王国的领地，不过，由于岛上缺淡水，过去一直是一处荒岛。最初只是一些到外海捕捞的渔民，因为避风而来到这里，并在这里建立了临时住处。明洪武年间，应琉球中山国王的要求，朱元璋下诏，征调福清三十六姓船工迁往琉球。他们在琉球的居住地称久米村。随着人口的增长，这些闽人后裔，有小部分到了宫古岛。岛上渐渐有了人家，有了码头，也有了渔港。岛上的沙土地还适合种甘蔗。1609年日本萨摩番以武力征服琉球，1872年日本明治政府废琉球国王，改为琉球番。宫古岛也就成为日本的属地。但岛上的不少居民，还保留着他们的远祖来自中国福建的模糊记忆。确实，当我下了船，第一眼看到站在面前的出租车司机，两位宫古的中年男子，宽宽的四方脸庞，与福清人的相貌十分相似。

我们一行6人，乘坐的两部出租车，是邮轮服务台帮我们预订的，在岛上的游览路线和时间，都打印在一张A4纸上。两位司机虽然貌似福清人，其实不会说汉语，但中文却是看得懂的。他们拿着这张行程表，小声地商量了几句，便招呼我们上了车。

本来下岛游览的游客，是统一坐大巴的。只是我们报名晚了，大巴已满员。服务员说可以为我们叫出租车，但包车费用要高些。等到整个游程下来，我们才觉得还是自己乘车好。因为大巴车上有一千多人，每到一个景点，都是挤挤挨挨，人头攒动，想拍一张清静的照片都难。而我们的出租车，选择的行驶路线与大巴车错开，避开拥挤的人流，悠闲自在的就像在自家的海边散步。

宫古岛的形状就像一只章鱼，在宫古岛的北端和东南端，各有一处伸出的海岬，北端的叫西平安名崎，东南端叫东平安名崎。这两处各有一座小山，都是观海的最佳地。山头上建有亭子，凭栏眺望，海天一色，让人心情大畅。

宫古岛周边海域是自太平洋中生成的热带气旋活动最频繁的地带，也是台风最喜欢通过的路径。只要登上宫古岛，就可以看到岛上的树木，大多低矮偃伏，一副惊惶的模样。它们根本受不了每年一个接一个强台风粗野的抚爱。宫古岛的气候确实让人不敢恭维，冬季风寒彻骨，夏季燠热湿闷，一年中晴朗且凉爽的日子只有区区几十天。但宫古岛有洁净得近乎透明的海水，礁石、珊瑚、水草以及各种海水中的浮游生物，将它们的生命原色赋予了这片海域。

宫古岛上没有河流，从来缺少淡水，居民用水，大多靠的是集雨的水库。水在这里，自是珍物贵品。但宫古岛四面都是浩瀚无垠的大海，览目就是海水。而水色之绮丽，令人叹为观止。说实在的，我从未见过这样美丽的海水，它有个显目的名字叫"宫古蓝"。不过，仅仅一个"蓝"字，似乎难以涵盖它丰富的色彩。而且，随着阳光强弱的变化，还会变幻出深蓝、浅蓝、深绿、淡绿、鹅黄……各种颜色。海水清极，几乎不含任何杂质。这或许是因为宫古岛上没有河流，不会带来泥沙，岛上也没有产生废料的工厂的缘故。

到宫古岛旅游，最养眼、最惬意的景致就是各种颜色的海水。

我们来到宫古岛的海中公园。这里其实就是岛屿伸入海中的一只巨足，以木栈道相连。栈道通往沙滩，通往礁石，通往密密的相思林。这里也是看水的最佳处，每一个拐弯，都会看到一幅海水的自画像。有的静影沉璧，黛绿色的水中，岩礁、海草、鱼虾历历可数，俨然天造地设的海底盆景；有的水面波泛着网格状的光影，如同绿玻璃的丝丝裂纹；有的动感十足，吞蓝倒翠，就像是海水里正煮着一锅玉石。在宫古岛海边行走，你甚至会怀疑，有一只看不见的手，正在那儿尽情地泼洒丹青。哪里是普通的海水，简直就是一泓泓诱人的美酒。看一眼，让人直醉到心头。

尽管在这天涯海角，宫古人依然有很强的环保意识，他们精心守护着家门口的这一片海，这一片他们引以为傲的宫古蓝，这是大海的原色，也是造物主对他们的淳朴、勤劳以及珍爱自然的回报。

大阪城的石墙

第一眼看到大阪城的石墙，没有人不惊叹的。真不知这样巨大的石块竟是怎样从山上开采，用怎样的工具切割，以怎样的方式运来，而后又怎样砌上城墙的。因为，每块石头，都有3米见方，重达百吨以上。要知道这不是在俄罗斯，更不是在北欧。这些北方巨人们生活在广袤的国土上，一座高大的城堡，与他们自然匹配。

而日本国土不大，不过是隐没于浩渺的太平洋中几座狭长的岛屿而已，即便是最大的本州岛，也还不到20万平方公里，只相当于中国的一个湖北省。

日本古称倭国。这一称呼最早见于《三国志·魏书》，但"倭"意不详，有附会因其民个头矮小之故。过去，日本人的个头确实偏矮小。但日本人十分忌讳这个"倭"字，取谐音称"和"，更在"和"前冠以"大"，自称"大和民族"。或许，在日本人心中，一直有这样的心结，要让世界之大，尽在自己眼前。正是大木巨石，给了原本生活空间狭窄的岛民以"宽广"的眼光。比如日本最早的京城叫作奈良，奈良的东大寺，让你见了就忘不了。这也是世界上现存最大的木建筑物了。巍峨的大殿、长廊，以及形同两顶宽帽檐的宏大屋顶，与人的比例，形成强烈的反差。还有明治神宫前的巨大木牌坊，只是那两根颀长的楠木立柱，就令人咋舌。

大阪历史悠久。传说日本第一位天皇神武驾船来到这里，见水流湍急，遂命此地为"浪速"。这位神武天皇，有说就是徐福。秦始皇时，方士徐福自称可以到海上三神山找到长生不老的仙人，于是带了数千童男童女登船入海。此后再没有消息。但对此,日本信史无载。毕竟2200年了。而最早的日本史则起自4～5世纪,相当于中国的两晋到南北朝时期,当时的日本人用汉字和汉文作为记录工具。但就是这些记录也大多没能留存下来。现在世人能看到的是公元712年太安麻吕用万叶假名编成的《古事记》和公元720年舍人亲王、太安麻吕等用汉文编写的《日本书纪》。而8世纪初编写的《风土记》,则是日本最早的地方志。因此,公元前3世纪发生的事,在日本只能是缥缈无定的传说。

不过,大阪地理位置的重要却不容质疑,古时,这里就是通向中国和朝鲜的重要港口,7世纪时已是日本西部的经济中心。

但最初的大阪只是圣德太子在奈良建立都城时堆放石头的地方,被称作石山。大阪后来成为军事重地却是因了一场由僧人主导的农民起义。1496年,本愿寺僧世莲将这里作为他隐居之地,建起了坊舍。21年后,他在京都山科地区建造的石山道场已经成为全日本的佛教中心。1533年,证如上人在此基础上修建了本愿寺。之后的第11代法主将寺院迁至大阪石山,这就是石山本愿寺。此后,本愿寺开始大兴土木,不断扩大寺院范围,还将大量手工业者和商人移居到寺内町,同时不断强化寺院的防卫措施。在当时战乱频仍的年代,本愿寺的一向宗信徒将这里作为根据地,环绕寺院建造了一道坚固的城池,本愿寺也因此被城郭化,其大小相当于大阪古城的规模。本愿寺不仅有着众多的信徒,而且还组建了一支军队——本愿寺僧兵。此时的本愿寺僧众早已不安于念经拜佛了。他们加入了日本内战行列,与织田信长展开了长达11年的石山合战,直到1580年战败投降。

本愿寺在熊熊烈火中化为灰烬。但新的大阪城却因此而诞生。织田信长看中石山的战略地位,打算将这里作为自己的本城来统治全日本。于是他任命外甥织田信澄和家臣丹羽长秀担任城代，准备大规模修筑城池。

雄心万丈的织田信长在两年之后遭部将明智光秀的反叛，被逼在本能寺之变中自尽身亡。得到消息，正在与毛利家族作战的丰臣秀吉立即回军讨伐明智光秀，并在山崎一仗中打败了他。丰臣秀吉进驻石山，继续织田信长未竟的统一大业。

规模雄伟的大阪城正是丰臣秀吉的杰作。6万民工和大量能工巧匠被征召来修建城池。一船船巨石自海上运来，成为大阪城的第一批永久性居民。在建造占地4600坪（1坪约合3.3平方米）的本丸（内城）的同时，丰臣秀吉还建造了可以俯瞰全城的5层7阶的天守阁，此后又修建了二之丸（外城）、西之丸（西外城），并将石山正式命名为大阪。1598年，被认为在当时举世无双的大阪城大体完成。"坂"是山坡之意，而冠以"大"字，可见丰臣秀吉的勃勃雄心。

完工之日，丰臣秀吉站在天守阁上，志得意满的目光逡巡着由巨石环砌的大阪城，仿佛看到整个日本，还有整个亚洲，都已经拢在他的手心里。

这位小个子的关西枭雄，想的干的都是惊天动地的大事情。他先后发动战争，征服四国、九州、本州中部和北部诸地。国家初步完成统一后，他又发动对外侵略战争，妄图先占领朝鲜，然后再征服中国及印度，奉日本天皇定都北京。为此，朝鲜举国抗战，明朝也派军队入朝参战。中朝两国互相支援，在陆海两路屡创日军，经过7年艰苦作战，粉碎了丰臣秀吉妄图征服朝、中的梦想。1598年，野心不逞的丰臣秀吉死去，日军败退。

丰臣秀吉死后，占有关东重要城市江户的德川家康逐渐坐大，并与盘踞大阪城的丰臣秀吉阵营形成对垒。

公元 1600 年，关原之战爆发。战争以效忠丰臣家的将领石田三成一方的惨败结束。14 年后，强大的德川军团开始围攻大阪城。以巨石垒就的大阪自然是一座坚城，倘在冷兵器时代，想攻克它谈何容易。但可惜，大阪城生错了时代。热兵器已经在全世界范围内兴起。欧洲的巨型大炮传入亚洲，很快便成为军阀们手中的利器。德川军团的重型火炮很快让丰臣家族俯首称臣。

建成后仅仅过了 16 年，被认为坚不可摧的大阪城在一片烈焰中坍圮。

不知道丰臣秀吉经营大阪城时是否受到明城墙的启发。明朝开国皇帝朱元璋登基后做的首要一件事，就是派得力大将到沿边沿海修城筑墙。高墙理念同样也深深植入丰臣秀吉的脑中。他似乎更在意也更迷恋巨石的力量。大阪城宽阔的护城河，环绕着高大的城墙。城墙中心耸立着峻拔的天守阁。而天守阁自身就是一座军事堡垒，储藏着大量粮食和兵器。如此深沟高垒，让这位日本战国时期的军阀，觉得已无后顾之忧。

就像丰臣秀吉妄言以强大的军事实力征服朝鲜和中国，终致失败，他迷信的那一方方巨石一样不能保住大阪城。

今天，被修复和保护良好的大阪城，成为日本一段重要历史的活记忆。在大阪城里游走，如同在公园里漫步。一边是蜿蜒的城墙，雄阔的剪影倒映在清冽的河水中，一边是翁郁的树林和碧绿的草地，而金碧辉煌、美轮美奂的天守阁耸立在城中央。一抬头、一挪步，都是一处佳景，都是建筑美和园林美的完好结合，让人赞叹日本古代工匠的智慧。但它确是一处军事堡垒。耳畔，依稀响起锋镝的鸣响；眼前，不断闪现刀剑的寒光。

400 多年过去了，那一方方巨石，依然牢牢地叠垒在坚实的土地上，风雨不侵、容颜无改。游人纷至沓来，在石墙前笑谈留影。

那一段峥嵘岁月便在这些笑声中随风飘逝。倘若这些巨石会说话，我倒真想拍拍它们的肩膀，问一问它们的家史和感受。然而巨石无言，偌大的大阪城无言，悄悄流逝的光阴无言。

罗 卡 角

罗卡角，在伊比利亚半岛的西端，也是整个欧洲大陆的最西点，被人称为"欧洲之角"。从地图上看，葡萄牙的国土好比一张人脸的侧面，罗卡角的位置就是他的鼻尖处。而这个鼻尖处自然也是整个欧洲大陆最先闻到大西洋气息的地方。大西洋的兼天涌浪，激情满怀，呼啸而来，一路势不可当。直至到了罗卡角，无拘无束的波浪不得不停下欢腾的脚步，开始探头探脑地打量着横亘在它们面前的这一块块巨岩峭壁，几经试探之后，它们终于明白，这里，就是浩瀚大洋的最后疆界。罗卡，葡萄牙语的意思就是岩石。140米高的巨岩，挽手把臂，站成一道悬崖，威严而冷峻。罗卡角，同样也是大陆的疆界，是陆生人驻足眺望大海的地方。于是，有人在罗卡角的山坡上，竖立起一块顶上镶有十字架的石碑，上面镌刻着葡萄牙著名诗人卡蒙斯的名句：陆止于此，海始于斯。

这富含哲理和诗意的句子，确实令人着迷。五百多年来，游人们大多是奔着卡蒙斯的诗句来的。他们都想亲眼看一看这陆地的尽头和大海的起点是什么模样。自然，还想沐着大西洋的海风，听着海浪的吟啸，来感受一番当初那些勇于弄潮者的心情。

其实，只要站在罗卡角开满黄色野花的山坡上，眺望着面前蓝色无垠的大西洋，心里自然会涌起一种激情，渴望着驾一叶轻舟，乘长风破万里浪，无遮无拦、自由自在地遨游于海天之间。

"海草满头，海鸥在肩"，是葡萄牙诗人对罗卡角深情的描述。这群生活在半岛西部，与大海为邻的居民，从来不乏诗人的浪漫和想象。15世纪到17世纪，被称为大航海时代。这期间，造船术和航海术日渐发展，面海而居的葡萄牙人，自然更想知道浩瀚波涛的彼岸，会是一个怎样的世界。

一艘艘帆船带着人们探寻世界的梦想，义无反顾地投入波涛汹涌的大海。航海家达伽马、麦哲伦以及他们的探险经历因此为世人所熟知。

葡萄牙首都里斯本由是成为航海之都，城市里似乎到处都翻腾着波浪的影子。在市中心罗西奥广场的地上，人们用彩色油漆画出一道道起伏的波浪线，走在马路上，便能感受到强烈的海洋气息。这当儿，有几位身着民族盛装的葡萄牙少女微笑地迎面走来，她们头上一例披着白色纱巾，身穿黑色紧身上衣，腰上则系着绘满花卉图案的彩色大裙子。在广场的波浪线上她们一会儿蹲下，一会儿站立，摆出各种姿势照相。让人见了一时恍惚，竟觉得是大海里游出来的几条美人鱼。这些年轻姑娘，就是里斯本城市的形象代言人。她们在热情地欢迎世界各地来的游客，告诉他们，这里就是大西洋的东岸，海的世界里不乏美丽和激情。在她们身后，雄浑的贝伦古塔矗立在里斯本河口，这里正是当年航海者的出发地。附近的航海纪念碑，外形如同一艘展开巨帆的航船，碑上镌有亨利王子及其他80位水手的雕像。船头站立者即为亨利王子。碑前的地上刻有一幅硕大的世界地图，标注着发现新大陆的日期。这也是葡萄牙人最引为骄傲的日子。

亨利王子是世界航海史上值得大书一笔的人物。1415年，亨利王子督率一支葡萄牙舰队渡过直布罗陀海峡，一举攻占由穆斯林军队守卫的休达城堡。从战利品中他发现了许多来自东方的财宝。这引起他极大的兴趣。为了探索东方世界。亨利在葡萄牙西南角的一处海岬，建立了一个航海中心。他矢志献身航海事业，终身未娶。

他亲手创办航海学校，修建造船厂，潜心研究航海地图……在1424年至1434年的10年间，亨利先后派出15支船队，沿非洲西海岸，穿越博哈多尔角，目标是寻找海上通往印度的航线。1498年，达伽马率领的葡萄牙船队依照亨利规划的航线绕过非洲顺利到达了印度。达伽马后来还担任过印度总督。1519年，葡萄牙探险家麦哲伦率领船队历时1082天，横渡两大洋，进行了世界航海史上的第一次环球航行。麦哲伦船队出发时有船员200人，回来仅余18人。麦哲伦本人也不幸死于探险途中。麦哲伦船队以付出巨大牺牲的代价，证明了地球是圆的，世界各大洋是相连的。为此，人们称麦哲伦是第一个拥抱地球的人。

此后，凡海水所及，几乎无处没有葡萄牙人的踪迹。

而今，我也来到了罗卡角，来到了大西洋的岸边。咸腥而热烈的海风，扑面而来，让人猝不及防，不由脚下一个趔趄。这就是大西洋的见面招呼，豪情且带着几分粗野。

据说罗卡角的天气一年的大部分时间里都是阴云密布，狂风大作。可是我们来时，却是一个难得的晴天。天蓝得出奇，空中只挂着丝丝浮云，初夏的阳光晒在手臂上，竟还有几分灼人。沿着坡道往下走，两旁挤挤挨挨，开满了淡黄色的野花，笑意盎然。海鸟欢叫着不时掠过海面，煽动着游人向海的情绪。面前的大西洋，宽阔无垠，深蓝如陈酿的醇酒。凭栏俯视，胸怀大畅。

罗卡角的建筑物不多，最吸人眼球的自然是矗立于山顶的灯塔。髹着红白相间的颜色，就像一个戴着顶红色毡帽的葡萄牙老人，挺胸翘望着大海，孤独而骄傲。这就是航海界无人不晓的罗卡角灯塔，在过去的200年间，曾为至少140万艘在大西洋航行的大小船只指明坐标。在离停车场不远处有一座红瓦黄墙的房子，这便是非同凡响的罗卡角邮局。说是邮局，但它不承担邮政业务，它的功能只有一个，就是向前来罗卡角的游客，出售罗卡角明信片、罗卡角特种邮票和罗卡角登临证书。证书上印有罗卡角的地理位置图和葡萄牙国徽，并打上"某人于何年何月何日光临欧洲大陆最西端"的字样，末端更有辛特拉市长的授权签名。邮局里有一位上了年纪的业务员负责在证书上盖上火漆大印。老人动作迟缓而态度极其认真，当他举起圆形的铜邮戳要往证书上盖下时，那种专注而肃穆的神情，让人不由心生敬意。

这里是罗卡角，是欧洲大陆的最西端，也是世界走向海洋的起点。

罗卡角上这座孤独而坚定的灯塔，见证了一个民族向海的勇气和历程。

索尔兹伯里平原上的风

　　索尔兹伯里平原上的风，刮得有些劲道。这里是英格兰少有的一处大平原，一眼望去，荒草萋萋，直达天穹，透出几分苍凉。公路边倒是有几片麦田，还修有水渠，散布着疏疏落落的农舍。而平原的中央部分，大约是因为缺少水源吧，不但无法开垦为耕地，甚至形不成牧场，总之，一片荒芜。只有从高空掠过的风，终日呜呜作响，不知道要告诉人们些什么。

　　我们知道荒原的中央掩藏着一个旷世秘密。这秘密至今尚未破解。它就是巨石阵。史前的247根石柱，默然而立，露出满脸沧桑，考验着后来人的智慧。

　　这偌大一片荒原，带着巨大的秘密，就这样沉寂着，同时也在等待着。1130年，巴斯城里的一位神父因为要赶时间前去救治病人，抄近路从荒原中心走过，竟意外地发现了这些环立在旷野上的巨石。他惊叹不已，将这一发现，报告给教会。很快，索尔兹伯里荒原上发现古代巨石阵的消息，就传遍整个英国乃至世界，引起不小的轰动。但当时，他并不知道，这些巍峨的成环状排列的巨石矗立在旷野间，已经有4300年了。

　　今天，我们也来到这处英格兰南部的荒原。下了大巴，改乘景区的电瓶车，沿着旷野上的一条小路前行。周遭没有树，视野十分开阔，我们甚至看得到荒原深处的景象：如蚁般的人群正绕着一圈石柱踽踽而行。一时间，荒原上仿佛写满了一个大大的问号。对我们居住的这个星球，我们究竟了解有多少？因此，总是不时地这样发问。用我们的眼睛，也用我们的脚步。

当我们怀着兴奋的心情走近巨石阵，而后，随着移动的人流绕着这一块块经受了4300多年风雨的石头缓缓而行。旷野的风，轻轻地呼啸着，吹拂着我们的脸颊，掀动着我们的衣襟。它在表示什么？于是，选择一处空地，坐下，与面前的巨石，共度一段时光。这些石块，其实并未经过规整切割和打磨雕琢，浑身上下，都透着原始的朴拙。此刻，它们就像是童话世界里一只只稚气未脱的小熊，正步履蹒跚地共同顶着一根根石条，排成圆圈，在做着游戏。它们有的身材健硕，有的肚腩微凸，但都神情专注。时间匆匆流逝，而它们却浑然不觉。凝止的表情，凝止的镜像，让天荒地老的岁月，呼啸一般从我们的面前掠过。

为了探寻巨石阵的秘密，一批又一批英国科考人员来到这片荒原，经过对周边的挖掘和研究发现，巨石阵的修建是分几个阶段完成的，时间跨度超过了千年。以当时的生产力水平，建造巨石阵，至少需要3000万小时的人工，也就是相当1万人工作一年。古代的居民们，如此旷日持久的大费周折，究竟是为了什么？有的说，可能是一座古天象台，因为他们发现，巨石阵的主轴线，也就是通往石柱的古道和夏至日早晨初升的太阳，在同一条线上；还有两块石头的连线指向冬至日落的方向。这说明古人是通过巨石阵来观察太阳的运动，从而确定时令。还有的考古学家认为巨石阵可能是古代的一处墓地和用来祭祀的宗教活动场所，因为在巨石阵地下的坑穴里，还发现了许多人的头骨和燧石等。科学家们甚至找出中石器时代，这一带曾经人丁兴旺的证据。

巨石阵主要由许多整块的蓝砂岩组成，每块约重50吨，最高的石柱高达 10 米，还有不少石梁横架在竖立的石柱上。最终，科学家探明，这些巨石采自 300 公里外的南威尔士。

风鸣有声，恍惚间，仿佛时光倒流，我们似乎听到数百人牵拉巨石的号子声和脚步声，就这样裹着风鸣，响在我们耳畔。将几十吨重的巨石从 300 公里外开采又拖曳而来，而后高高地竖立在索尔兹伯里平原中央。我们惊叹前人的智慧和力量，更惊叹他们的毅力和意志。

说到巨石阵，就不能不提索尔兹伯里平原东端的小城巴斯。从巨石阵到巴斯只要一个小时的车程。这也是英国最古典优雅的小城。而在发现巨石阵之前，人们就只知道这座罗马古城的存在。

巴斯在英语中的意思就是"洗浴"，可知这里温泉浴场的知名度有多高。是罗马人最早在这里发现了温泉，并兴建了大大小小的浴场。如今，巴斯仍然保存着一座罗马时期的大浴场。

清澈的雅温河穿城而过。小城于河两岸依山而建，层层相叠，错落有致。整个城市的建筑风格一致，楼房外墙普遍是蜂蜜色，屋顶则是石灰色，山顶上矗立着著名的巴斯大学。精美的建筑群，成为一张亮丽的城市名片。将高等学府建在山顶，足见巴斯人的用心。

十八世纪著名的建筑设计师约翰.伍德对巴斯进行了完整的设计，巴斯老城的格局以及许多壮观的建筑都出自伍德父子之手。老约翰.伍德在规划城市时建造了一座象征太阳的圆形广场和一座象征月亮的皇家新月楼，两者之间由一条布鲁克大街连接。圆形广场上共有 528 个有关艺术和科学的徽记和雕塑，分布在绵延整个广场旁的街屋上、石柱上，这些都是老约翰亲自设计并由他儿子在 1754 年完成。而皇家新月楼是巴斯最为气势恢宏的大型建筑群，由连为一体的 30 幢楼组成，采用意大利式装饰，共有 114 根圆柱，优美的曲线，令人叹为观止。

看到这些石柱，总会让人联想到巴斯近郊那座史前圆形巨石阵。建筑师的灵感无疑便来自那里。

索尔兹伯里平原上的风，刮得有些劲道。在 60 公里外的巴斯古城，依然感受得到那猎猎的风鸣，新月楼前的树林起伏不已。

小镇兹拉提波尔

兹拉提波尔是塞尔维亚的边境小镇。我们到木头村游览之后，在这里下榻。木头村因为一部塞尔维亚电影《生命是个奇迹》而闻名。这部影片描绘的是前南斯拉夫内战时期，一位塞尔维亚铁路工程师曲折多姿的人生命运。

在电影中，这里是一个完整的社会，小镇拥有教堂、图书馆、影院、商店、餐厅等公共设施。人们在这里生活，虽然平常，但没有钩心斗角、尔虞我诈，更没有血腥的杀戮。人们每天伴随着清晨教堂的钟声醒来，工作之余，在展览馆里从容地品画，在树林草地间自由地奔跑，在阳光灿烂的午后，恣意地饮啜咖啡，生活节奏缓慢而悠闲。为了逼真地展现电影里的生活场景，导演特地选择一处远离尘闹的荒僻之地，并把这里打造成一个遗世独立的世外桃源。

据说，木头村最初的雏形，是为了给剧组一干人建立的生活区。可拍完戏，导演库斯图里察却爱上了这里，"在别人眼中，这里平淡无奇，可在我的眼中，这里的时光无限美好。"于是他突发奇想，要在这里建造一座属于他自己的理想家园。

木头村所在的山区，因为盛产松树，被称作金松岭。木头村就建在金松岭的麦卡尼克山头上。现在已是塞尔维亚一处让人向往的游览地，每天游客不断。有人是因为电影爱上这里，有人是因为这里而爱上电影。每年一月，世界各地的电影导演，都会相聚在这里，举办一场别开生面的电影节。

小车可以直接开到村口的停车场。但我们乘坐的旅游大巴，因车型过大，只能停在山脚下，一行人沿着一条简易公路步行上山。山不高，路也不算陡，但却感到有些气喘。进得村来，顿觉一股凉意从四面八方袭来。这当是这里的海拔已近2000米的缘故。

木头村的建造当然是就地取材，全部以松木打造。不仅仅是住宅、商店、教堂，就连道路上铺设的材料也全是厚重的松木。因为冬天雪大，房屋全是斜尖形屋顶，覆上厚厚的松树皮。甫进村子，便能闻到一股松木的清香。

木头村里除了数十幢供游客下榻的小木屋，两三处公共餐厅和酒吧，还有一座教堂，一间图书馆和一个电影院。电影院不间歇地放映着同一部影片《生命是个奇迹》。村里的木头房屋全部以色彩缤纷的油画装饰，屋内的家具则以鲜花点缀，到处可见奇形怪状的雕塑。在木头村漫步，仿如来到一个童话世界。这里其实就是库斯图里察心目中的理想国。

站在木头村的最高处，四面眺望，但见云山万重，远远近近松树的剪影，或淡或浓，晕染成一幅水墨画。山脚下的不远处，有一座小镇，红瓦接堞，车流不断。这就是兹拉提波尔，我们将下榻在这里。

兹拉提波尔是一座近年因冬季滑雪运动而兴起的小城。这里的高山雪坡，据说最初是冬季来木头村旅游的人发现的。我们下榻的酒店大堂墙上悬挂着一幅风景照片，青翠的松树环簇着一面湖泊，雪山倒影其中，宛若仙境。

小镇不大，似乎只是一条长街，酒店、餐馆、商场、邮局、车站一字排开。但从酒店边门出来，则景象大异，居然出现多条布满简易商店的街巷，这些木头搭盖的商店都很小，装潢却很新潮。橱窗上、墙壁上摆放着、悬挂着各种各样来自世界各地的小商品，五光十色、琳琅满目。就像一棵正在生长的树，遇上充足的阳光雨露，一下伸出许多枝杈，透出勃勃生机，看了让人兴奋不已。

  我跟着熙熙攘攘的人群沿着狭小的街巷一直往里走，想探个究竟。此时已是薄暮时分，可是人流却越来越稠密。刚才从小镇的主街经过，冷冷清清，原来人们都聚集到这里来了。小街巷的尽处是一个喧闹的游乐场，有许多孩童由大人陪伴着正在这里纵情嬉戏。穿过游乐场，眼前兀然现出一面波光粼粼的高山湖泊。高耸的雪峰倒映在树影婆娑的湖面上，露出微微的笑靥，正是在酒店大堂里看到的那幅照片实景。这处兹拉提波尔小镇最迷人的风景，原来就藏身在这里。

  因为一部电影，衍生了一座小镇。只是导演库斯图里察绝对没有想到，他灵机一动的念头，竟然让一个原本人迹罕至的金松岭，成为一处旅游热门的打卡地，乃至风靡欧洲的滑雪度假村。而电影里的故事和人物还在延展，并且超越了电影自身。

到老桥去

14年前，第一次到欧洲。当书本上的西方世界真切地展现在眼前，心中涌出的是既熟悉又陌生的感觉。毕竟，我们和现实的外部世界隔绝太久。映入眼帘的一切都是那么新鲜，新鲜得让人心头发颤。其实，我们一路上看到的教堂、皇宫、城堡、街道，大多都是五六百年前的建筑。脚下是小方石铺设的马路，光滑且斑驳，应该有些年头了。导游告诉说，那是古罗马时期留下的。一时，竟让我有些恍惚。古代的欧洲、现代的欧洲，纷然杂陈，却又是那样和谐相处。立新本无须破旧，古建筑既是历史的记忆，也是历史的延续。

那天，我们从法国的尼斯出发，沿着地中海北岸的山间隧道，一路南下。这是一条观光隧道。隧道朝向大海的一面，被次第凿开，如同一扇扇敞开的大窗。于是，地中海的蓝色波光，随着疾驰的车轮，不时地荡进车厢，同时也激起一声声赞美。尽管欧行以来，每日都是十几个小时的奔波，但此时毫无倦意，只是睁大双眼盯着窗外，生怕漏掉一处风景。傍晚时分抵达佛罗伦萨。11月份，已是初冬季节，天黑得早。司机紧赶慢赶，总算在太阳落山前，将我们一行拉到山顶的大卫广场，让大家看一眼在夕阳余晖中渐渐隐去的佛罗伦萨老城。

一列列深红色的屋瓦，团团簇簇地围起了一座城市，教堂高高的尖塔，直指天穹，像是大海中的一支支高耸的桅杆。佛罗伦萨是和欧洲文艺复兴的名字连在一起的。但丁、薄伽丘、米开朗琪罗……他们的作品，感染且辉耀了几个世纪，至今仍传诵不衰。这也让佛罗伦萨成为人类发展史上的一座文艺圣地，值得人们从千里万里之外前来瞻仰。

甫下山，阿尔诺河边泛起了一层薄雾，不远处就是老桥，已经看得到横跨在河上的桥身，但导游似乎不愿意在这个时候带我们前往。他推脱说，意大利扒手多，天要黑了，此时桥上不安全。

就这一句话，让我们错失了老桥，也错失了与一个浪漫而凄婉故事相遇的机会。那个故事里的主人公就是诗人但丁。相传少年的但丁在随父参加一次友人聚会时，第一次看到美丽的佛罗伦萨少女贝阿特丽斯，为她的美貌而着迷。10年之后，有次但丁从老桥上经过，无意间又遇见贝阿特丽斯，两人只是擦肩而过，没有说话。这意外的邂逅却让但丁心中兴奋难平。这时的贝阿特丽斯已嫁于他人，不久即病逝，但是但丁对她的倾慕伴随其一生。他为纪念贝阿特丽斯，将自己几年陆续写给贝阿特丽斯的31首抒情诗结集出版并取名《新生》。即便到了晚年，但丁对贝阿特丽斯的情感依然难以释怀，在史诗《神曲》中，那位引导他上天国的爱的使者就是贝阿特丽斯。一个无果的爱情故事，从此在阿尔诺河上静静地流淌。七百多年过去了，老桥还在，故事还在，令人向往不已。

时间之轴在命运之神的手中缓缓转动。谁知道，14年后，我又有机会来到佛罗伦萨。不过，团队的计划行程中没有老桥。在老城的市政厅广场游览后，我们向当地导游询问了集合时间和地点，就急忙向河边赶去。

虽说阿尔诺河是意大利的第四大河，但河面不宽，尤其是在佛罗伦萨市区中，因为两岸密密实实布满了黄墙红瓦的建筑物，从高高的堤岸看下去，河身竟觉得有些瘦小。而横跨于阿尔诺河之上的老桥则显得格外高大。桥头下细窄的河滩地上，居然也架设了一排白色的休闲躺椅，虽然时近傍晚，太阳已然衔山，还能看到着泳装的红男绿女，正惬意地倚在躺椅上听河水低吟浅唱。可见佛罗伦萨人乐于亲近自然的浪漫情怀。

老桥建于1345年，是当时欧洲最早的大跨度圆弧石拱桥，长95米。这个时期，正是中国的元代末年。而中国的大型石拱桥建造技术在宋代就已臻成熟，当然，老桥是一座西式廊桥，最大的特色是桥身有四层，其中下面三层是商店，而最上面的一层是封闭式的室内走廊。只有桥中间三个大圆拱之下是敞开的，可供游人驻足观赏两旁河景。

我们走到桥中央，看桥下阿尔诺河汤汤流水，有一种特别的感觉，因为我们的头顶上就是一条封闭的瓦萨里长廊，从河右岸的皮提宫直通左岸的乌菲齐宫，这是美蒂奇家族的专用走廊，以建筑师瓦萨里的名字命名。桥上，还有瓦萨里的半胸塑像。美蒂奇家族原居住在乌菲齐宫，后来搬迁到河对岸的皮提宫，乌菲齐宫则成了美蒂奇家族的艺术品收藏馆。收藏有许多文艺复兴时期佛罗伦萨著名艺术家的绘画和雕塑作品。瓦萨里本人就是一位画家，是米开朗琪罗的学生。米开朗琪罗去世后，瓦萨里在圣十字教堂内为他设计建造了陵墓。同时瓦萨里还是一位传记作家，他撰写的《艺苑名人录》，收入了200多位艺术家的生平事迹。值得一提的是，在瓦萨里的这部书中首次出现了"文艺复兴"这个词汇。

委托瓦萨里修建这条来往于两座宫殿的长廊，当然是因为他的才能，长廊本身就是一件艺术品。但更多的还是出于家族安全考虑。美蒂奇家族是中世纪至文艺复兴时期佛罗伦萨最有名望的家族，实际统治佛罗伦萨达200多年。但这个家族的多个成员也曾遭受阴谋暗杀，虽然掌握财富和权力，却深感危险重重。

不过让人们称道的是，美蒂奇家族的多个掌门人都热爱艺术，且热心文化事业。数百年来，他们将大量资金投入到佛罗伦萨的文化艺术事业，修建教堂、博物馆、图书馆、歌剧院，出高薪聘请艺术家和科学家到佛罗伦萨来从事专业工作，同时高价购买各种艺术品，收藏在乌菲齐宫。

站在老桥上，看桥下风景，是一件惬意的事。阿尔诺河清澈的流水，伴随着阵阵清风，将一座城市的独有韵致展露无遗，一时撩起游人多少心事。此时，似乎可以听到头顶上橐橐作响的脚步声。他们大多是美蒂奇家族的尊贵客人，或是商界名流，或是政坛显贵，或是盛装淑女……也许，还有携带画卷，怀揣希望和梦想的年轻艺术家。那一道道沉重的、轻盈的、急切的、悠闲的，甚至是忐忑的脚步声诉说着不同的心情，从这道封闭的长廊上走过，留在时间和空气里。

因为这道长廊，老桥上从建造伊始就出现两个互不相搭的世界，在下层行走的只是普通的路人，他们并不关心头顶上发生的故事。而长廊里的过客则不同。创作和生意，两个原本互相抵触难以相容的词汇，经过长廊时竟然成了一个共同的话题。于是，艺术和财富，坦然且热烈地在乌菲齐宫里聚首。而二者间的媒介就是这座老桥。

因为时间关系，我们在老桥上只能停留很短的时间。匆匆而来，匆匆而去。夕阳的余晖中，老桥在我的视线里越来越远，但在我的脑海里却越来越清晰。

金色布拉格

　　当我们走进布拉格城堡时，天色骤暗，大雨不期而至。这场波西米亚的豪雨，下得颇有气势。雨点热烈而坚决，落在城堡广场的石头地上，犹如奏响一支铿锵的战曲，让人一下回到中世纪的腥风血雨中。城堡大门立柱门首上的两尊雕塑，就是两位将强敌制服的勇士，一位手持利剑，直指敌人的心脏；一位挥舞木棒，欲击对方的脑袋。雕塑的形体被刻画得生动有力，瓢泼的雨势，让两尊战神益发精神抖擞。城堡面积不大，但规划有序。自马提亚斯城门进入，迎面是一个大广场。西班牙厅、圣十字教堂、旧皇宫依次分布在广场四周。大概因为下雨的缘故吧，此时，游人不多。雨中的城堡，显得格外空旷，格外宁静，也格外庄严。

　　不过，这雨来得快去得也快。一会儿工夫，瓢泼大雨便成了淅沥小雨。周围的景物也渐渐清晰。这时我看见广场旁，有四位音乐家正在雨中演奏。一支小提琴，一面大提琴，一支黑管，一面手风琴。这是典型的欧洲四重奏。他们沉浸在自己创作的音乐中，雨似乎不能阻挡他们心中飞扬的音符。他们的面前竖着一只圆桶，桶沿上叠放着音乐碟片，这当是四位音乐人在推销自己的新作。游客如果喜欢他们的作品，可以取走碟片，随意给钱。钱就放进圆桶里。

　　俄而雨止。阳光透过密密的云层，轻轻地洒落。布拉格城堡矗立在一座小山上，从城市的每一个角落，只要一抬头，便能看到这处巍峨的建筑。而从布拉格城堡上俯视，只见一片片橘红色的屋瓦，连绵接堞，蔚为壮观,。而一座座教堂的塔楼尖顶，在阳光照射下，更发出金色的熠熠光芒。

哦，布拉格，金色的布拉格。我一下便想起中学地理课本里对布拉格的这句描述。50年前，当地理老师摇头晃脑、绘声绘色地说到布拉格时，我像触了电似的，思维定格在这座远在万里之外的异国都市。

1350年，布拉格被定为神圣罗马帝国首都，从此步入它的辉煌时期。这是神圣罗马帝国皇帝查理四世宏伟计划的一部分，将这座城市建设成"北方罗马"。他在这里建立了中欧第一所大学，修建新的教堂，包括极尽富丽繁绮的圣维特大教堂，在伏尔塔瓦河上修建以他名字命名的石桥。欧洲最优秀的建筑家、雕塑家、画家、音乐家、作家也云集于此。随着文化、商业和贸易的繁荣发展，布拉格成了中欧的文化中心、商业中心和宗教中心。

查理大桥，是一座多拱石桥。也是中欧地区迄今为止最长的桥，长505米，宽10米。查理大桥和圣维特大教堂的设计者为同一人，这两座不朽的建筑足以让彼得·巴勒名垂千古。其实巴勒生前并没有看到自己的杰作完成。查理大桥于1357年奠基，直到15世纪初才完成。而圣维特大教堂直到1929年竣工，前后修建了将近700年。这方是真正的百年大计。

彼得.巴勒展现了一位伟大建筑师的卓越天才，他设计的查理大桥，成为一道与波光潋滟的伏尔塔瓦河绝配的风景。没有谁走上桥头不为之称叹，也没有谁只是把它作为过河的通道，匆匆而过。它堪称一座露天的艺术之宫。从各地来的艺术家们会集在桥上，他们排成长长的两列，或演奏或绘画或即兴表演，与衣饰打扮迥异自桥上穿梭的各色人群，组成了一幅极富波西米亚特色的"清明上河图"。各式各样的艺术摊贩，也是让游客不时驻足的原因。为游客即兴画像者中不乏大学美术教授。没有顾客光临时，他们有的坐在折叠椅上埋头看书，有的则在画板上写生，伏尔塔瓦河畔的风光，以及从桥上经过的人群，自是他们取之不尽的素材。还有演奏波西米亚民族乐曲的五人组小型乐队。他们充满激情的表演，让一支支欢快的音乐，夹杂着流泉、鸣禽以及劳作之声，在长桥上流淌，之后溶入滔滔河水。

600多年过去了，布拉格依然是艺术家们的眷顾之地。

当然，对于行人来说，桥两旁的35尊雕像，也是不可错过的风景。这些雕像的排列并不整齐，大多是单体，也有数人一组的群雕，雕像人物的选择，虽都是宗教人物，也显得有些随性。除了圣母、耶稣外，还有犹大，并无统一的标准，甚至彼此对立的一方，都出现在桥面上。比如，从旧城方向数过来，右边第8个是约翰.内波穆克像。内波穆克于1387年时成为布拉格教区的总主教，他坚持教会独立，反对神圣罗马帝国将神职人员作为政治附庸，因而被国王瓦茨拉夫四世烧死，并被丢入河中。1729年，内波穆克被耶稣会封为圣徒。1683年，人们将他的雕像立于桥上。而不顾及在他旁边的就是瓦茨拉夫国王。至于圣法兰西斯像的周围还环绕着3名摩尔人和2名东方人。这也是捷克唯一的东方人雕像。雕像的创作充满灵感，且激情四射。让每一个从桥上通过的游人，都受到深深的感染。300多年来，他们矗立于桥上，沐雨栉风，与查理大桥，与伏尔塔瓦河，已经融为一体，再不可分。

走过查理大桥，在老城区的桥塔下，蓦然回首。隔着伏尔塔瓦河，眼前是一幅绝美的画面。最上层，是大片高蓝的天空，白云铺成絮状。画幅中央，则是布拉格城堡高耸的尖塔，直薄云天。而城堡下排列着一层层、一面面红色的屋顶，延展在晴日下、绿荫中，色彩明丽，宛若天工。画幅的下端，便是伏尔塔瓦河的河水。这时，一艘白色的游船驶来，静静地驶进画面，伏尔塔瓦河的河水也随之生动起来。仿佛是一位丹青巨匠的神来之笔。这是布拉格的春天。春天的布拉格。

迷失在切斯特

我们确实是在切斯特迷路了。

切斯特本来不大，只有 32 万人口。我们也仅仅只是去到老城的广场，看过教堂，走过几条街道，回返时居然迷路了。

大巴车不能进城，导游领着我们穿过一条长街，拐个弯，就到了老城的广场。导游丢下一句话，给你们三十分钟，看完教堂，原路返回。说毕，转身就不见了。

切斯特位于英格兰西北部与威尔士的交界处，是英国三座罗马古城之一。

前 55 和 54 年，罗马执政官恺撒两度率军队渡海进攻不列颠，均被击退。但一道英吉利海峡，阻止不了罗马人征服世界的脚步。九十年后，43 年，罗马皇帝克劳狄一世再度率军西征，并攻入不列颠，在这里建立罗马行省。罗马人的势力范围涵盖了今天的英格兰大部分地区。不过，他们已经无力再继续前进了。为了阻止北方凯尔特人南下，1 世纪初叶，罗马人修建了一条长达 118 公里的长城，史称"哈德良长城"。之前，我们到过约克古城，那里是罗马的北部边界。古老的乌斯河畔，可以看到多处残存的罗马堡垒遗迹。而切斯特则是罗马的最西线，是罗马人于 79 年为了防御西南部威尔士人进攻而修建的一座要塞。

罗马人的严酷统治招致当地民众的强烈反抗，罗马军队最终于 407 年全部退出不列颠岛，但却留下了无法磨灭的印记。切斯特的古城墙，就是这段历史的见证，它也是英国唯一保留较完整的罗马城墙。全长 3.2 公里的城墙围着切斯特老城，也围着一段千年时光。著名的大教堂就位于老城的中心广场附近。

按照旅游计划书，我们是在到伯明翰的途中，在切斯特作短暂停留，游览的节目就是大教堂。导游也已经将我们领到了大教堂前面的广场。但是，团员中的一些摄影爱好者们首先被长街上黑白相间的老建筑所吸引，揣着"长枪短炮"，就往十字路口奔去。街两旁的建筑，都一例有着高耸的双面斜顶，突出的山墙镶嵌着小型方格玻璃，楼面以黑色木头为框，髹以白色涂料，形成的黑白图案，十分醒目，这正是中世纪典型的都铎风格的建筑，大部分建于维多利亚时期，至今已存在 600 年了。街两旁的建筑形成商业长廊，高度为四层，下面两层作店铺，上面两层住家。最有味道的是，第二层有一个贯通的木制长走廊，连接着各家商铺，在走廊上行走，能听到脚下木地板发出的咿咿呀呀声音，还能闻到浓浓的木头香味，仿佛是在向人们诉说着久远的故事。

当然，老城最吸引人的还是这座千年大教堂。

切斯特大教堂建造于 660 年。最初，这里是罗马的一处堡垒；罗马晚期，罗马教会据此修建一座阿波罗神殿；1093 年又被改建成圣本笃修道院，但规模都很小。现在的大教堂，是一千四百多年来，不断修建和拓展的结果。从中世纪诺曼式建筑到哥特式的建筑特色，都在这里得到展现。自 1541 年以来，一直是切斯特主教治所和朝圣中心，同时还是切斯特音乐中心。是当地举办音乐会和展览会的主要场所。

步入大教堂，穿过长长的甬道，就到了肃穆、高敞的礼拜堂。不是礼拜日，教堂显得很空旷，随便找个座位坐下，心立时澄静下来。没有人唱诗，也没有牧师领着祷告。有的只是那弥漫千年的宗教气氛，传导出一种宁静，一种安详和一种深沉的爱意，让人心生感动。

教堂里有多个独立的分区，以走廊贯通。这是切斯特教堂和其他教堂的不同之处，其实这些分区体现的也正是不同时期的建筑风格。尤为珍贵的是，切斯特大教堂里至今还保留着英国最古老的宗教法庭。法庭不大，墙壁上绘满了圣经故事。正中高台上的黑色木桌后是主教的位置，四周则是狭窄的座位，供人旁听。今天，空寂的法庭依然透出威严，每个人从这里经过，脚步都放得特别轻。

教堂外，还有一个大花园，夏天对外开放时，不少老人和孩子便会来花园里游玩、散步，看着在身边蹿动的小松鼠和在低空掠飞、盘旋的鸽子，享受人和自然和谐相处的美妙境界。

正因为此，英国的遗产组织，把切斯特大教堂定为第一批保护建筑，未经允许，不可变动。但实际上，教堂每年都在修缮。1400多年的教堂，毕竟老了。

从老教堂出来，右前方有一道城墙，吸引着我们的脚步。城墙墙体不高，但以块石垒就，虽历经近2000年风雨，依然坚固。这就是罗马城墙。城墙下面还有一条护城河，从墙垛望下去，一片波光粼粼。让人想见当年刀光剑影的冷兵器年代，发生在这里的一场又一场生死搏杀。据说，切斯特从未被强敌攻陷过。当年，罗马军团主动放弃这座坚城时，许多将士都流下眼泪。

让人感叹的是，切斯特居然保留了罗马时期的多处遗迹。城中心罗马人占领时修建的四条主要马路，至今还保存着近2000年前的风貌。城墙外，还有罗马时期建造的圆形剧场废墟。

可能就因为多看了这段城墙，我们竟迷失了来时的道路。应该是从左手拐弯回去的。可是走了几处街口，感觉都不像。越往下走，心里越慌。而集合的时间快到了。

无奈之下，我们赶快跑回到大教堂前的广场，一转身，发现来时的道路居然就在面前。

哦，切斯特大教堂。这里本来就是古城的坐标。

瑞士散章

西庸城堡

　　大凡人们知道西庸城堡，皆缘于拜伦的一首诗。诗人以自己的口吻，讲述了一位坚持理想，不屈服于强权的教士博瓦尼被囚禁于西庸城堡地牢中的独特感受。

　　这座城堡便矗立在日内瓦湖东岸的蒙特勒小镇。日内瓦湖得名于湖西南部的城市日内瓦，它的形状像一条头部朝东向上跃起的鲸鱼。湖畔有三座城市，日内瓦位于鱼尾部，洛桑坐落在弓起的鱼背上，而蒙特勒则处于微微翘起的鱼喙处。日内瓦湖又叫莱芒湖，是阿尔卑斯山群湖中最大的一个，也是世界上第一大高山堰塞湖。它的形成缘于罗纳冰川的消融。清冽的湖水，不停地涌动着。坐在湖边的长凳上，你会感觉得到雪山的气息一阵阵袭来，蒙特勒就在这涌动的湖波中，一天天生动起来。湖边的一尊尊充满生活情趣的人物雕塑，让人见了，总会发出莞尔一笑。还有不少游客，喜欢模仿雕塑人物的动作，与之合影一帧。

　　具有700年历史的城堡位于湖畔的巨石之上。城堡和巨石浑然天成。在这块楔进湖中的岩石上建堡垒，应该说独具慧眼。这也反映了那个动荡年代的特色。城堡三面环湖，只有一道木桥和湖岸相连。高耸的塔楼，密密地排着射击口，像一只只圆睁的眼睛。这座城堡也是著名建筑师梅尼耶的杰作。经过他的精心设计，一个面积不大的地方，被经营成参差错落、各个功能独立却又环环相衔的空间。上层视野开阔，下层宽敞舒适。弯弯曲曲的楼道巧妙地将各层房间串联在一起。城堡内修有主塔、瞭望塔、庭院、仓库和卧室，底层还建有监狱。最多时，古堡监狱曾监禁200名囚犯。1532年，主张日内瓦独立的教士博瓦尼被铁链锁在石柱上达四年之久。最初他们是七个人，一个被火焚，两人被绞杀，而关在地牢里的三人中，最终只有博瓦尼一人活下来。

我们特地下到地牢，想感受一番拜伦诗歌中所描述的情景。穿过一道道栅门，一间不到10平方的囚室出现在我们面前。

拜伦在诗中这样写道：

"我们的黑洞就在湖水下，
日夜能听见水波的拍打；
它在我们头上哗哗作响。
在冬天，
我曾感到水的浪花，
已经打进铁栅栏，
而那咆哮的风，
正在快乐的天空中纵情奔腾。
那时连石墙都在晃动，
我虽感震撼却毫不慌张，
因为面对死亡我又有何惧，
死亡会让我重获自由。"

蓝色的莱芒湖，是阿尔卑斯山一汪多情的泪水。湖边静极。但湖水永不平静。此前，我到过匈牙利的巴拉顿湖，真切地感受到一种纯静之美。二战期间，巴拉顿湖也曾是杀戮之地。苏军和德军在这里进行了一次决战。大战之后是沉寂，时间已将血腥和所有的罪恶都打扫得干干净净。但那深渊般的寂静里，掩埋了无数青春的肉体和他们对明天的强烈渴望。

确实很难将平静的湖水和残暴的囚禁、无情的杀戮联系在一起，但它们都发生了。历史之轴缓缓转动，无数清晰的、模糊的面影便这样定格在一个个特定的时刻。

静是湖的专属，也是诗歌的意境。坐在湖边的长凳上，听湖波静静地涌动，那声音里便有拜伦充满激情的歌吟。

崖壁上的狮子

瑞士琉森，有一座八百年历史的木制廊桥，也是欧洲最古老的廊桥，叫作卡佩尔桥。廊桥架设在琉森湖上，全长 200 米，既是水上通道，也曾是古代的防御工事。在冷兵器时代，廊桥有如一道水上城墙，桥廊两边的每一扇木窗都可以开合，是视野很好的箭台，其防御功能显而易见。桥身中间的折弯处，于湖心的礁石上矗立着一座八角形的水塔。水塔高 34 米，建于公元 1300 年前后，曾是一座瞭望哨所。木桥实际上是依附水塔而建，它们共同组成了琉森城市的一道防御设施。时至今日，卡佩尔桥上发生的大小战事早被人淡忘，走在桥上，满眼湖光山色，令人心旷神怡。因为桥栏上总是被挂满鲜花，于是当地人称之为花桥。水塔和花桥，在波光潋滟的琉森湖中，一个伫立，一个横卧，构成一幅绝美的水景画图。

但琉森最让人难忘的还是一座独特的狮子纪念碑。艺术家先在石灰岩崖壁上凿出一个洞窟，然后镌刻出一只趴卧的受伤雄狮。狮子背上是一支折断杆的弓箭，箭镞深深地插入身体，它的前爪按着盾牌和尖矛利斧，显示这是一场殊死搏斗。狮子的神情十分痛苦。濒死的狮子，既是瑞士雇佣兵的纪念碑，也是瑞士人痛惜生命、远离杀伐的庄重宣言。

瑞士地处欧洲中部，阿尔卑斯山贯穿全境。由于地理位置的重要，历史上从来就是四战之地。恺撒的罗马大军和拿破仑的法国军队，都将战争的烙印，深深地嵌刻在这片土地上。

山地居民，向以剽悍为伍。这里盛产善用刀枪的猎人，更由于土地贫瘠，为了生存，许多瑞士山民遂被输出，成为他国的雇佣军人。历史上，以山民为主体的瑞士雇佣兵向以忠勇著称。史载，1792年法国大革命时，起义民众攻打凡尔赛宫，遭到由瑞士雇佣军组成的法王卫队的顽强抵抗，为了保护国王路易十六和玛丽皇后，786名瑞士军人英勇战死。这次事件引发瑞士全体国民的强烈反思，痛定思痛之后，瑞士决定停止出口雇佣兵。其时一位法王卫队军官因为正在家乡琉森休假而幸免于难。为了纪念战死的队友，1819年，他委托丹麦雕塑家贝尔特设计，又请来德国石匠卢卡斯在琉森一处被废弃的砂岩采石场进行雕刻，1821年完成。1880年美国作家马克.吐温到瑞士旅游，看到琉森崖壁上的狮子，慨叹不已，称之为"世界上最令人悲恸的雕像。"

瑞士是欧洲一个十分特别的国度。这个只有4万平方公里的蕞尔小国，也是多民族的集合体，仅国家语言就有四种。3——7世纪，日耳曼民族的一支进入瑞士东部和北部，成为瑞士以后的德语区；勃艮第人占领了西部，成为以后的法语区；莱茵河以北地区保持了罗马遗风，是传统的雷托罗曼语区；后来南部的提契诺地区加入瑞士联邦，成为今日的意大利语区。

1815年，瑞士获得永久中立国地位。因此，无论是一次、二次世界大战以及之后的冷战，均与瑞士无涉。和平安定的环境，保证了瑞士社会经济的繁荣。因为严守中立，深藏阿尔卑斯山中的瑞士成了地球上唯一一块和平的土地，还因为瑞士人忠诚守信，各国的富人们大多都选择将财富存在瑞士银行。远离战火的瑞士，经济也因此获得飞速发展，成为世界上最富有的国家。

　　祈求和平，远离战争，是世世代代瑞士人的愿望，于是，他们选择了濒死的狮子雕像，作为非战的纪念碑。而今，濒死的狮子雕像所在的废弃矿区已经被当地政府辟为公园。每年世界上数以百万游人，来到琉森，他们都要到狮子纪念碑前，凭吊一桩往事，为世界和平表达自己的心愿。

蓝色的天使湾

汽车沿着法国南部的海岸线疾驶,这条紧贴着利古里亚海的公路,其实是从阿尔卑斯山悬岩上生生撕开的一道口子。许多地段隧道连着隧道,每当汽车将头一探出隧道,车上的人便抑制不住兴奋地迅速往大海方向张望,这就是里维埃拉,是地球上最美丽的一处海岸:阿尔卑斯山嶙峋的峭崖深深地楔入蔚蓝的大海,珍珠灰色的山峦与湛蓝的天空相互辉映;蓝天下一边是娴静的海面,一边则是绵长雪白的沙滩,点缀着簇簇黑色的礁石;山坡起伏处,墨绿的油橄榄林掩映着幢幢红瓦白墙的别墅。

里维埃拉的气候得天独厚,高峰林立的阿尔卑斯山为它挡住了北面来的寒流巨风,南面的地中海带给它的又总是丽日和风、轻波柔浪。天蓝得出奇,那是罗纳河谷不断吹来的清风,吹散了浮云,吹出了一片如此湛蓝的天空;而无波的大海更是蓝得醉人。蓝天碧海、水天一色,美不胜收。因此里维埃拉被人称为"蔚蓝海岸"。

里维埃拉海岸,是地中海一条美丽而光滑的背脊。能够到这里来抚摸一下地中海的背脊,也许是人生中最值得夸耀的事。从最初的水手、探险家、艺术家、商人到今天的各国政要、百万富翁一个个接踵而至,为它倾倒,为它一掷万金。

我们这群中国游客自然也是奔着里维埃拉而来的。虽然不可能让我们抚摸地中海这条光滑的背脊,但能够近距离地看一眼蔚蓝海岸,便是此行的目的。于是我们乘坐的旅游大巴从意大利的维罗纳出发,经过七个小时的长途跋涉,终于在日落之前,抵达摩纳哥。

摩纳哥、尼斯和戛纳犹如三颗缀在蔚蓝海岸上的熠熠闪光的珍珠。

摩纳哥位于里维埃拉东端，原本是阿尔卑斯山伸向地中海的一座峭崖。公元1215年热那亚人占领了这里并修建了一座军事城堡，此后便一直处在格列马迪家族的统治之下，而成为独立的摩纳哥公国。

乘汽车进摩纳哥城，如同一次飞机的俯冲降落。我们乘坐的大巴顺着急剧盘旋的陡峭道路飞快地向下滑行。蓝天和大海迎面扑来，让我们扎扎实实地体验了一回赛车的强烈刺激。导游告诉我们，每年五月，这条进城的道路便成了一级方程式赛车的天然车道。赛车手们就在这坡度陡峭的公路上展开角逐。他们在大海和高山之间纵情驰骋、恣意俯仰，风驰电掣地收拾起一面湛蓝的大海和一地灿烂的骄阳。

摩纳哥一度是赌博和挥霍的同义词，赌城蒙特卡罗闻名天下。但随后蓬勃而起的旅游业更使得这个悬挂在峭崖上的袖珍之国腰囊日隆。从王宫广场俯视港湾，数不清的华丽游艇，像一条条白色的大鱼，浮聚在碧蓝的海面上憩息嬉戏。褐红色调的高尚花园住宅比肩接踵，一层一层铺上银灰色的山峦，竟说着豪华和骄奢。

这里的海和山竟靠得这样近，每一座山岬都深深地突进大海，溅一层雪白的浪花；而大海又远远地侵入每一座山隈，荡一片蓝色的波光。

即使在这里，在蓝色的地中海边，依然能感受到阿尔卑斯山强大的威力。在港湾上方高高的悬崖上竖立着一块巨大的石碑。据说是公元前六世纪，罗马人为纪念最终征服了阿尔卑斯山地区的全体将士而建造的。这块高35米的石碑迄今仍昂首屹立。望着这座俯瞰着蓝色大海的山形巨碑，我有几分不解，为什么，罗马人要选择在大海旁边建造这样一座雄伟的纪念碑。他们仅仅是为了征战将士的荣耀，抑或为了统帅恺撒的功绩？还是对这一片蔚蓝情有独钟？

由于摩纳哥的旅馆收费很高，因此在用过晚餐后，我们又登车继续前行，到30公里外的法国尼斯下榻，这一天里，竟走了三个国家。从盘山公路上眺望摩纳哥的夜景，依然让人目夺心摇。层层叠叠、密若繁星的璀璨灯光倒影在海面上，织就了一个如梦如幻的彩色光影世界。不夜的摩纳哥，竟比白天更多了几分妩媚，几分妖冶，几分神秘。

尼斯并非典型的法国城市，它是公元前350年由希腊水手和商人建起来的港口城市，名称来源于希腊的胜利女神。历史上它曾是古罗马的城邑，意大利的属地，直到1860年，意大利为酬谢法国的帮助，才将尼斯让给法国。

我们乘坐的大巴沿着海滨缓缓行驶，好领略一个充满朝气的尼斯的清晨。长达2.5公里的英国人的散步大道就修建在多卵石的海岸边。据说英国维多利亚女王很喜欢在清晨沿着这条海滨大道散步，然后乘上她那辆红黑相间的著名马车，悠然离去。海滨道上，棕榈树随风摇曳。不时过来一位浴着金色朝阳的跑步者。蓝得醉人的大海，送来清甜的空气。还有什么，比眼前这一幅生气勃勃的生活场景更让人痴迷。

戛纳原是尼斯的附城，戛纳的繁荣出于一次偶然。1834年，英国大法官布鲁汉姆勋爵前往尼斯度假避寒，因当地暴发霍乱而被困在戛纳。他对戛纳的风光大加赞赏，特地在雪佛莱山麓盖了一座别墅，并鼓励其他英国贵族和富豪效法。此后每年5月，国王、王后、皇室成员与世界各地的富豪、明星纷纷来到戛纳度假，他们带来了各国的电影在这里播放，由此诞生了戛纳国际电影节。

如今，蔚蓝海岸已成为世界富人享受生活之地。据说欧洲的名流巨贾若不能在里维埃拉绿荫繁茂的山冈中或缀满岩礁的海滨拥有一幢豪华别墅，那么，在他们的社交圈中就抬不起头来。

这些由流行歌手、电影明星、百万富翁、贵族或皇室成员所组成的特殊人群认定只有里维埃拉蓝色的海水和温煦的阳光才能满足他们享受的欲望。他们往往一月份到巴黎欣赏时装表演，二月份到瑞士的阿尔卑斯山滑雪；五月份，他们笃定出现在摩纳哥、尼斯和戛纳，观看汽车大赛，到蒙特卡罗赌场一试手气，与摩纳哥兰尼埃王室的成员打打招呼，而后又聚首在戛纳国际电影节的盛会上。在金色的夕晖下，这些身着巴黎晚礼服、珠光宝气的高雅淑女和穿着燕尾服的绅士们纷纷从昂贵的私人游艇中登上码头，沿着圣安东尼路拾级而上，赶往苏奎特城内有名的餐馆进餐。晚餐后红男绿女们大都会相挽着沿华丽的克若瓦塞特大道散步，欣赏里维埃拉日落时分的美景，陶醉于海波蓝色的呓语中。

里维埃拉更是艺术家们心中的天堂。毕加索、莫奈、夏加尔、马蒂斯、杜飞都在这片海岸留下足迹和大量美丽的画作。而毕加索在这里度过了整整 27 年的创作生涯。艺术家们把他们心爱的这片海岸叫着天使湾。蓝蓝的天使湾，不知倾倒了多少天下客！

带着一车蔚蓝的心情，大巴驶上海岸公路，从原路返回意大利的热那亚。面前是一个接一个的隧道，像是长长的岁月，渐去渐远。其间的金戈铁马早已消失，只有撩人的蓝色波浪，依偎着雄伟的大山，永不停息地唱着一支动听的歌谣。于是，我的脑海里又浮现出那一座古罗马人建的纪念碑。古罗马人自称是地中海之子，其实，那正是海洋之子们对一座大山的赞美，那一座大山就是欧洲最伟大的阿尔卑斯山。

塞纳河你对我说

　　站在埃菲尔铁塔上，似乎听得到巴黎的呼吸，轻如微风，细若游丝。于是，金黄色的树木，绿毡般的花园草坪，蓝缎也似的河流，或许，还有我们自己的心跳，在这一刻都融入了一个活泼泼的城市身体里。这里已是 276 米的高空，但还只是铁塔的第二层。当年，工程师居斯塔夫·埃菲尔，受命为庆祝法国革命 100 周年建造一座永久性的纪念建筑物。这位法国建筑业的怪杰毫不犹豫地选择了铁塔，因为他认为只有高入云天的铁塔，才能表达世界对巴黎的景仰。在一片沸沸扬扬的反对声中，高塔历时 20 多个月终于耸立于塞纳河畔，但却被法国国会定为临时建筑物，将于 1910 年拆除。只是后来铁塔被当作无线电转播塔使用才得以保存下来。埃菲尔当初绝不会想到，在他辞世后的 100 多年间，作为巴黎一道最壮美的风景，已经有 2 亿多不同国籍不同肤色的人登上铁塔。站在埃菲尔铁塔上的每一位游人，望着梦幻般走进自己眼帘的华彩巴黎，都会发出同一声赞叹，同时也听到了自己的脉搏和巴黎的脉搏跳在了一起。

　　铁塔被人亲切地称为"云中的牧羊女"。因为她秀美的身姿高入云端，巴黎人抬头便能看到她穿行在云中的亭亭玉影，风晨月夕，毫不懈怠。而在游人看来，她殷勤放牧的倒似乎是一条美丽的河流。从铁塔下视，最撩人心魄的就是这条蓝黛色的塞纳河；在照相机的镜头里，蜿蜒的河道，就像是一位婀娜舞者款款旋转身影的瞬间定格。尽管在高空，但谁都能感觉得到河水的潺湲流动，于是，铁塔上所有的目光，所有的赞美，都紧紧跟随着这一道美丽优雅的舞姿渐行渐远。

塞纳河，没有哪一个游人不为你陶醉，也没有哪一个游人能够拒绝这样一份邀请，坐在你的怀抱里，听你对巴黎充满柔情的述说。

那么，就坐上塞纳河的游船吧，在河水的呢喃声中，让巴黎的历史风情一页页从我们面前翻过。游船徐徐启动，首先进入我们眼帘的是桥梁，是各式各样、色彩缤纷的桥梁。塞纳河上每隔 500 米就有一座桥，整个市区共有 36 座桥梁。说它们是桥梁，当然是因为它们连接着塞纳河两岸的道路。但如果把它们说成是一座座露天艺术馆也一点不过分。而且，巴黎的每一座桥梁都有属于自己的生命和性情。它们的历史长短、规模大小、建筑式样都不相同。其中百年以上的就有 26 座。比如这座亚历山大三世大桥，建于 1896 年至 1900 年，是为庆祝俄法建立同盟关系而修建的。海神形象是这座大桥的装饰主题，桥上的盏盏华灯都由带翅膀的小爱神托着，在阳光下熠熠生辉，大桥两端入口处的立柱上分别有象征塞纳河和涅瓦河的雕塑。整座大桥被装饰得金碧辉煌、美轮美奂，从游船上望去，像是横亘在塞纳河上的一道金色彩虹。

1944 年 8 月，占领巴黎的德军溃退时，希特勒曾下令炸毁塞纳河上的所有桥梁，工兵们也已经将炸药安放在桥墩上。但驻巴黎的德军司令冯·肖里茨将军对这道命令犹豫再三，他驱车来到一座座大桥前，神情肃穆地注视着它们。在他眼里，它们都不是普通的建筑桥梁，而是一件件人类的艺术珍品，是有生命的。炸桥的命令最终没有得到执行。塞纳河，你对我说，今天，我们还能看到这一座座美丽的桥梁，是人性和良知胜利的结果。

水色悠悠之中，西岱岛正袅袅婷婷地向我们走来。巴黎便从这座小小的岛屿上诞生，它的每一寸土地都是以岛上的圣母院为起点而发展起来的。巴黎的名字正是来自最早在这座小岛上生活的巴黎西人。实际上，直到 12 世纪末，巴黎城的范围才越出小岛向塞纳河两岸扩展，西岱岛因此又被人称作城岛。

塞纳河从来就是巴黎沧桑的见证。这座美丽的大都会，历史上曾几次被围困。8 世纪末，北欧的维京人乘着海盗船，向着欧洲大陆蜂拥而来，其中一支丹麦大军溯塞纳河而上，一举包围了巴黎，围困时间长达一年。没有谁能挽救巴黎，包括法国国王查理。但是巴黎人最终瓦解了敌人，他们用的不是武器，而是富饶的土地和美丽的女人。维京人的首领罗洛娶了贝朗吉伯爵的女儿波帕，而他的 5000 战士也都分别娶了巴黎当地女子。他们接受了法国国王封给他们的领地，并且改变了宗教信仰，而成为法兰西的新诺曼底人。从此，他们用自己的生命为法兰西而战。

从 1337 年开始并持续了 100 多年的英法战争，使巴黎再度遭到浩劫。比战争更可怕的是蔓延了整个欧洲的"黑死病"。然而当巴黎刚刚走出瘟疫的阴影，社会的痼疾使它再度陷入黑暗的深渊，狂热的雅各宾党人罗伯斯庇尔将巴黎变成了一个恐怖的城市。救国委员会的革命法庭随意逮捕和处决人犯，在短短的一年间大约有 4 万人被送上断头台。

1793 年 1 月 21 日上午 10 点，路易十六国王也被押上巴黎协和广场的断头台。他朝着黑压压的人群哭喊："我是无辜的。"但震天动地的鼓声和狂热的呼喊淹没了他的叫声，铡刀随即落下。

巴黎还在继续扮演着激进的世界领跑者的角色。1804 年，一个小个子的炮兵军官拿破仑借革命之机登上政治舞台，建立了穷兵黩武的第一帝国。拿破仑军队的铁蹄踏遍了欧洲大陆，巍峨壮丽的凯旋门是拿破仑为自己建造的战争胜利纪念碑，数十万战死者的灵魂被垒进了这座雄伟的建筑物。与凯旋门一块留下的还有金色穹顶的荣军大厦和旺多姆广场上高高伫立着的一位为战争而生的孤行者雕像。

1871年3月，震惊世界的巴黎公社在围城中诞生，这是工人阶级夺取政权的第一次尝试，但72天后即告失败。这一切的一切，都发生在巴黎。也只有巴黎，才允许这样的血与火的尝试。因为倘若发生在伦敦，那就不可思议了。

整个19世纪，全世界几乎每天都在谈论巴黎。巴黎上空的每一道电闪雷鸣，总能让沉闷的日子发出一道道亮光。当然，作为中心城市，巴黎并非完美。这时候的巴黎已是一个拥有60多万人口的欧洲大都市，但却是一个最不卫生的城市。大概是为了掩饰臭味，巴黎人发明了香水。

作家伏尔泰为此大声疾呼，他在《美化巴黎》一书中这样写道："到处散发着恶臭，街道昏暗、狭窄、丑陋不堪，似乎代表着一个最野蛮的时代。"

巴黎没有在普鲁士军队围城的炮火声中战栗，却为这样的文字而羞愧难当。上自国王贵族，下至平民百姓，人人都在谈论伏尔泰的文章。拿破仑三世终于下决心要彻底改变巴黎城市的交通和卫生问题。法国都市规划师巴宏·奥斯曼男爵受命改造巴黎城建设施，他主持修建了阿尔大市场，植造了布洛涅林苑和万塞纳林苑，设计了壮观的林荫大道，建立了下水道和引水道网络，盖起了巴黎歌剧院和巴黎火车站，同时改造了城区所有的主要街道，从而使巴黎焕然一新。

"二战"之后是巴黎最美好的岁月，政府实施了一项修饰首都所有临街建筑物的大规模计划。接着，大拱门、玻璃金字塔、蓬皮杜艺术中心等一大批现代化建筑在塞纳河两岸诞生，巴黎成了全世界最具魅力的大都市。

在游船上，可以看到塞纳河左右岸风光有很大的差异，社会传统也迥然不同。右岸一直维持着巴黎商业中心的地位，那儿汇集众多银行、百货大楼、航空公司、政府机关和股票交易中心。而左岸，则始终是文化知识重镇。右岸的生气勃勃和左岸的宁静深邃，构成了一个完整的巴黎。

河水潺潺流淌，随着游船的行进，一个古老而又现代的巴黎，在水光潋滟之中，尽情展示它美丽的姿容。每一座建筑物，每一道桥梁，每一棵树，每一片草地，每一尊雕像，在这里都可以找到它们自己的位置，都可以自由呼吸，尽情歌唱。因为这里是巴黎。

塞纳河，你这样对我说。

水坝上的城市

汽车驶出阿姆斯特丹，沿着运河疾驰。车窗外的景色变得绚丽多彩，让我一下想起印象派画家们的画，莫奈的、塞尚的、高更的……那鲜艳丰富、对比强烈得有些夸张的色彩，那似乎只存在于童话中的画境，原来并不是画家的臆造，而是大自然的原色。

荷兰是欧洲最美丽也是最富饶的国度之一，但与其他国家不同，这片美丽和富饶并非完全出自天然，而是荷兰人世世代代围堤筑圩垦海造田的结果。荷兰人最引以为豪的一句话就是："上帝造人，而荷兰人造地。"的确，世界上没有哪一个国家像荷兰这样，年年月月和大海搏斗，生生从大海的巨口中夺回将近一半的国土。

荷兰国土面积仅有 4 万平方公里，却有 1/4 的土地低于海平面。而占全国人口 60% 的人口就在这片低洼地上生活和工作着，同时创造出一桩桩让世人钦羡不已的业绩。

我们飞抵阿姆斯特丹已是晚上，一进宾馆打开电视机，便是一部荷兰的旅游风光纪录片。虽然听不懂解说词，但蓝色的运河、青碧的牧场、古老的风车和绚丽的鲜花一下就把我们带入童话般的世界里。

第二天一早，我们登车去阿姆斯特丹北郊看风车村。道路两旁都是一望无际的牧场，三三两两黑白相间的牛群悠闲自得地漫步在广袤的牧场间，如诗如画。谁能想到，这一片平畴绿野原本也是大海的一部分？纵目远眺，眼前是一幅幅天然的荷兰风景画。虽然时令已届初冬，看不到鲜花，但明亮的天际，如茵的草地，悠悠的白云，波光粼粼的湖泊和潺湲的水渠，都让人目夺心摇。围海造地形成了一个个湖泊。风车村便是一座临湖的村庄。3座巨人般的大风车威风凛凛地矗立在湖边，每座风车足有六七层楼高。其实这里的风车已不复使用，但它们站在那里，便是一段历史的见证。

荷兰人与海搏斗，靠的就是这一座座古老的风车。他们先朝浅海里抛下石块，筑成堤坝，而后便用这一座座巨人般的风车将堤围内的海水排干，再种上芦苇，一年后放一把火将芦苇烧掉，开挖排水沟渠，就造成了今天的良田沃野。

而今，大大小小的风车依然耸立在蓝天白云下，它们是荷兰的象征。

这是一个多么顽强的民族，在与大自然的搏斗中，荷兰人锤炼出了坚强的性格和宽阔的胸怀。16世纪，荷兰曾受西班牙统治，17世纪成为海上殖民强国。但好景不长，18世纪初，又在法国统治下成为荷兰王国。尽管历史上荷兰也曾扮演过海上殖民者的角色，然而，一次次遭受强敌侵略和压迫，到底让荷兰人明白了和平和自由的珍贵。

阿姆斯特丹是荷兰的首都。"阿姆斯特"是河之意，"丹"是水坝，"阿姆斯特丹"便是指在水坝上建起来的城市。这座城市的大部分地方低于海平面1～5米，是一座名副其实的海底城市。当冬季涨潮时，北海海面竟与城内两层楼房齐高。全靠坚固的堤坝和抽水机，才保住城市免遭灭顶之灾。全城有运河165条，桥梁1281座。纵横交错、密如蛛网的运河把城区分割成许许多多的小岛。城市的街道、商店、教堂和住宅都是建在这些小岛之上。走在大街小巷，随处可见水色悠悠。不经意间，一艘艘乳白色的游艇从身边悄没声息地驶过，像一条条白色的大鱼，掀起微波细浪，让人赏心悦目。

阿姆斯特丹给人的印象是整座城市像座博物馆。人们精心地保护着市中心的 6700 栋 17 世纪时期的建筑物，不使它们受到丝毫损伤。300 多年过去了，这一幢幢比肩接踵的巴洛克式建筑，依然光洁如新。它们站在街道两旁，像是精心挑选出的仪仗兵。没有高低错落、长幼胖瘦、尊卑雅俗之分。不过这些房子的外形看似相同，实际上屋顶的造型和窗户的样式却互有变化，而且外墙涂饰着不同的色调，排列在一起，让人感受到一种规整、和谐的美。临街房子的门面都很小，显示出谦逊和礼让。其实，这是当年市政部门的绝招：按门面大小收房屋税。于是形成这样的建筑格局。

　　达姆广场，是荷兰首都阿姆斯特丹的发轫地。整个阿姆斯特丹市区像个巨大马蹄印，这是因为它是以马蹄状的运河为基础发展起来的。而达姆广场正处于诸多运河的交会点上。这里是全市最热闹的地方，全国性的庆典都在这里举行。广场中央矗立的战争纪念碑是为两次世界大战中的牺牲者而建的。对面是富丽堂皇的王宫。这座 1665 年建在 13659 根木桩之上的王宫，被称为建筑史上的八大奇迹之一。人们曾抽检过其中的一根木桩，仍完好如初，整座建筑毫无下陷的危险。荷兰王室现在住在海牙，这里只是国王接见外国使节的地方。广场是用 30 万块石头铺成的，显得非常古朴和典雅。每天，广场上总是游人如织。这里也是街头艺人最佳的表演地。全身涂满油彩、打扮得如雕塑一样的艺人，有的就站在路旁，一动不动，而生性胆小的小姑娘却偏偏爱找魔鬼照相。当然，这是要付费的。广场上的建筑物像一个个巨人比肩而立，但却没有谁想过把对方压垮。正是因为它们的谦逊和礼让，才构成了如此巍峨而又如此和谐的景观。

　　阿姆斯特丹老城的街道很小，大都是单行道，交通却秩序井然，看不到塞车现象。

　　荷兰是一个只有 1500 万人口的小国，然而，这个小国之民却常常做出一些惊人之举。填海造地自不用说，即便在第二次世界大战时期最艰难的日子里，荷兰人也能够迅速医治战争的创伤，恢复哪怕只是短暂的和平和宁静。大战初期，荷兰曾遭受德军的疯狂轰炸，鹿特丹、阿姆斯特丹等许多城市陷入火海。但荷兰人以坚忍不拔的精神，重建自己的家园。以致1944年1月，当德军骁将隆美尔接手北大西洋防务来到荷兰时，看到眼前一派和平景象，村镇美丽如画，简直嫉妒坏了。

荷兰人有太多值得自豪的事。荷兰足球的橙色军团不仅在欧洲的绿茵场上大展雄风，而且战胜过巴西等多支南美劲旅，曾经两度打入世界杯决赛。荷兰的郁金香风靡世界。阿姆斯特丹有欧洲最大的古玩市场，而且曾经享有欧洲文学之都的美誉。笛卡尔、斯宾诺莎、凡·高、伦勃朗等一大批文化巨匠都在这里生活和创作。在第二次世界大战中遭德军飞机轰炸，严重毁坏的鹿特丹港，战后，荷兰人将它修建成世界第一大海港，现在，他们又要将史基浦国际机场建成世界第一大航空港。

在阿姆斯特丹的大街上，我们看到的荷兰人总是昂首挺胸，充满自信，阳光写在他们红润的脸上，风声响在他们飞扬的衣褶下，这就是荷兰民族。

威尼斯小调

5世纪，一场部族间的殊死战斗逼使一群威内托人逃到亚得里亚海滨。前面便是茫茫大海，他们将往何处求生？忽然，他们的目光被浮沉在波涛之中的簇簇小岛所吸引，于是造筏浮海来到这些岛屿之上。可是小岛的地势低洼，常常被潮水淹没。他们就往地里打下一根根粗大的木桩，再在木桩上建造起一间间房屋。这就是威尼斯城的来历。

这座不到8平方公里的城市，却被177条密如蛛网的运河分割成118座小岛，岛和岛之间就凭着各式桥梁相连。由是，穿梭于水巷中的贡都拉小船便成了威尼斯人最喜爱的交通工具。

2300条水巷、400多座桥梁，使得威尼斯成为举世闻名的水城。海上贸易为威尼斯人带来了巨大的财富，由此诞生了拥有强大海军和庞大商船队的威尼斯公国。自14世纪以来陆续建成的400多座宫殿和120座教堂，更使得威尼斯到处金碧辉煌。当120座钟楼钟声齐鸣，这个浮在碧蓝的海波上的公国充满了怎样的威严和神圣？

500年前，威尼斯是世界大都会，相当于今天的纽约。来自东方和西方的商船云集威尼斯，沿着大运河，缓缓驶向它们的泊地。巨大的各类货栈便建在运河两岸。

大运河是威尼斯的香榭丽舍大街，在蜿蜒4公里的水道两岸矗立着12世纪到18世纪留下来的200来座宫殿府邸和7座教堂。从哥特式、文艺复兴式到巴洛克风格，各具特色。整个建筑群的基座都深深地浸入海水中，犹如自大海中升起。

威尼斯曾是显赫一时的海上商业强国,作为那个光荣而富有的年代的产物,大运河两岸的府邸建筑,尽管在风格上表现得如此丰富多样,但它们所体现的那种开朗、活泼和轻松的性格则是共同的。装修考究的房屋通过宽大的玻璃窗和阳台与户外明媚的阳光和波光潋滟的河水连成一体,处处表现出一种乐天的心理状态和对豪华、安逸和享乐的追求。

威尼斯风情总离不开水。威尼斯人喜欢在运河上划船,乘船走亲访友,这也构成了这座城市独特的悠悠晃晃的行进节奏。这些造型别致的狭长小船,叫作"贡都拉"。船身涂以黑漆,有一根形似中提琴的橹,半划半撑前进。据说,1562年以前船的颜色五彩缤纷,但市议会的元老们认为,一个严肃城市的合适颜色应该是黑色,于是,市议会通告,所有的"贡都拉"都必须漆成黑色。

"贡都拉",黑色的"贡都拉",这些游弋于大小水巷的小船,让威尼斯充满了神秘而浪漫的色彩,更让人神迷不已。

我们的大巴在威尼斯车场停靠时,上来了一位身材微胖的40岁左右的女性,她让我们叫她意大利的名字"艾米丽"。领队告诉我们说,意大利政府规定,旅游团队在意大利境内必须雇用本国导游。艾米丽便是我们在威尼斯的临时导游。我们在威尼斯逗留的时间很短,只有一个半小时,中间还安排一个20分钟乘坐"贡都拉"游水城的节目。因此,必须一路小跑。艾米丽便是在小跑中向我们讲解威尼斯的历史和风光。码头的栈桥上风很大,她还提醒大家把衣领竖起来挡风。

艾米丽的讲解或许谈不上有多高深的专业,但是充满了温情。她告诉我们,威尼斯有400多座形态各异的桥梁,几乎座座都是艺术品。其中两座最著名,一座叫里亚托桥,因为莎士比亚的名剧《威尼斯商人》里曾经提到过它,可见它历史之悠久。这座桥全部由大理石砌成，桥中间是人行道，两旁则是一家挨一家的小商铺，是威尼斯最具特色的桥街。

另一座叫叹息桥。它建在总督府和监狱之间，是一座全封闭的桥。从前，被判死刑的犯人，从监狱出来走向刑场时，要经过这座桥。犯人过桥时，从桥上的小窗看到运河上熙熙攘攘的景象，总不禁会发出一声长叹。这便是"叹息桥"得名的由来。说毕，艾米丽情不自禁地也轻轻地叹了一口气。

她刚刚介绍过自己的经历。十几年前，艾米丽从台湾来到威尼斯，嫁给了一位意大利男子，在生下女儿后，她与丈夫离了婚。从此她便一个人带着女儿生活，用当国内旅游团队导游的微薄薪金，供奉房租和抚养女儿。

当艾米丽带领我们走进圣马可广场时，她像变了一个人，神情飞扬，话语中满溢自豪之情。她介绍说这是世界上最著名的广场之一，也是威尼斯城市公共生活中心，被誉为"无顶大理石沙龙"。广场大约有4个足球场大小，分别被圣马可教堂、钟楼、新市政厅克雷尔博物馆和总督府环绕。广场边上有几家著名的咖啡馆，拜伦、狄更斯曾经在这里品过咖啡。当拿破仑率大军进入威尼斯，第一眼就被广场的恢宏气度震慑住了，他由衷地赞叹说："这是欧洲最美丽的客厅。"

这个过去曾经是巴塔若海流分隔成的两块菜地，经过威尼斯人几百年来的不断修建，今天成了威尼斯美丽象征的大广场。涨潮的时候，海水轻轻地漫过整个圣马可广场，粼粼的水波亲吻着广场上的每一块石头，诉说着倾慕之情。

威尼斯的守护神和城市象征便是矗立在圣马可广场圆柱上的那头带翅膀的狮子。这是一个民主的国度。总督府门楣的雕塑便是总督跪在马可狮前，表示总督是威尼斯的仆人。由于总督受到的限制太多，以致没有人愿意担任总督。而市议会则拥有绝对的权威。

　　位于广场中心的圣马可教堂建于公元829年，是为纪念圣徒马可而建。这座教堂是巴洛克式建筑的杰作，据说为了贴着水面建造这座教堂，威尼斯人向海底打下了18万根木桩。

　　圣马可广场上最动人的景象莫过于游人和鸽子的零距离接触。大家纷纷在广场上拍照，记录下人和白鸽，以及美丽建筑和大自然——蓝天、阳光和海水的和谐相处。忽然，艾米丽发现不远处的地上有一张游客丢下的包装纸，她立即跑过去捡拾。可正当她伸出手，一阵风吹来，包装纸被吹走。艾米丽便撵着纸片跑。一个趔趄，差点摔倒。就在趴在地上的一瞬间，她抓住了这张包装纸。我们都不禁吁了口气。我们见艾米丽的脸涨得通红，心想，这下她一定要生气了。不想，艾米丽很快就换回笑容，亲切地招呼大家到码头乘坐"贡都拉"，体验威尼斯水巷风情，好像刚才什么事都没有发生过。

　　从栈桥出发，到回到栈桥集合，艾米丽几乎是用小跑的语速，介绍着她始终热爱着的水城威尼斯，其间，还夹杂着她自己的身世。为什么她要告诉我们这些？也许，是遇上了同族的兄弟姐妹，心头涌起难以抑制的情愫。夜色渐渐降临，城市的万盏灯光倒影在大运河里，艾米丽匆匆向我们告别，她要赶晚间的火车，回郊区的家。她的步履很快，只见一条紫色的围巾在风中飘动，像一只蝴蝶，越来越小，越来越远。

独 步 当 世

在中国历史上，宋朝的国祚并不十分长久，北宋167年，南宋152年。然而，有宋一朝，可能是最民主、最热闹，但也是最折腾的朝代。300年间，朝堂上充满了文臣们的争辩吵闹声。

文人交锋和武士交锋全然不同。武士们大抵来得简捷、痛快，最多只说一句话："那厮休得啰唣！"接下来，便是刀兵相见，或一剑封喉，或乱箭穿心，或数枪毙命。

而文人交锋，口诛笔伐，制造的是精神上的折磨，让你如鲠在喉，如刺在背，日夜不安。赵宋皇帝们见文人们交锋，往往先是暗自得意，还多加鼓励。因为，这正是他们的祖宗、开国皇帝赵匡胤定下的安邦国策中最重要的一条。当年，赵匡胤"杯酒释兵权"，不动一刀一枪，就收了领兵大将石守信等人的兵权，而后放手让文人们占据政治舞台，且极大地发扬了文人的特性：指点江山、激扬文字。但久而久之，皇帝们也会感到厌烦，因为听文人们争论，无论正方反方，都是引经据典，滔滔雄辩。皇帝要当庭立即做出判决，还真有几分难度。不然，只好旷日持久，什么事也决定不了。就像南宋的孝宗皇帝，一登基就广延文士，听取他们的意见，整整听了20年，最终无所作为。况且，这些文人们并不那么听话，有的性格执拗，有的言辞偏激，有的得理不让，常常弄得皇帝自己也下不了台。

比如，寇准的刚直不阿是出了名的。端拱二年（989）的一天，寇准在朝堂上奏事，言辞十分激烈，宋太宗听着有些生气，几次打断寇准的话，但寇准不依不饶。太宗大怒，起身离座要走。寇准却疾步向前，一把拉住龙袍的衣角，硬是把皇帝拽回到座位上，坚持把话说完。

按说，在这样的氛围里，文人精神正可以大大发扬。其实不然。因为朝廷的规矩不容破坏，当朝臣们过于放肆时，皇帝便使出撒手锏：贬官外放，等他们头脑冷静了再回来。这不是宋朝皇帝的发明，唐代的刘禹锡、韩愈、柳宗元、白居易就都因为向皇帝进谏而被外放过，但也因此造福了一方百姓。

宋仁宗景祐三年（1036），参知政事范仲淹以言事被贬。余靖、尹洙为范仲淹说话也被罢官。而欧阳修因为公开责备司谏高若讷不能仗义执言，也落了职。这时，一个来自福建的小个子书生蔡襄，写了一首《四贤一不肖》的讽刺诗声援他们。此诗一出，京都人士竞相传抄，连出使宋朝的契丹使者也买了一份带回国内。年仅25岁的蔡襄因此在京师名声大振。庆历三年（1043），仁宗皇帝任命了一批正直的官员为谏官。32岁的蔡襄受到重用，以集贤校理知谏院，与余靖、尹洙、欧阳修并称"四谏"，积极支持范仲淹的"庆历新政"改革。让蔡襄来主持谏院衙署，应该说仁宗皇帝是作了充分思想准备的，因为他知道这位小个子的福建人最认死理，一旦较起真来，8匹马都拉不住。果然，蔡襄甫上任就上疏说："朝廷增用谏臣"，"朝野相庆"，"然任谏非难，听谏为难；听谏非难，用谏为难"，"愿陛下察之，毋使有好谏之名，而无其实"，一开始就教训起皇帝来。疏中更是直陈仁宗的痛处："号令不信于人，恩泽不及于下，此陛下之失也。"疏既出，不少人都为蔡襄捏一把汗。还好，仁宗皇帝不以为然，而那些当朝权贵则一个个心怀畏惧，多有收敛。不久，庆历新政失败，蔡襄以母亲年迈为由请求回家。

公元1012年蔡襄出生于福建仙游县枫亭驿。少年随父迁居莆田城厢区棠坡村蔡垞。天圣八年（1030），18岁的蔡襄参加开封乡试获第一名；次年，登进士第10名。蔡襄自幼受到外祖父的严格教育，有很深的书法造诣，其楷书端重，行书温媚。《宋史·蔡襄传》称："襄工于手书，为当世第一，仁宗尤爱之。"可以说，蔡襄之所以受到仁宗皇帝的重视和关爱，首先不是他的政治主张，而是他的书法艺术。蔡襄擅长正楷、行书和草书，与苏轼、黄庭坚、米芾并称宋"四大家"。蔡襄更是宋代书法发展史上不可或缺的关键人物。他以其自身完备的书法成就，在晋唐法度与宋人的意趣之间搭建了一座技巧的桥梁。最推崇蔡襄书艺的莫如苏东坡和欧阳修。苏东坡在《东坡题跋》中写道："独蔡君谟天资既高，积学深至，心手相应，变态无穷，遂为本朝第一。"欧阳修则以"独步当世"来评价蔡襄的书法成就。

　　于是，一代书家暂离帝都，同时暂离各种势力缠斗的政治泥潭，来到生他养他的八闽故土。蔡襄的头脑果然冷静了许多，他已不再单纯扮演一位掷地铿锵有声的官场斗士，在这关山重隔、远离政治中心的父母之乡，他要脚踏实地，做好每件事，从而实现自己施政为民的抱负。

　　庆历五年（1045），蔡襄以右正言、直史馆出知福州。他回闽的路线仍然是从浙江江山越过仙霞岭，一路跋涉，至浦城鱼梁驿，而后改乘江船由南浦溪转入闽江而下。当福州知州，自可为民众办实事。他兴学堂、修桥梁、破陋俗、课农桑，赢得百姓一片赞颂声。但不久，朝廷又改任他为福建转运使。转运使直属中央，不仅掌管一省财赋，而且还担任监察各州官吏，反映民生疾苦要务，这使得他有机会考察更多的地理民情，施展自己多方面的知识才干。

　　这期间，他频频上奏，比如奏请修复莆田五口水塘，灌溉农田千余顷；又奏请免征漳、泉、兴化等地五代时划定的丁口税一半，减轻百姓负担。他还下令自福州城外大义渡至漳州的700里驿道旁种松。百姓为之赋诗歌颂："道边松,大义渡至漳东,问谁植之我蔡公。岁久广荫如云浓……行人六月不知暑,千古万古长清风。"

"武夷溪边粟粒芽,前丁后蔡相宠加。"这是苏东坡咏建州北苑贡茶的句子。前丁指的是丁谓,后蔡即是蔡襄,为前后任的福建转运使。福建建州的北苑茶,又名"晚甘侯",是当时有名的贡茶。蔡襄任转运使后,十分重视北苑茶的发展。他从改造北苑茶品质花色入手,求质求形。在外形上改大团茶为小团茶,品质上采用鲜嫩茶芽做原料,并改进制作工艺,使得北苑贡茶达到"益穷极新出,而无以加矣"的高水平程度,誉满京华。由于蔡襄的精心督办,促进了北苑茶的发展,也促进了福建地方经济的发展。

至和二年(1055),蔡襄以枢密院直学士知泉州,又知福州。在泉州任上,他首先整顿吏治,查出晋江县县令章拱之贪赃枉法,经奏请朝廷将该县令革职,人心大快。嘉祐三年(1058),蔡襄再知泉州。他曾多次来往于福州和泉州间,深感洛阳江万安渡之不便,并目睹台风袭来时渡船倾覆的惨状:"每风潮交作,数日不可渡","沉舟被溺,死者无算"。于是,蔡襄开始了他宦海生涯中的一大壮举:修筑洛阳桥。这已是他多年的夙愿了。他一面筹措巨资,一面亲自擘画,经过多次实地勘察,并听取乡民建议,先在江底沿着桥梁中线抛掷大量的大石块,形成一条横跨江底的矮石堤,作为桥梁基础,然后用一排横、一排直的条石筑桥墩。这种建桥基的办法,是桥梁建筑史上的重大突破,近代称之为"筏形基础"。而后,种植牡蛎以固桥基。这是在桥的上下两侧滩涂上,插上石条以附牡蛎,借以减缓江流速度,使不致动摇桥墩两侧基础。这种做法被认为是世界上生物学运用于建筑上的先例。经过排除重重艰难险阻,终于嘉祐四年(1059)十二月建成长360丈、宽1.5丈的洛阳桥。从此,"渡石支海，去舟而徒，易危为安，民莫不利"。这是我国第一座海港大石桥，更被称为"福建桥梁的状元"。它的建成，对福建的经济、文化发展起了重要作用。洛阳桥建成后，蔡襄亲自撰写《万安渡石桥记》，刻碑立在左岸。此碑文章简约，书法遒劲，镌刻传神，被誉为"三绝"。

蔡襄知泉州期间，连年发生旱灾，百姓为争水甚至发生械斗。他特地3次带领泉州官员到飞阳庙祈雨，并自我谴责，认为长期干旱是"郡守不德之故"，以此来要求属下要关心民瘼。同时他一方面组织民众兴修水利、生产自救，另一方面加强水源管理。晋江龟湖塘可灌田数千亩，但是因为没有相应的规约，沿塘百姓常常为用水争吵、斗殴。于是蔡襄特地制定了《龟湖塘规》，明确规定沿塘六姓用水及水塘的管理维修问题，以防用水纠纷。正因为有了蔡襄制定的《龟湖塘规》，龟湖塘为当地百姓造福近千年。后人因此为蔡襄立"德政碑"。

蔡襄还亲自上山踏勘，为久旱的乡民寻到一处宝贵的水源，感动不已的晋江县县令王克俊特地在水源地的山崖刻上"蔡公泉"三字以为纪念。

蔡襄此后再没有回京城。仁宗皇帝的耳边因此清静了19年。

宋英宗治平四年（1067），蔡襄去世，享年56岁。在他身后，是洛阳桥，是蔡公泉，是《万安渡石桥记》，是《龟湖塘规》，是《荔枝谱》，是《茶录》，是《四贤一不肖》诗，是他鲜妍不灭的传世墨迹，还有一个封建文人的灼灼良知。

文章太守足风流

清乾隆二十五年（1760）五月，清廷下诏，着福宁知府李拔调任福州知府。当时闽东交通十分不便，由福宁府署所在的霞浦到福州走旱路一般需要6天，而朝廷诏书催得急，来不及等到接任者，是日一早，李拔便带着家人起轿上路。但不知是谁走漏风声。李拔的轿子才出府衙，街巷上早已聚集了大批民众，大家拦在轿前，异口同声不让李拔走。甚至还有人跪地高呼："李大人不要走，福宁百姓需要您！"李拔一时左右为难。

由福宁府调任福州府，这在官场上被看成是擢升。因为福州为八闽首府，地位殊重，向来有"福郡地大而事繁，古常选用重人"的说法。的确，自宋以降，福州历任知府（知州）中，彪炳史册者如蔡襄、程师孟、曾巩、梁克家、赵汝愚、辛弃疾、真德秀、黄裳等人，皆为当时朝廷重望。乾隆时期的福州知府李拔也是其中出类拔萃的一位。

而福州百姓早就知道李拔清名，正翘首以待。听闻李拔被福宁挽留，士绅们纷纷涌向总督衙门请愿，闽浙总督杨廷璋连忙做出相应处置，声称：福州不可一日无守。让李拔遵诏即日到任。

因秦汉之时，一郡主官称太守。魏晋以后，郡守官职名称虽有变更，但百姓仍习惯叫太守。福州、福宁两郡争守，一时传为乾隆朝佳话。

李拔是四川犍为人。其高祖为当地大儒，明亡，以身殉国。受此牵连，李拔的祖父、父亲一辈子不能出来做官。一直到清中叶，乾隆皇帝为明代守节臣民平反，时年39岁的李拔才得以考中进士，踏入仕途。

清乾隆二十四年（1759）二月，李拔由湖北汉阳府同知调任福建福宁知府。山一程，水一程，经过数月长途跋涉，风尘仆仆的李拔来到濒临浩瀚东海的福宁府城。映入眼帘的第一幕，就是一道破败将颓的城墙。尽管一周前，他到督署报到时，总督杨廷璋已将福宁的有关情况作了介绍。但进城后出现在面前的景象，比他预想的还要糟糕：街巷冷清，市面萧条；路上不少行人衣衫褴褛，面带饥色。到了府衙，一干属吏前来觐见，言谈中都流露出悲观的情绪。李拔出仕后一直在湖北江汉平原做官。那里是富庶的鱼米之乡，官府财税充足，百姓生活安宁。而眼前的福宁府，可以说民生凋敝，府库匮乏，百端待举。

李拔不顾车马劳顿，亲自到各地巡查，经过一番明察暗访，他很快就掌握了郡情，并立即做出相应处置。

首先，是修筑城墙。其时，闽东海盗猖獗，呼啸来去，百姓深受其害。要保一方平安，稳定民心，一座坚固的城墙至关重要。为筹措修墙资金，他带头捐出二百两银子，衙署官吏和福宁富绅也纷纷响应。在不花国家库银，不加重百姓负担的情况下，很快就修好了历经百年风雨行将废圮的福宁城墙。此举也提振了福宁军民建设和保卫家园的信心。

当时，福宁长溪河三坝崩塌，水患频发，百姓苦不堪言。他播出专款，组织民众重修三坝，使得水旱从人，百姓安居。《福宁府志》中有关李拔整修的水利设施点，有明确文字记载的不下几十处，如：月池，在南门外，郡守李拔饬县重修。杨家溪，在县五、六都，二十四年，郡守李拔饬县修复；李拔有诗云："济川伟业本无方，远作樯帆近作梁。溪小不堪容鼓屋，聊成碇步代舟航。"福鼎夹城溪，乾隆二十四年夏间大水，堤复被冲如平地。郡守李拔因公至邑，亲临阅视，见状大惊："无此堤无鼎邑也！奈何忽之。"檄饬县令吴寿平、胡建伟督率士民，先生增修，以资保障。福安有东湖，李拔莅任，建议大兴水利。他亲临周视，写了《请修东湖议》：宁郡山高海深，水泉流注，随在可资灌溉，此其善也。然地之高下不一，天之雨晴不齐。晴多则洋田皆槁，雨多则山田鲜固。必多设塘堰沟洫，以资蓄泄，斯为有备而无患焉。

在短短的一年三个月时间里，李拔的足迹遍及福宁全境，所到之处，大都留下诗文题刻，人称遍山石。在他的这些诗文中，涉及的水利点就有霞浦江、砚江、倒流溪等三十余处。

福宁濒海，李拔见许多百姓以捕鱼为生，收入微薄，生活困苦。一到严寒的冬季，百姓仅着单衣，甚至有的家庭丁口较多，衣不蔽体。往北边购棉、丝，富人尚且力不从心，更何况寻常百姓家。他想到老家四川桑蚕业十分发达，养桑蚕还是一条致富之路。而福宁的气候也适合桑树生长。但怎样让老百姓接受他的建议呢？于是，他在府衙的后园中移种桑树，并亲自养蚕。太守的亲身示范，引发了周边民众的兴趣，许多人特地到府衙后园，看李拔着草履短褐如同一位老农般在园里弯腰劳作，于是都跟着种桑养蚕缫丝。仅仅过了几个月，"良丝厚茧，俱有成效"。一时远近商贩纷纷前来收购。养蚕成功后，他将从四川采购来的蚕种和缫丝工具分发福宁各县，大力推广。他还写了《蚕桑说》，教授人们养蚕技巧。方志载："闽知养蚕，实自李拔始，功尤伟矣。"

除养蚕外，李拔还著有《种树说》《种棉说》等，呈报上方，希望将四川、湖北的养殖经验在闽地推广实行。针对福宁山多田少的情况，他还写出调查报告："查有包稻一种，闽中名为番豆。种植不难，收获亦易。中斜坡陡山，但得薄土即可播种。夏间成熟，取以为米、为面、为酒，无所不可。皮地壳喂猪，猪皆肥脆，适用甚多。"李拔说的包稻。就是玉米。通过广种副食，推广玉米以解决百姓的温饱，稳定一方民心。

福宁山多路隘，一些偏远的乡村因缴纳税粮运送困难，朝廷同意将税粮折合成钱票缴纳。有的收税官员借机拉高损耗额度，盘剥乡民，从中谋取私利。李拔发现后立即予以制止，并规范了耗损定额。

福宁郡是福建重要的产盐地。盐、茶均属于官营。但由于官府管理松懈，致使大批私盐贩子乘虚而入，私盐买卖猖獗，还引发官商勾结的腐败现象。李拔经过调研，决定在东冲口设卡派兵丁驻守。东冲口是盐贩走私的必经之地。此举彻底截断了私盐之路。为防止兵丁借机敲诈勒索过往客商，李拔同时又制定了哨卡管理条例，百姓拍手称快。

李拔将治民之法，概括为养和教二字。他曾这样写道："治世何术？曰养，曰教。教养何道，曰农桑水利，曰诗书礼乐。"李拔自曾祖父起，属教育世家。所以他每到一地为官，特别重视振兴书院。他上任伊始，就带着僚属视察福宁府学，聘请教师，修缮校舍，并亲自撰写重修学宫记。他规定，担任书院教师者必须经过考试。《宁郡五县书院延师课出议》："一日不学，此生可惜；人生百年，会有穷期。"就是他拟出的考试题。府城内还有一所民办的蓝田书院，应山长邀请，李拔常常于公务之余亲自前往为诸生讲学。

李拔上任后发现福宁府志常年未修，他决定重修，并担任总纂。不到一年时间，府志初稿完成。但这时他接到了调任福州知府的诏令，于是将府志书稿带到福州继续完成。

李拔曾这样说自己："某。西蜀庸才，起自田间，于民生利病之源，知之甚悉。"正因为他来自民间，对百姓民生和痛苦十分了解，所以，为官一任，总是想着怎样为百姓解除困厄，改善民生。李拔在其《福宁府五县志叙》中写道："考之往昔，都城无过百雉，公侯乃封百里。今之令长，即古之列侯，任大责重。"自感为官一任，责任重大。若心中没有装着百姓，将一府之地当作自己的家，一府之民当作自己的亲人，就做不好知府。为此，他在府衙二堂上撰联："有己求人，无己非人，责任必先责己；天视民视，天听民听，欺民即是欺天。"

李拔素有雅兴，自称"平生最喜登临，遇高山辄动仰止之思，所在多屐齿迹。"这些屐齿迹，而今仍以诗文和摩崖题刻留于后世，足见一位文章太守的风采。

李拔去世后，岳麓书院山长为其墓志铭撰联："泽传东南深得民情爱戴；学宗濂洛直探道统渊源。"概括了他勤政为民、兴文重学的一生。

四 季 诗

  从地图上看，泰宁的形状就像一只正从水中凫出展翅欲飞的野鸭子。这只野鸭子，在宋之前，确实隐蔽得很严实。在它周边的邵武、将乐，已经人声鼎沸，红火一片，它却仍然寂寂无闻，独守着一份宁谧和朴野。但深山、密林、幽洞、清溪……却又是文人学子钟情之地。

  泰宁的文人们得天独厚，自小生长在美丽幽奇的山水间，耳濡目染，自然情系青山、诗意满怀。

  这一片尘闹不到的地方，也是读书人选择的逸世之所，由此诞生了泰宁的岩洞文化。泰宁历史上出过两位状元，一位叶祖洽，宋神宗熙宁三年（1070）状元；一位邹应龙，宋庆元二年（1196）状元。而两位状元都是在泰宁的绝壁岩穴中苦读出来的。

  泰宁的岩洞也迎来了大理学家朱熹。朱熹字元晦，晚年自号晦翁。他继承、综合周敦颐、邵雍、张载、程颢、程颐等人的学说，阐发"二程""存天理，去人欲"之说，以格物致知、正心诚意为核心，以维护三纲五常为宗旨，又吸收佛教禅宗和道教的唯心论，是宋代理学集大成者。朱熹一生游学甚广，从学弟子甚众，其主要活动地点就在闽北。

  朱熹到泰宁，应该是在庆元三年（1197）。乾隆本《泰宁县志·人物志》载："庆元间，籍伪学，（朱熹）避居邑南小均坳数年。"

  寥寥数语，中间则藏着天地风云，湖海波涛。

  所谓"籍伪学"，实际上是韩侂胄嫉恨赵汝愚执政而处心积虑制造的一场排除异己的党祸。他指使上书奏请设立伪学之籍，就是列一份黑名单，将一批道学清流和反对韩侂胄的名士共59人定为"逆党"，清除出朝，永不叙用。朱熹是当时公认的道学派的领袖，位列前5名。

朱熹，与春秋时期游走列国的孔子一样，学识、才情均冠绝一时，但却运气不佳。他先是遇上了优柔寡断的孝宗皇帝，接着又遇上偏听偏信的宁宗皇帝。

按说孝宗皇帝确实是想干一番事业的，这从他即位之初就诏令朝廷内外臣子大胆向他陈述时政的弊病以及振兴祖业、光复山河的良策可以看出来。事实上，孝宗执政20多年间，众多朝臣也不间断地用上疏、廷对、进札等方式，对当时的政治、经济、军事问题提出各种各样的建议。这其中包括朱熹、吕祖谦、陆九渊、杨万里等一代名儒。

即使在今天，回首当年宋廷上的这一片热闹情景仍然让人感慨不已。怀着各种各样动机的当朝和地方上的文武大臣围在胸怀壮志的皇帝身边，或鼓动如簧之舌，侃侃而谈，或上封进札，洋洋万言，让皇帝相信他们的赤胆忠心和安邦兴国的宏议博论。孝宗倒也不厌其烦，不断地接见大臣，不断地披览奏折，但结果如何呢？

在向皇帝进言的大臣中，朱熹的见解最为突出。孝宗刚开始对朱熹的言论很感兴趣，特地召他入朝对策。可是，当朱熹进一步阐述自己的观点，特别是指出皇帝要正君心亲贤臣远小人时，孝宗就不高兴了，他不喜欢说教之词，甚至还当场发怒。这样，大臣们便知道，皇帝还是爱听顺耳的话。于是，阿谀奸佞之徒大行其道，逢迎拍马、曲意奉承之风把一个本来没有多少智慧和魄力的孝宗皇帝吹得晕晕乎乎。在这样的情况下，许多爱国志士椎心泣血的主张如陈亮的《中兴论》、辛弃疾的《美芹十论》等自然被搁置不理了。

26年过去了，被朝廷无休无止的争论声弄得身心俱疲的孝宗借高宗皇帝去世要守孝为名，赶紧传位给皇太子。

　　1195年，26岁的嘉王赵扩在赵汝愚和韩侂胄等大臣的拥戴下顺利即位，是为宁宗。宁宗任用赵汝愚为参知政事。赵汝愚首荐好朋友朱熹入朝，担任经筵侍讲，也就是给皇帝开讲座。66岁的朱熹不顾年迈体衰，满怀希望地进京赴经筵讲义。32年前，还在孝宗皇帝即位之初，朱熹就曾奉召入朝对策于垂拱殿，也就是接受孝宗皇帝的当面咨询。满腹经纶的朱熹一上殿就滔滔不绝地阐述帝王之学必先格物致知，以极万物之变的道理。然而似懂非懂的孝宗皇帝让朱熹白忙活了，优柔寡断的性格使得他一辈子无所作为。朱熹只能十分失意地离开临安。现在年轻的新皇帝登基，朱熹好像又看到了一线曙光。

　　但一些日子下来，朱熹痛感朝廷风气的朽败。受宁宗宠信的韩侂胄拉帮结派，为所欲为。年轻皇帝身上更是沾染偏听偏信、独断专行的恶习。于是他在经筵讲习时毫不客气地对皇帝提出批评。在朱熹看来，宁宗的君德及才能，还远在孝宗之下。于是，他当面责问宁宗："陛下自视聪明刚断孰与寿皇？更练通达孰与寿皇？"宁宗受到朱熹这样的责问，表面诺诺，心中却老大不快。而韩侂胄一班宁宗的近侍大臣听到朱熹的这些话，更是又惊又怒，思谋着如何把朱熹驱逐出庭，清除帝侧的道学清议，最终打掉赵汝愚的势力。这正中宁宗的下怀。他实在不愿再被朱熹用"经""纪纲"和"天理"来束缚自己的手脚了。他下了一道手诏给朱熹，内云："朕悯卿耆艾，方此隆冬，恐难立讲，已除卿宫观，可知悉。"借天冷，把朱熹炒鱿鱼了。

　　宁宗此举，引起朝中许多大臣的不满，他们纷纷上书，要求宁宗召回朱熹，并发起一个声势浩大的援救朱熹行动。这批大臣，被韩侂胄定性为"道学派",他找出各种借口,将他们一个接一个撵出朝廷。

最后,举荐朱熹入朝的赵汝愚也被宁宗罢去右宰相,改授观文殿学士,出知福州。

听到赵汝愚被罢去相位,朱熹知道,更多的政治迫害要降临了。果然,不久,当政的韩侂胄就将朱熹的道学定为"伪学",要在全国范围内剿灭。各地官员奉命到处搜查理学著作,告发"伪徒"。一大批"伪徒"有的被罢职,有的遭流放。而朱熹本人更是被冠以六大罪。这就是庆元年间的"籍伪学"事件。

朱熹正是在这样的关头,因避"伪学"之害来到泰宁的。此时的朱熹已经68岁。当时,泰宁县令叫赵时馆,与朱熹是老相识。他很同情朱熹的遭遇,特地安排朱熹和他的儿子以及一干门生在离城关不远的小均暂且住下。山深水幽、民风淳朴的泰宁果然是读书人避世的好地方。在群山的庇护下,朱熹和家人既不必仰看朝廷的阴森脸色,也不必再担心虎狼爪牙们的穷凶极恶,可以安安静静地读书、写作、优游山水。没有更多的人知道朱熹的行踪,也没有更多的文字记叙朱熹的动向。但在泰宁,朱熹留下一组四季诗,这应该也是他这一段隐居时光的真实写照:

　　晓起坐书斋,落花堆满径。
　　只此是文章,挥毫有余兴。
　　古木被高阴,昼坐不知暑。
　　会得古人心,开襟静无语。
　　蟋蟀鸣床头,夜眠不成寐。
　　起阅案前书,西风指庭柱。
　　瑞雪飞琼瑶,梅花静相倚。

独占三春魁，深涵太极理。

泰宁的四季，给朱熹留下了美好而深刻的印象。这里真是一处读书、乐游的好去处。因祸得福，朱熹得以在泰宁度过一段快乐时光。

龙津之思

旷野上，兀立着一方裂成两半的方形花岗岩巨石。巨石高逾2米，宽约5米，两端裂口相契吻合，显然曾经是一个整体。巨石裂隙处，什么时候长出一棵小树，身姿窈窕，绿意婆娑，约绰动人。这让原本有些沉重也略显单调的石头景象变得活泼起来。不远处，可见一面波光粼粼的人工湖。20世纪90年代，为修建这座高山水库，南岭镇梨洞村整体搬迁。湖水下藏着千年村庄，也藏着千年故事。一条窄长的土路，从湖畔蜿蜒而来，直通向远处的大山。这是一条古驿路，是福清海口通往长乐江田的便道。巨石端立在古驿道旁，如同一位沧桑老人，静静守候着如许岁月。岩面上苍苔斑驳，上面镌刻着"龙津"两个楷书大字，每字高1.75米，宽0.87米，几乎占据了大半个石面。字体端庄遒劲，相传为宋代理学大儒朱熹手书。清光绪十年（1885）五龙村村志"庙堂观桥坊"条目载：龙津石在方城里，前宋朱夫子书"龙津"二字勒于石，古迹犹存。石台上现立有一面福清市人民政府关于这处"梨洞摩崖题刻"为福清市不可移动文物的告示牌。是这块龙津石的身份标志。如能确认，那当是福建省内现存朱熹的最大题刻。但巨石从何处飞来？又何时因何断裂？大儒朱熹缘何经过这里并题写龙津二字？史籍无考。

朱熹是宋代理学的集大成者，也是我国封建社会后期影响最深远的学者。综观朱熹一生，从出仕到逝世，五十年间，出任地方官员共九年，入朝担任皇帝侍讲仅四十日，其余四十年，都过着讲学著书的生活。朱熹一生创办书院四所，修复三所，门生遍布天下。

南宋著名的书院如白鹿洞书院、岳麓书院的重建都得益于朱熹之功。朱熹长期生活在闽北，讲学之路则遍及八闽。

有说，朱熹曾先后三次到过福清。福清的石竹山、瑞岩山、灵石山、黄檗山都曾留下朱子的足迹和题咏。比如他为石竹山小憩亭题联："两山相对终无语，一水独流但有声"，游瑞岩时赋诗："踏破千林黄叶堆，林间台殿郁崔嵬。谷泉喷薄秋逾响，山翠空濛昼不开。一壑只今藏胜概，三生畴昔记曾来。解衣正作流连计，未许山灵便却回。"游灵石山诗云："百尺楼台九叠山，个中风景脱尘寰。危亭势枕苍霞古，灵石香沾碧藓斑。佳境每因劳企仰，胜游未及费跻攀。何当酬却诗书债，遂我浮生半日闲。"从诗风看，应是朱熹中青年时所作。这时的朱熹，志存高远，胸罗万象，江山风物，心中块垒，皆成笔下珠玑文字。

那么，旧梨洞村旁这块巨石上的"龙津"二字，究竟题于何时，又是在怎样的情景下题写的呢？

对着这块沉沉巨石，我伫足良久，思绪纷飞，追寻着一位大儒的足迹，来到八百多年前的南宋。

朱熹出仕很早，但最初只当过几年同安主簿，纵有满腹诗书和一腔热情，却难有大作为。

1179年，已到知天命之年的朱熹出任江西南康军知军。南康军即今天的九江市，虽非望郡，且只有三县属地，但知军为一郡之长，集军政大权为一身，正可施展自己的满腔抱负。任职期间，他修复了始建于南唐的白鹿洞书院。四方学子，闻讯前来求学，书院因此名声大噪。而他在南康，最让百姓感戴的还是救灾。此时南康军的旱灾，来势凶猛，从五月到七月，三个月滴雨未下，土地龟裂，禾苗干枯，乡民人心惶惶。经过一番紧张措置，朱熹一边开场赈济，一边组织灾民修堤引泉，投入抗旱。这样严重的灾荒，若在往年，一定是饿殍遍途，一派惨状。但这次南康全郡二十多万灾民，没有饿死一人，百姓额手称庆。可是，朱熹因上《庚子应诏封事》向孝宗皇帝进谏，惹得皇帝十分不快，虽然治理南康的政绩斐然，但上任仅一年，就被朝廷免去南康军知军。

由于此时江南旱灾持续，浙东尤其严重，而且伴随着久旱，蝗虫迅速繁殖肆虐。朝廷救灾急需干臣，孝宗皇帝遂下令改任朱熹为两浙东路平茶盐公事，赶往浙东救灾。朱熹深入乡村，详细了解灾情，并制定了应对的办法。他任贤惕厉，宵衣旰食，组织民众，引水灭蝗，稳定了浙东灾情，百姓生产生活很快得到恢复。不过，朱熹依然不改他疾恶如仇的秉性，在救灾的同时，他向朝廷弹劾了一批州县官员渎职贪赃的劣行。

1183年，已经54岁的朱熹力辞江西、江东提刑的任命，上书乞祠归山。终于获得浙江台州崇道观主管一职，回到武夷山，修建他筹谋已久的武夷精舍。为解决官多职少之虞，宋朝有一项制度，即在各地设祠官，安排闲置官员。祠官分提举、提点、主管和祠监四级。祠官可以空挂，不需到任视事，在家领取相当于原官职一半的俸禄。而朱熹一生中的大多数时光都是在担任祠官中度过的。无职无权，但可以悠游山野，著书讲学。这也是他最喜欢的生活状态。

这一年，好友傅自得去世，朱熹在门生林用中等人的陪同下前往泉州吊唁。返经福州时，应福州知州赵汝愚之请，在福州小住了半个多月。他四处游览，倍感榕邑文风之盛。晚年的朱熹对办学讲学尤为上心。每到一地，总要去探访书院书堂。他听闻福清海口的龙江书院，始建于北宋，是有名的"钦赐书院"。于是在一干门生的陪同下，欣喜地前往考察。到海口后，人们告知他，在南岭山区，还有一间村学，虽地处山陬海隅，却弦诵不绝。这引起了朱熹的浓烈兴趣，于是他不辞辛劳，攀缘小路前去探个究竟。时骄阳当空，山路崎岖，一行人正又渴又累。忽听道旁传来细微的流水声，众人仔细搜索，见一方巨石附近，有一处不易察觉的泉眼。大家一涌向前，掬一捧入口，清凉甘洌，沁人心脾。一路疲乏尽解。

听说大儒朱熹到了南岭大山村，四方学子纷纷赶来，一睹大师风采。大家央朱熹讲课，但这处村学房间太过狭小，于是朱熹将讲堂设在桃花谷前的空地上。朱熹放怀开讲，学子们听得聚精会神。离开大山村时，朱熹触景生情，铺纸援笔，写下"龙津"二字。龙津，天上甘霖，自是源头之水。也许，这一刻他想到了在南康和浙东抗旱的情景；也许，是刚刚在路上偶得甘泉的喜悦；也许，是被从四面八方赶来的青年学子求学热情所感染。

在南岭大山村，至今还流传着一则关于朱熹题诗的传说。说是当年村民曾向朱熹动情地介绍春天桃花谷桃花盛开的美丽情景，但现在已是初冬季节，百花凋零，让人遗憾。朱熹听了只是微微一笑，临别时留下一首《桃花谷》的七绝："大姆山下沐春风，满谷仙桃照水红。何必武陵源上去，涧边好过落花中。"

一位学者的博大情怀，从此长留在南岭的大山间。

山川万里一身遥

明洪武二年（1369），一支队伍趱行在往安南（今越南）的崎岖山道上，其中一位年近古稀的老者，神情肃穆而又略显急切。这是明政府派出的一个高规格使团，此行的任务是对安南国王进行册封。充当册封史的老人叫张以宁，是当时声名赫赫的大诗人。

在中国诗歌灿烂的星空中，张以宁也许不是最耀眼的一颗，但却是不容忽视的一颗。

张以宁生活的年代，本不是诗歌的年代，大泽龙蛇，遍地狼烟。因此，诗歌弦诵在当时并不为人所称羡，而弓马刀剑则成了许多年轻人实现英雄梦的首选。

张以宁出生在1301年，也正是元自盛开始转衰之期。元统一中国后，将百姓分为四等：蒙古人、色目人、汉人、南人。其中，南方汉人地位最低。此时，隋唐以来的科举制度尽废，而部落贵族的世袭制则成为元代官吏铨选的主要途径。有元一代，吏治混乱，仕途多门，而深通儒术的读书人却大多被排斥在仕途之外。元统治的弊端早早地就暴露无遗，不得不采取补救方式。这便是仁宗皇帝即位之初提出的"振纪纲、重名器"，以儒学"治天下"的施政纲领。

仁宗二年（1313），元立国已经53年，才得以恢复科举考试。就这样，蒙古人、色目人和汉人、南人的考试题目及难易程度仍旧不同。汉人和南人要想通过科考进入官场依然荆棘丛生。但自幼聪慧、酷爱诗书的张以宁还是在27岁那年考中进士，当过几年判官、县尹等低级官职。后因丁忧去官。

仁宗英年早逝，继任者英宗皇帝想改革积弊，推行新政，全面升任汉人官僚，录用儒士，但遭到蒙古、色目贵族的强烈反对，10个月后英宗遇刺身亡。此后，元政局陷入动乱，10年间更换了5位皇帝。宗室贵族、诸王之间血腥的权力争夺也愈来愈甚。京畿一带成了逐鹿的战场。张以宁3年服阕，欲上京师却为兵乱所阻，为此滞居淮南设馆授徒达10年。直到元至正九年（1349），48岁的张以宁才得以入京为国子助教，并以博学强记、才华出众，获得元顺帝的赏识，累官至翰林待制侍读学士、中奉大夫、知制诰兼修国史。职级不低，从二品，但无实权，并不能施展他胸中的抱负和才干。

元统治者实行苛政，横征暴敛，导致民不聊生。尤其是长期推行的民族压迫政策导致社会矛盾愈益激化。民间反抗组织借助秘密宗教势力迅速发展，由此爆发的红巾军大起义敲响了元王朝的丧钟。1368年，朱元璋在南京称帝，他统率的红巾军于同年攻占大都，宣告元朝灭亡。

朱元璋僧人出身，25岁投军，征战15载，扫平南北，终成大业。但这位铁血皇帝，戎马之余却偏爱诗歌，并罔及诗人。朱元璋的诗，如《咏菊花》："百花发，我不发；我若发，都吓杀。要与西风战一场，遍身披就黄金甲。"虽近乎打油，但确有气势。还有那首《金鸡报晓》："鸡叫一声撅一撅，鸡叫两声撅两撅。三声唤出扶桑日，扫尽残星和晓月。"据说，当朱元璋念出第一句时，许多大臣忍不住想笑，念出第二句时，人们面面相觑，不知道该作何表情。可是当朱元璋不慌不忙念出后两句，全体鸦雀无声，都为这首诗的王者气概所震慑。

洪武元年（1368），张以宁和危素等人脱离元政权来到南京，受到朱元璋的接见，朱元璋赐给他们新制的衣冠，以显示新朝对他们的重视。朱元璋好诗，因为诗歌情结，现在又来了一个名气很大的诗人张以宁,自然对他优礼有加。第二年正月,朱元璋登钟山,张以宁和一批文臣扈从。到了拥翠亭,朱元璋下令给笔札赋诗。大概也有意考一考这位新来名士的真本领。张以宁才思敏捷,立诵成咏,朱元璋大为赞赏。其实,这只是一次皇帝亲自组织的采风活动,真正的目的还在后头。两天后,朱元璋即召见张以宁,要他写一篇以钟山为题的文章。张以宁心领神会,当即赋成《应制钟山说》,对钟山的山川形胜和历史人文描绘尽致,最后归纳为南京是"帝乡所宜"(适宜定都的地方)。早就想定都南京的朱元璋龙颜大悦。

张以宁投奔朱元璋时,元朝还没有灭亡。元顺帝也很赏识张以宁的文章学问,让他十分顺畅地进入政府中枢。不过张以宁骨子里还是一位南方汉人,他审时度势,毫不犹豫地投奔新朝。尽管他这时已经是68岁的老人了,但他还是对新朝有所期待,为了得到朱元璋的信任,甚至对这位新科皇帝还有一些迎合的举动。这里我无意探讨张以宁的个人行为准则,倒是从张以宁的诗歌中读到一种晚来的报国豪情和宏大志向。比如69岁时,他奉旨出使安南,竟像年轻人一样兴奋得一夜难寐,写下《南京早发》一诗:"大隐金门三十载,壮怀中夜每问鸡。今朝一吐虹霓气,万里交州散马蹄。"并在诗后附注:"苏老泉云,丈夫不得为将,得为使,折冲万里外足矣。"一股老骥伏枥、志在千里的豪迈之气,让人感动。那是压抑了太久太久的抱负,在一位年近古稀的老人心中激荡。

安南之行,张以宁果然不负使命。当他抵达边境时,原拟封的安南老国王病逝,由其侄儿陈日煃代行国事。陈日煃为早日登上王位,特派大臣携重金厚礼要送给张以宁,乞受诏印。但张以宁坚不受礼,亦不过边境。要求陈日煃先举丧于安南,并按中国礼制,服表3年。陈日煃接受了张以宁的条件。于是张以宁写好奏疏派人回京请命于朝,成功地让安南新王接受了明王朝的册封,为明王朝安定南方边境打下良好的基础。在南京的朱元璋也时时关注着张以宁的行止，竟一连赐赠御诗8篇10首嘉勉。这次万里出使，书写了张以宁官宦生涯最辉煌的一笔。但由于年老体衰、公务劳瘁，加之瘴气侵害，张以宁病逝在返京途中，朱元璋闻耗大恸，敕礼部遣官沿途设祭归葬福建古田故里。诗人从此长眠于故乡的怀抱。

  我们有理由相信，张以宁胸中确有治国安邦抚民的雄才大略，但未能得到充分施展。他的报国热情、他的治国才干，无一不受到压抑，可谓生不逢时。但不曾受到压抑的是他喷薄的诗情。为此，我们没能看到一个作为权相能臣的张以宁活跃在历史舞台上，却听到一首首穿越600年时空的弦歌之声。这也许是作为政治家的张以宁的不幸，却是作为诗人的张以宁的大幸。

  张以宁的诗歌，清新自然，读来朗朗上口："云渺渺，水依依，人家春树暗，僧舍夕阳微。扁舟一叶来何处，定有诗人放鹤归。"（《题画山水》）"晓挂船窗看，苍茫暝色分。前山知有雨，流出满江云。"（《太和县》）挥洒飘逸，有李太白之风。他的诗篇中，还有不少沉郁雄健之作，比如这首《有感》："马首桓州又懿州，朔风秋冷黑貂裘。可怜吹得头如雪，更上安南万里舟。"又如："长啸秋云白日阴，太行天党气萧森。英雄已尽中原泪，臣主元无北渡心。年晚阴符仙虫化，夜寒雄剑老龙吟。青山万折东流去，春暮鹃啼宰树林。"（《过辛稼轩神道吊以诗》）皆荦荦可诵，在当时和对后世都产生了重要影响。

  由此，我们得以看到元末明初的诗歌天空中，那一颗明亮而又孤独的张以宁星。岁月悠悠，人世沧桑；诗人已老，诗歌不老。

山不在高

百里龙江在这里奔流入海。周围是一片低平的海积平原，田畴如画。忽然，天地间耸起一座玲珑小山，山上怪石峥嵘，叠成千姿百态的天然洞景。

抬眼望，瑞岩寺如天造地设般镶嵌在山崖上。这座寺院始建于北宋宣和四年（1122），历经兴废，现存建筑为清代重修。庙宇依山构建，将山的曲折和清幽尽收囊中。

瑞岩山自宣和年间开辟后，历代文人名士常到此探幽览胜，勒石题咏，留下题刻百多处，多集中于前岩石壁上。其中以明代内阁首辅叶向高《谢政归来》的诗刻最为著名。诗云："使节相将万里遥，名山还喜驻征轺。青萝洞里扪残碣，绿树亭边看晚潮。花鸟总知春事好，林泉偏觉圣恩饶。扶筇更上层台望，缥缈彤云护紫霄。"

叶向高于明万历三十六年（1608）出任内阁首辅。此时的朝廷纲纪废弛，积弊日深。各地灾害频仍，而矿监、税使仍在搜刮民脂民膏。他多次进谏，才撤去福建税使高采和辽东税使高淮等一批贪官。为了彻底整治吏治，摒弃党争，根除积弊，他上疏百余篇，均不被皇帝采纳。叶向高失望之极，于万历四十二年（1614）辞官归里。这首《谢政归来》就是他回到家乡后游览瑞岩所作。字里行间，仍然牵萦着朝廷国事。6年后，光宗、熹宗相继登位，诏叶向高复职。天启元年（1621），62岁的叶向高第二次出任首辅。但不久，宦官魏忠贤把持朝政，连兴大狱，迫害东林党人。叶向高也被指为东林党的后台，他自感回天乏术，于是连疏求去。

归隐后的叶向高流连于山水之间，借诵经礼佛，解心头的烦忧。悬挂在瑞岩寺大殿旁的这一副对联"安知住世君非佛，想是前身我亦僧"道出了他此时的心境。

叶向高的家乡就在海口。家乡瑞岩旁的这一尊弥勒佛像，也是叶向高无限牵挂之物。

佛像本是一块天然石头。元至正元年（1341），里人吕伯恭延请工匠依山岩形状就地雕琢而成。佛像前高9米，后高6.4米，宽8.9米，厚8米。弥勒盘腿而坐，袒胸露脐，双耳垂肩，左手捻珠，右手抚腹，笑容可掬。在弥勒的腿和腰上，还雕有3尊小罗汉，各高0.8米，宽0.4米。整座石像造型匀称，雕工精细，线条流畅，形神具备，堪称元代石像雕刻的佳作。

明洪武二十三年（1390），僧人悟普为保护弥勒石像，特地环绕石像建造起一座弥勒阁。230年后，瑞岩寺住持海宁长老协同时任内阁首辅的叶向高发起募捐重修。清同治年间，弥勒阁被大风刮倒，仅存石柱数楹。失去重檐复瓦的弥勒佛回复大自然，端坐于青山绿水间，更显怡然自得。

宽容大度的弥勒像，见证了一段不寻常的岁月。明嘉靖年间，倭寇大举入侵福建沿海，烧杀淫掠，生灵涂炭。公元1558年，倭寇攻破福清县城。战事蔓延到连江、罗源、宁德、莆田。公元1563年，戚继光奉命率军入闽进剿。倭寇在宁德横屿和福清牛田分别扎下大营，并互为声援。戚继光先击破横屿倭营，斩首2600众。而后戚家军乘胜进抵福清，屯兵镇东城（今海口镇），准备直捣倭寇巢穴牛田（今龙田镇）。牛田一战，倭寇被杀及落水死者达万人。福清百姓箪食壶浆以迎戚家军。为了方便战士行军时就食，福清乡民特地烤制了一种圆形面饼，饼面匀撒芝麻，以细绳串起，挂于戚继光士兵的脖颈，被称为光饼；因饼在镇东城始制，民间又称镇东饼。松软香脆、咸淡适宜的福清光饼至今仍是福建名小吃。

剿灭牛田倭寇后,戚家军在瑞岩一带休整。看到这尊满脸笑容的弥勒佛,接连打了两场大胜仗的戚家军将领们也乐开了怀,他们分坐于佛像两旁,吟诗作乐。快活的气氛,登时在天地间荡漾开来。"我们千里而来,是为了什么?"这是戚继光在大仗前誓师时对将士们的发问,铿锵震耳。一路上,他们听到、见到倭寇患下的令人发指的罪行,将士们早就义愤填膺,就等着这一场血战。是啊,还有什么比一战全歼倭寇,更让人高兴呢?

而戚继光呢,在天地间起伏不息的笑声中缓步登上瑞岩,瞻仰过宋代古寺,还有前人的题刻,而后信步来到后山。茂密的相思林在海风中低低絮语,似乎要争相告诉这位沙场骁将一件秘密。戚继光心有灵犀,拨开草丛,走进密林,忽然眼前一亮。林木掩映中,现出玲珑窈石,有的偃卧酣睡,有的凌空孤悬,有的互拥相叠,千姿百态,栩栩可爱。身经百战的将军为后山上的奇岩怪洞着迷,第二天便指挥军士进行一番整理,根据它们的不同形态,将这些洞岩分别命名为穿云洞、飞来岩、蹲虎石等,称为三十七洞天。戚继光撰《瑞岩寺新洞碑》一文,镌刻后立于寺旁,写尽一位大将的风流。

山不在高。海口边的这一座瑞岩,因为一尊历经600多年风雨的弥勒石像,还有一代名将和两朝宰辅的殷殷关情,自然让人流连不去。

树 犹 如 此

我惊异于一棵榕树。穿过天井，进入后院，照眼就是这棵挺拔的榕树，如同一个身材伟岸的男子，正神清气定地在院中缓缓踱步，也许，只是静静地伫立。这棵树长有很漂亮很细密的榕须，长髯拂地，更觉神采飘逸。树身上则缠满了条条气根，筋络分明，处处透出坚韧和刚劲。榕树的枝干伸向天空，枝头上云飞云走，风起风息。而粗壮的榕根，紧紧抱定一方巨石。大约最初的榕树便是依这块巨石长成。不知道是榕树后来用劲大了，还是年深日久，难敌烈日淫雨，总之，巨石已裂成数块，但仍被密密匝匝的榕根紧紧地箍拢。它们本来就是一个整体，过去是，现在是，将来还是。

据说，林则徐祠堂后院的这一棵榕树，是从很远的地方移栽过来的。移栽时就带着这方已然破碎的石头，不离不弃。这么大的一棵榕树，根部还带着石块，走这样长的路，居然枝不折，叶不凋，须不残，一路顺畅，进入林则徐祠堂，好像回到自己家中，很快就落地生根，且枝繁叶茂，不能不说是个奇迹。

林公就端坐在榕树后侧的"树德堂"上，他免冠布袍，须髯及胸，双手抚几，眼睛微闭，似乎是公余的一次小憩。其实，他自青年入仕，大半辈子在官场打拼，很少有机会回到家乡，更难得能够这样静静地端坐歇息，享受休闲的时光。

虽然临近街市，但祠堂里很安静，听不到喧哗；且每一个进入祠堂的人都把脚步放得很轻，因为谁都不想打搅这位中国近代最勤谨也最劳累的官员的休息。但是，无论是谁，只要看到林则徐塑像，只要看到那副"苟利国家生死以,岂因祸福避趋之"的对联,心里头就无法平静。

毕竟,那一段风云岁月,带给中国人太多苦难和耻辱的记忆。一个有着5000年灿烂历史的东方巨人,就要轰然倒下,倒在一片罂粟花上。这时,一个人挺身而出,他就是林则徐。

1838年,53岁的林则徐受命钦差大臣赴广州查禁鸦片。林则徐南行的脚步牵动着几乎半个世界的神经。几乎没有人会相信,这个来自福建的小个子书生能完成肩上的特殊使命,解除列强带给中国人的梦魇。经过两个月的旅途跋涉,林则徐于3月1日到达广州。此时,偌大一座广州城里,每一个人,从巡抚、将军到平头百姓,乃至各国商人,都屏声息气,在等待和聆听钦差大臣的声音。因为这个声音将决定一个人,一个家庭,一个城市乃至一个民族的命运。林则徐的回答就是第二天在辕门外贴出的两张告示,斩钉截铁地表达他的禁烟态度。与此同时,他在给外国烟商的通知书中说:"若鸦片一日未绝,本大臣一日不回。"林则徐禁烟,从3月1日抵达任所到3月28日英商首领义律同意交出全部鸦片,前后只用了18天时间。

不仅仅是抗击强虏,林则徐还是近代中国"开眼看世界的第一人"。当欧洲列强从海洋崛起,并凭借其坚船利炮,席卷天下,迫临中国大陆时,清政府对西方世界仍茫然无知。只有林则徐清醒地认识到要抵御列强的侵略,就必须了解西方诸国。为寻求"制夷之策",他组织人员将英国人慕瑞所著的《地理大全》部分翻译整理成《四洲志》,同时还翻译了大量外文书报,了解各国的政治、经济、军事、文化等,开创了中国学习和研究西方的先河。

这一份学夷制夷的遗产,其意义也许不逊于虎门销烟。鸦片战争让清政府强咽下失败的苦果,却也让中国人一下明白了闭关自守只有等着挨打的道理。

　　这之后，林则徐被褫职戍军西北。于是，他勤勉的身影出现在咆哮的黄河岸边，出现在大漠的风沙声里。

　　1849年10月，林则徐赴任广西巡抚，途中在广东普宁驿馆病逝。

　　家乡的父老子弟没有忘记他，为他修建了这座祠堂。1982年又辟为纪念馆，收集了很多有关林则徐的文献资料。

　　祠堂内有花厅两座，中隔花墙，南北相对，庭中有假山、鱼池，莲鱼相戏，花木婆娑，曲径回廊，极尽古园林之美。但当年是谁的动议，迁一棵百年榕树站在院中，让家乡的大树始终陪伴着这位倦政难归的游子？

　　于是，一棵伟岸的榕树便这样挺立在林则徐祠堂的院中，榕荫匝地，树干伸向天空，根上还紧紧地抱拢一方石头。

　　树犹如此。难怪人们从树旁走过，总会驻足仰首，久久地端详这一棵大树的姿采。

一座山的风采

在冶山春秋园兴建之前，说到冶山，也许不少人会一脸茫然：有这样一座山吗，它究竟在哪里？福州俗谚云：三山藏，三山现，三山看不见。冶山就是三山藏中的一座。而且，藏得是那样隐秘，几乎难觅影踪。1958年修建鼓屏路时，将冶山的云步山峰整体推平，其余部分或被圈入机关大院，或成为居民区，只剩有一口孤零零的水池，还闪现在老城闾巷里。欧冶池又叫剑池，池畔曾经立有两块石碑，一块是元代泰定年间的，上书"三皇庙五龙堂欧冶池官地"；一块是清代的，标明春秋战国时欧冶子铸剑的地方。冶山也正因此得名。少年时，我也慕名去看过欧冶池，池旁古木参天，但全然不见山的身形。

但冶山实实在在是一座山，而且曾经有着挺立峭拔的山峰，让人仰视不迭。2000多年前，由闽越王无诸建造的福州最早的王城——冶城就环绕在冶山之麓。当然，冶城范围很小，城内只有王宫、若干官署，驻扎有少量军队。一方面是因为西周以后传统的封建制度规定诸侯王都的面积不能太大，另一方面则是地理环境的局限。冶城甚至没有城墙，因为背后是山，面前就是水。这里已是江海汇流处，冶城之外，一片汪洋。明代诗人王恭登临冶山时曾慨然赋诗："无诸建国古蛮州，城下长江水漫流……"王恭笔下的长江就是闽江。

其实，冶山是在2000多年的光阴里，渐渐淡出人们的视野的。一座看不见昔日身形的山，却曾镌刻着一段让人血脉喷张的闽地历史。一个小小的闽越国，先后两次向西汉王廷发起挑战。由于东越王余善自立为"武帝"，且起兵拒汉，朝廷调集大军攻入闽地。史书载，汉武帝以"闽越险阻，数反复，乃召诸将徙其众于江淮间，东越地遂虚。"于是，一座山和一座城，一同寂寞了如许岁月。

当战争的硝烟散尽。一些逃遁于山陬海隅的闽越故民又重新聚拢，冶山之麓的这座小城池，自然是他们的集合地。之后朝廷派官员前来管理，立为冶县，属东汉会稽郡。

晋武帝太康三年（282）置福州为晋安郡，严高出任首任太守。他觉得冶城太小，开始扩建新城，称子城。严高修筑子城时，曾就近从冶山取土。这或是冶山被削弱的开始。子城面积虽然扩大许多，但城内仍然只供官吏和士兵居住，除了各处官衙，还有几座寺庙，集市还是设在城外。据说，古城隍庙即是迁城时所建。因了一块"福建都城隍庙"的石碑，我曾折入一条狭小的巷弄——云步山巷，去看看昔日的城隍庙旧址。隍为壕沟，城隍本意是护城河，后来引申为城市的保护神。城隍庙最早出现在汉初，祀守荥阳为项羽所杀的西汉御史大夫周苛。可知冶山这座城隍庙历史之悠久。

唐元和六年（811）裴次元来福州出任观察史，亦称刺史。他对冶山情有独钟，在小巧玲珑的冶山上辟出"望京山""观海亭""玉泉池"等二十九景，并在冶山之麓的冶城旧址修建马球场。马球是唐代一项受人喜爱的体育竞技活动，起源于西域，又一说为吐蕃。最早是军中骑兵训练项目，后来流入宫廷。唐太宗经常组织马球比赛，并亲自带领百官参与。此后马球运动在京都盛行。裴次元曾任京兆尹，也即长安市长，自然喜爱马球，见郡城里竟有这样一块平坦空地，大喜过望，于是下令建造球场。

当然，裴次元还是一位浪漫的诗人。公余，裴刺史常到冶山登临，登山路径经由一曲天泉池旁拾级而上，山石嶙峋，藤萝拂径，轻风吹面，花香袭人。少顷登顶，俯瞰郡城，裴剌史心情十分愉悦，欣然赋诗："积高倚郡城，迥拔凌霄汉。"赞美冶山的高拔峻峭。

《三山记》记叙北宋熙宁年间，程师孟修建城池时，曾再次从冶山取土，"经累代营造建筑，山形今卑小矣。然观唐元和中犹巉峭幽邃如许，则秦汉间益可知。"冶山六曲有清代马天翮的题刻："一丘莫嫌小，昂头可天表。十丈红尘底，变换穷昏晓。"描述其时冶山仍高10丈，约30多米，山体虽小，峰形秀挺。

程师孟对冶山的一大贡献是疏浚了欧冶池，在池畔建欧冶亭，还修了一座跨护城河的桥梁，将这里辟为一处游览胜地。这位文章太守并写有《欧冶亭记》，记叙此事："余至州之明年，新子城。城之东北隅，灌木阴翳，因为开通，始问此水。或对曰：欧冶池。予嘉其迹最古，且爱其开阔清泚。又池之南，陇草盘纡，乔林古木，沧州野色，郁然城堞之下。于是亭阁其上，而浮以画舫，可燕可游。亭之北跨濠而梁，以通新道。既而州人仕女来游不绝，遂为胜概。"

冶山从一曲至九曲累累石壁上至今保存着诸多摩崖题刻，在繁阴的花木间，散发出浓郁的文化气息。这与一位叫施景深的文化人有着很大关系。

民国时期，冶山荒草丛生，许多地方还被人侵占。1928年由施景深主持的闽侯县名胜古迹古物保存会决定整治冶山，恢复古迹旧貌。他借兄长绩宇六十诞辰之机，邀请一百多位名人，聚会于冶山，或捐资修建，或题名勒石。冶山为之生机盎然。

冶山又称泉山、将军山。这是因为冶山下有天泉池，而唐宋两朝军营就驻扎在冶山附近。不过，山上的一座二层楼房里，确实居住过一位中国近代海军名将萨镇冰。这是萨公80岁生日时，昔日好友、袍泽共同筹资为他兴建的，取名"仁寿堂"。日本投降后，萨镇冰回到故乡，即居住在这里。每日晨昏，这位百战将军就在冶山九曲间漫步，观花赏木，抚石吟啸，怡然自乐。

岁月流驶，冶山已然失去了自己原先峭拔的身姿。高耸的楼房、宽敞的道路，都让昔日的山峰悄然遁形。但一座山的风采是掩抑不住的。2000多年的历史，镌刻在史籍里，流淌在街巷间，深藏在记忆中。

而今，这里修建了一座冶山春秋园。我曾多次来这里，探幽寻颐，思绪万千。尽管公园占地不大，园内只有一泓数千年不涸的潭水，一口老井、一处古庙，还有几方垒石以及散落其间的历代题刻，但这里却是一座城市出发的原点。我从哪里来，我到哪里去？从来就是人类一道永恒的命题。城市也一样。由是，这处位于老城中心的公园，游人络绎不绝。因为这里蕴藏着城市2000多年的历史，还蕴藏着一座山的莘莘风采。

花香的土地

到上街，是想看看一处一千多年前的古县治，一座屹立于闽江边饱经沧桑的镇国宝塔和一道历尽风波至今还在通行的十四门桥。它们都曾蛰伏在我的心田深处，不时勾起我探赜寻幽的念头。因此，一踏上上街的土地，心里就抑制不住一阵阵兴奋。

记得 20 世纪中叶，我曾陪同外地的客人几次造访洪塘金山寺。这座建在乌龙江心的古寺，恰如一只落碇的航船。缘梯登上寺庙二层，凭栏四眺，眼前风光无限。寺僧见我望着对岸一大片金黄色的沙洲出神，便告诉我，那里属上街，靠江边有一座侯官村，唐时曾是侯官县治的所在地，也是闽江边一处繁闹的古码头和集市。后来因遭受洪水侵袭，县衙迁至福州城里，码头也渐渐荒废了。但依然留下不少古时遗迹。上街还盛产茉莉花，一到初夏时节，花香四溢，这一段江面终日香气弥漫。只是到上街要搭船过渡，往来交通不便。就这寥寥几句话，让我对上街产生了浓厚兴趣。后来读蔡襄的《荔枝谱》，提到福州种植荔枝最多的地方："洪塘水西，尤其盛处，一家之有，至于万株。"说的就是上街。这处鲜花和水果之乡，不禁让人遐想联翩。

上街古名花屿，光听这名字，就可以想见一片汀洲上繁花盛开的情景。五代时中原板荡，而福建相对安定，闽王王审知采取保境安民的措施，并大力延揽北方士人来闽。唐代诗人韩偓来到福州，面对水乡花田，不禁感慨吟咏："四序花开长见雨"。其时，曾为闽王王审知前锋将领、军功赫赫的林硕德请求王审知为其新落成的府第题匾，王审知问及地理方位，略一思索即为之题写："上溪"二字。林硕德的府第四周清溪环绕，风景优美。他和族人先后兴修了六座石桥，上溪村庄随即兴盛，且形成街市。林硕德也因此被族人奉为"六桥林"的始祖。因福州方言"溪"与"街"谐音。渐渐地"上溪"就被叫成了上街。这就是上街得名的由来。

20世纪乘车经过上街时，看到这里的土地平旷，公路两旁种有大片的甘蔗田，村前屋后则环绕着苍翠的荔枝林。南宋诗人喻良能诗云"荔子林边甘蔗洲"，说的就是这里的景象。上街就有一个村庄因为广植甘蔗而叫蔗洲。而茉莉花田，则是最让人赏心悦目的景色。洁白的小小花瓣，团团簇簇，散发出浓烈的香气，留给人们难忘的记忆。

一片花香和果丰之地，自然让人心驰神往。但过去，上街在人们的心目中，还只是福州的远郊。

拉近上街与主城区距离的最初是鲤鱼洲国宾馆。国宾馆就选址在上街镇的沙堤村。宾馆紧邻闽江，是一处江南园林式的建筑，水光山色，美不胜收。

2000年，大学城选址上街，开启了这片古老土地全新的征程。十数所高等院校在上街平原上次第排开，每一所学校都是一座风景各异的大花园。占地14.5平方公里的大学城，配套齐全，让上街跻身成为闻名遐迩的文化教育主题城镇。

我们先到了旗山脚下的榕桥村。榕桥村古名"惠化里"，是一座历史悠久的古村落。榕桥村顾名思义，村前有一棵硕大的榕树，浓荫匝地。一条窄而长的溪桥，承载着村庄的千年故事。

这座有十四座桥墩的平梁石桥始建于五代闽国，北宋元丰以后曾经过数次重大维修。桥长近百米，桥面宽1.74米。尤为珍贵的是连接村头的桥板上还刻着这样一行字："元丰囗年（宋神宗年号）十一月庚申造至八年十一月廿三日壬辰毕石匠张保"。

十四门桥近旁就是一所高校的校园。有意思的是，从村口向外张望，这座古朴的石桥似乎一直延伸进具有鲜丽现代建筑风格的校园里，古与新，在这里和谐对接。这情景，一时令人恍惚。

接着我们来到位于闽江南岸的侯官村。一千多年前，这里曾经是侯官县治所在地，也是一处热闹的水陆码头。而今我就站在闽江畔，看江水汤汤而流。身旁矗立着四角七层，高6.8米的花岗岩"镇国宝塔"。这座雕饰古朴、造型别致的石塔，见证了一川江水的造化之功。

闽江行至淮安遇岊山，被劈成两支，一为北港，纵贯福州市区；一为南港，折向南流，纳大樟溪后至马尾与北港会合，东注入海。上街的大片土地就是闽江大转弯时，堆积而成的沙洲，同时也是海潮上溯到达的地方。侯官因水而兴，却也因水而毁。建于唐武德六年（623）的侯官县治，在160多年后的唐贞元五年（789）被一场铺天盖地而来的洪水淹没，从此，"县治移入州城"。但不管风吹浪打，"镇国宝塔"始终屹立江畔，成为侯官古邑的标志性建筑。

庭院深深的大本厝位于厚美村。大本厝的建造者张大本，因为种植水果和茉莉花，积累了大量财富。他购下一处废弃的果园，精心打造成一座三进三天井的全木结构大宅。让人赞叹的是，历经近二百年风雨洗刷，这座清代建筑风格的经典之作依然保持完好，现在已是多部影视作品的取景地。

因为天色已晚，我们匆匆赶回上街一座新建的酒店就餐。闽江南园林式的设计，是这座酒店的一大特色。从酒店餐厅的窗户向外一看，整个上街灯火璀璨，霓虹灯闪烁，流光溢彩。让人不禁感叹，昔日的花果之乡，已然成为现代化的文化街区。但十四门桥还在，镇国宝塔还在，大本厝还在，校园里的荔枝林还在，还有初夏时节逾街越巷的茉莉花香，都在静静地述说着这块古老土地曾经的时光。

记忆中的黄巷 19 号

这些年，我常常听到来自黄巷 19 号的先前邻居们的声音。有的是不经意间的邂逅，热情的问候如瀑布般倾泻。更多的还是电话，细细的电流将一段遥远的记忆拉近。我知道他们大多退休了，现在也各自东西，搬离原住地了。尽管那些声音都不再年轻，但听着备感亲切而温暖。不知不觉间，搬离黄巷已经 23 年，在我的脑海中，那黄巷的日子，却是一幅从不褪色的画面：白色粉墙里的一处幽静院落，正中一座 6 层小楼，聚居着省里一批知名的作家和艺术家。而院子的西南面就是那座颇有些历史的黄楼，黄楼和黄巷皆因晋永嘉间中原黄氏避乱居此而得名。现存的黄楼则是 1832 年清代文学家梁章钜修建的，假山、鱼池、花厅，用它们独有的建筑语言静静地诉说着曾经的岁月。

第一次走进大院，给我强烈的感觉是出奇的安静和干净。不用说听不到马路上嘈杂的车声和人声，就连轻轻咳嗽一声，也能在院子里引起一阵不小的回响。花岗岩石板铺就的地面，似乎纤尘不染。我不禁把脚步放轻，心中早就有了一种肃穆的感觉，因为楼里住着的都是我景仰的文艺界前辈。

我住进黄巷 19 号则是 1978 年。那年我刚结婚，才调进编辑部不久。分配给我的宿舍，不是新落成的那座 6 层小楼，而是院子东墙下临时搭建的一间厢房，只有七平方米。我曾在一篇散文中这样描述过它："小屋堪居，只是秋深冬晚。春天，雨水过分溺爱，床上垫的棉褥，湿得能拧出水来；夏天，太阳格外多情，直晒到'晚间新闻'开播,还恋恋不舍。屋虽小,窗子倒开了两边,只是终日得严严地关着窗户,因为小屋正当全院要津,路人一眼便能将整个屋子洞穿。"就在这间被窗帘密密包裹着的小屋,我们一家住了将近6年。

儿子便是在这里出生的。当孩子肆无忌惮的哭声骤然打破黄巷19号的平静,他一下就成为全院关注的焦点。有人送来奶粉、尿布,有人送来炭炉、篾篓。煤炉灭了,可以随时到一楼邻居的厨房里夹煤球;盛夏,阳光灼人,二楼阳台上的邻居便会招呼儿子到他们家避暑。虽然居住条件简陋,但我却深深地感受到人情的温暖。

一天傍晚,院子里来了一位头戴竹笠,身着粗布服装的老者。在黄巷19号进出的人中,这样打扮的并不常见。他敲我家的门,用很重的莆田口音问我,郭风先生住在几号单元。过了大约半个小时,郭风先生陪着这位老者下楼来,并一直送到大门口。郭风先生动情地对我说,你知道来人是谁吗?是陈仁鉴呀。他一直在地里放牛,这回是送申诉材料来的。说毕,郭风先生深深地叹了口气。我知道陈仁鉴,因为《热风》杂志上发表过他的剧本《团圆之后》,演出后轰动中国剧坛。曹禺先生甚至称他是"中国的莎士比亚"。不久,即得到陈仁鉴平反的消息。

何为先生在黄巷居住的日子总是深居简出。他的信件特别多,每当邮递员来送信,何先生的夫人会从4楼的阳台上垂下一只篮子来装信。而我那不到两岁的孩子居然看在眼里,一听到邮递员的自行车铃声就飞奔而去,从邮递员手中接过信件小心地放进篮里。何夫人并不急着将篮子提上去,而是向孩子示意,篮里还有糖果是给他的。孩子取出糖果仰起脸,朝阳台喊了声:"谢谢!"随着这一清脆的童声,何为先生也会出现在阳台上。于是,阳台上的两位老人和庭院里的孩子一起其乐融融地看着小吊篮在空中飘舞起落。

有一个时期，几乎每天下午的某个时候，一位面容清瘦而神情矍铄的老人都会出现在院子里，他带着一位小姑娘练习闽剧的身段、动作。老人教得严格耐心，姑娘练得一丝不苟。大院空荡荡的，现场始终只有一位观众，那就是我两岁的儿子，他目不转睛，看得津津有味。每次散场，姑娘都会俯下身揽过儿子的肩膀，朝他甜甜地一笑。这位老人便是闽剧大师郑奕奏先生，那小姑娘则是他的孙女。

黄巷19号的日子平静如水。许多年后我才明白，这一份恬淡平静才是真正而真实的生活，正如这一条千多年的黄巷，这一座百多年的黄楼，以及一个个在这里生活过的文化名人和并不知名的芸芸众生。

时至今日，我依旧怀念黄巷，怀念黄巷19号里我的邻居们。

背阴山坡上的菜园

背阴山坡上的菜园，父亲的菜园。

这一面荒坡，长只有5、6米，最宽处还不到3米，勉强开成4小畦，全部种上花瓶菜。这处山坡远离村子不说，土质是没有多少养分的黄沙壤。而且背阴，只有晴天的中午时分，才可以见到短暂的阳光。不知道父亲当初是怎样找到这块荒坡地的。没有路上去，父亲在崖壁上凿出一条之字形的坡道，坡道窄而且陡。村里没有人会想到在这样的背阴山坡上开一块菜园，他们几乎是用诧异而怜悯的眼光看着父亲每天挑着尿桶穿过一条公路到菜园去。父亲却不因这样的目光而气馁乃至退缩。他身上系着一条用尿素包装袋剪下做成的围裙，在坡道转弯的时候，他熟练地换一下肩，扁担在空中划出一条优美的弧线。

隔着一条公路，我们的家其实也好不到哪里去。只是一座早就被人废弃的半埋在地下的窝棚。父亲进山砍来竹子和茅草。母亲将它们混编成篱墙，将就着搭起了两间茅草房，旁边还修了一个猪圈。他们就在这里安家落户了。

这一年春节将近，我接到父亲的信，要我回家过年。于是，我离开插队的村庄，辗转乘车，走了将近两天，才来到这个叫作镇前的乡镇。当我走出车站，拐下公路，正在探头探脑的时候，两位妹妹从路边低矮的茅草房里钻出来，她们一下就看到了我，飞奔过来，紧紧地抱住了我。我一抬头，看见母亲已经站在我面前，鬓边飞出白丝。

我和哥哥三年前就离开了家，我插队，哥哥在建设兵团。当时我们家还在福州。我们虽然离开了家，但从没有离开过父母的视线。父亲每个月给我写一封信。信中照例夹着1元钱和一张8分邮票。1元是我的每月零用钱，邮票是供回信用。两年前，父亲以历史反革命的身份被下放到闽北最贫穷的山区劳动改造。母亲带着弟弟和两个妹妹义无反顾地跟着父亲前行。父亲失去了工资，仅领取微薄的一点生活费。

父亲那年已经52岁。弟弟18岁，大妹妹14岁，小妹妹10岁。也许因为还在父母的羽翼下，他们似乎并不觉得人生有多艰难。

母亲吩咐小妹妹去村里买鸡蛋。大妹妹带着有些嫉妒的口吻说，她可是我们家的外交官。过了一会儿，还不见小妹妹回来，我去找她，顺便也看看村容。村子其实挺大，鹅卵石铺就的村巷曲里拐弯。一进村口，就有人告诉我，小妹妹正在谁家做客。我推进门一看，果然，妹妹正端坐在厅堂正中央的桌上吃茶点。这家的一群孩子团团围着她，相比之下，妹妹长得白嫩秀气，完全一副城里公主的派头。妹妹的任务对她来说，显然轻而易举，鸡蛋已经在篮子里装好了。

第二天一早，父亲就挑起尿桶要去浇菜园子。扁担上还挂着一只小菜篮。我也跟了去。我从来没见过这样贫瘠的菜园。菜畦上一例长着瘦小的花瓶菜，每一棵菜都只顶着两三片小得可怜的叶片。在它们面前，父亲似乎有过踌躇，目光在菜园里逡巡了一遍又一遍，然后锁定一小畦，小心翼翼地在每一棵菜上用小刀切下一片汤匙子般大小的菜叶，放进篮子。接着，便开始专心致志地浇园。整个过程，父亲都没有说话。在我的印象中，父亲就是不爱说话，无论遇到什么，我从没有听他抱怨过，他一直就是默默的，上班，下班。即便全家下放农村，他依然默默而顽强地挑起一家人的生活希望。

整个菜园采摘下来，就那么一小握花瓶菜。可是母亲有办法，她将这一小握菜先放进油锅炒了炒，然后倒入蒸饭时留下的米汤，煮成一大盆汤菜，一家人围着热腾腾的汤盆，吃起来，似乎格外香甜。

　　四十年屈指过去，不知不觉，我也进入老年人的行列。人们都说，老年人有一点很重要，就是要学会忘记，忘记过去困扰心田的是是非非和恩恩怨怨。但我又怎么能够忘记四十年前的那一幕。

　　背阴山坡上的菜园，哦，父亲的菜园，我们家曾经的菜园。

那个叫山尾的村庄

2021年10月之前，山尾，于我还只是一个模糊的地名，尽管在我童年时它曾多次出现在父母的言谈中。溪之头、山之尾，可知这地方的偏僻和狭小。但这个村名在我的脑海深处却是一个抹不去的记忆。小时候留下的印象碎片，勉强且顽强地拼成了一个关于山尾的囫囵图景。我知道父亲在这里出生，也在这里成家。父亲13岁时，曾短暂当过德化县县长的祖父就过世了，家里的生活也随即发生了变化。小小的年纪，他得独自挑着宗祠里供给的粮食，到24里外的王台镇上学。山道迢迢，一路攀岩涉溪，艰辛备尝。但这段并不轻松的路程磨炼出了父亲坚忍不拔的性格。父亲18岁中学毕业后即离开故乡，出外谋生。山尾是他人生的出发地。但至少，从我懂事起，直到他去世，他应该再没有回去过。不是他对故乡没有感情，而是，他人生历尽坎坷，跟故乡早就断了联系。加之晚景寂凉，就如一口沉淤日久的小水塘，风也罢，雨也罢，已经掀不起多少波澜。

母亲是峡阳人，峡阳自来是延平的大镇，她却因家境破落被嫁到了这个远离尘闹的小山村。父亲外出工作，适逢抗战爆发，音讯断绝整整8年，她抚养女儿、侍奉婆婆、照顾小叔，独自撑起了一个家。直到父亲回来把她接到延平。对于母亲来说，山尾当然有更多值得回味的记忆，但其间也一定藏有许多心酸的往事。

上山下乡回城后，我一直在福州工作和生活。父亲退休后先在建阳，80岁后也和母亲一块迁到福州居住。那个叫山尾的小山村也因此离我们越来越远，印象越来越淡薄。不知为什么，退休都快10

年了，我始终没有动过要到山尾走一走的念头。似乎是冥冥之中的一声召唤，我们夫妻和两个妹妹、妹夫三个家庭，忽然有了一个共同的动议：去一次山尾，看看父母生活过的祖屋。一同出行的还有小妹妹的女儿和她刚出生几个月的孩子。

我们分坐两部小汽车从福州出发，高速公路十分便捷，不到两小时，即到达王台镇。王台的得名，与东越王余善有关。公元前113年，余善起兵拒汉。战事在闽北展开。王台，曾是闽江畔一座重要的船运码头。余善率军经过这里，见此处山光水色，林竹郁茂，风景十分清幽，于是下令在这里建一座供他休息的台阁，后人称为越王台。现在新建的越王台就位于公路旁，呈城楼模样。但设计和取材都太过现代，全然出乎我对古越王台的想象。

在王台镇用过午餐后，我们即出发到山尾村。

小车沿着狭小弯曲的道路迤逦向前。连绵起伏的山峦下，一个小小的村落兀然出现在眼前。村庄依山而建，绿树环合，面前则是一片平展的田畴。我们正在彷徨间，忽然看到路旁停着一辆摩托车，车上是一位中年村民。两位妹妹下车问路。这一问，竟问出了一个远房族亲。其实山尾村里大多姓黄，这位黄姓村民十分热情，他带我们踏着鹅卵石铺就的石阶，来到一处野草环簇的破旧院落，说这里就是你们家的祖屋。推开虚掩的大门，眼前一片狼藉。祖屋内只剩下一个小小的天井，还有几间破旧的厢房，结满了蜘蛛网，显然已经多年无人居住，也不堪居住。但外墙还在，高低错落的歇山顶房檐，依然在诉说着昔日的风采。尽管墙上的白灰大都已经剥落，露出一道道夯土的黄色条纹，但黑瓦覆盖的翘檐起伏有致，衬着身后苍翠的山峦，加之身下花草葳蕤，依然画一般迷人。祖父曾是一位中医，还是一位乡间画家，行医鬻画，遂有了一些积蓄。于是筹划营建自家宅院。山尾的这处院落，虽然用料平常，但外观造型却充满艺术感。尤其是外墙上错落有序的十几道黑色翘檐，就像一群雨燕贴着山岭飞翔。

村里的年轻人都外出打工去了。只有一群老人在大樟树下打牌、聊天。这时有村民主动上来和我们搭讪，很感兴趣地问了我们的来历。他们是村庄的留守者，也是村庄变迁的见证人。谈起这座山村的前尘旧事，他们却只是言语寥寥。几十年的光阴，在他们的描述中，仿佛只是风吹起的几张书页。毕竟，村居的生活太过平凡。一位村民兴致勃勃地带我们来到村部。这是一座二层小楼。一层是空荡荡的活动室，只有几张同样是空荡荡的牌桌。但一面墙上挂着的几幅水彩画却深深吸引了我。村民告诉我们说，这是美院学生到山尾村写生时留下的作品。其中一幅画里的景象正是祖屋那面斑驳的山墙。我在画前伫立良久，那一道道起伏有致的黑色翘檐，似乎正在无声地叙说着一个家族和一座村庄的故事。

所有童年有关这座山村的记忆，一时全都鲜活起来。

因为我们自己，也是这群飞翔的雨燕中的一只。

从 容 下 山

　　此刻，我正站在 4506 米的高度。这里是玉龙雪山。从大索道上来，是一个由木板搭建的平台。平台正中竖一块立石，上面便镌刻着这个高度。这个高度却不是整个游览线路的终点，平台之下，一条长而蜿蜒的木栈道继续往山坡上延伸。可以看到一个接一个裹着厚厚羽绒服的游人如蚁般在栈道上缓缓行进。他们显然并不满足于只是站在这个离索道最近的平台上观雪景。毕竟，由于地理位置的原因，视野不够开阔，雪景也过于稀疏。我相信，要看到玉龙雪山更美的一面，还应该继续向前，直至走到栈道的尽头。我因此有些羡慕栈道上的游人，他们可以一直向前，向远方，走向他们的体能能够抵达的高度，这自然是一种人生得意之处。

　　但我不能。我知道，4506 米对于我来说，已是人生的高度。尽管我也存有寻幽探胜的好奇心，也曾有过"会当凌绝顶，一览众山小"的豪气，偶尔还会和年轻人争争锋，然而，高度就是高度，架在那里，就是一条生命的横杆，一道铁的法则，不容逾越。

　　而且，即便是这个高度，我也不可能停留太久。我已感觉气促脚虚。而且我看到有几位同行者由于身体不适，早早地就由索道返回了。对他们来说，4506 米已经太高。现在，我还能站在这个高度，从容地观看四面风景，应该感谢上苍，感谢生活的赐予。对此，我不应有更多的奢求。

　　人生有许多无奈，还有许多不能。我很喜欢宋代诗人陈师道的一首诗："书当快意读易尽，客有可人期不来。世事相违每如此，好怀百岁几回开？"环顾来路，多少挫折，多少失意，多少遗憾，伴随它们的往往是无奈和不能。无奈多是因为环境的缘故，不能则是自身的因素。因为这些无奈，因为这些不能，所以才要更加珍惜眼下能够做的一切，同时力求做得更尽心、更完美。

　　人不能一直站在一座山顶上。那么，选择下山吧。可不要轻视下山。俗云"上山容易下山难"。一千多年前，文学家韩愈登上天险华山，可是当他从苍龙岭下山时，望一眼脚下的万丈深渊，倒吸一口冷气，便再也迈不动脚步了。那是因为韩愈患有高血压、心脏病，还有近视眼。这只要读过他的《祭十二郎文》就可知道。文中他自述："吾年未四十，而视茫茫，而发苍苍，而齿牙动摇。"韩愈最终自己下不了苍龙岭，是被人抬下山来的。可知下山并不容易。

　　下山需要体能，需要勇气，还需要技巧。很多登山者都有同样的体会，下山时如果节奏掌握不好，膝关节便容易受伤。所以从容下山其实也是一门学问。有的人下山，捎带一路美景和一通好心情；有的人下山，一身疲惫，失意至极；也有的人下山心有旁骛，以致摔得鼻青脸肿；甚至，还有的人弄得自己最终下不了山。

　　此刻，我正在4506米的玉龙雪山上。这已是我人生到达的最大高度。脚下是漫漫云海，雪山上寒气逼人。忽然想起，是该下山了。

图书在版编目(CIP)数据

无边光景/黄文山著. — 福州：海峡文艺出版社，2022.7
（"大榕树"原创文库）
ISBN 978-7-5550-3047-8

Ⅰ.①无… Ⅱ.①黄… Ⅲ.①散文集－中国－当代 Ⅳ.①I267

中国版本图书馆 CIP 数据核字(2022)第 112899 号

无边光景

黄文山　著	
出 版 人	林　滨
责任编辑	朱墨山　陈　婧
出版发行	海峡文艺出版社
经　　销	福建新华发行(集团)有限责任公司
社　　址	福州市东水路 76 号 14 层
发 行 部	0591－87536797
印　　刷	福州力人彩印有限公司
厂　　址	福州市晋安区新店镇健康村西庄 580 号 9 栋
开　　本	720 毫米×1010 毫米　1/16
字　　数	250 千字
印　　张	19.75
版　　次	2022 年 7 月第 1 版
印　　次	2022 年 7 月第 1 次印刷
书　　号	ISBN 978-7-5550-3047-8
定　　价	79.00 元

如发现印装质量问题，请寄承印厂调换